Alexander Hartung
Nichts als Staub

AF177835

Das Buch

Als Polizistin im Streifendienst ist Alina Grimm eigentlich nicht für Mordermittlungen zuständig, doch als am Hamburger Phoenixplatz das vermeintliche vierte Opfer des Serienmörders gefunden wird, erweckt das ihren Ermittlerinstinkt. Sie sucht ihre Informanten auf, um mehr über den Toten herauszufinden, gerät aber in einen Hinterhalt.

Alina wacht im Krankenhaus auf und findet sich in einer äußerst schwierigen Lage wieder: Die Angreifer konnten nicht ausfindig gemacht werden, stattdessen wird sie des Drogenhandels beschuldigt und vom Dienst suspendiert. Sie ermittelt auf eigene Faust und stößt dabei immer wieder an Grenzen. Dann begegnet sie einem mysteriösen Helfer, dessen Informationen alles in ein völlig neues Licht rücken.

Der Autor

Alexander Hartung wurde 1970 in Mannheim geboren. Schon während seines Volkswirtschaftsstudiums begann er mit dem Schreiben und entdeckte seine Liebe zu Krimis. Mit seinen beiden Serien um die Ermittler Jan Tommen und Nik Pohl eroberte er die Kindle-Bestsellerliste. Nun schickt er auch seine neue Ermittlerin Alina Grimm auf Verbrecherjagd. Aktuell lebt Alexander Hartung mit Frau und Kindern in seiner Geburtsstadt Mannheim.

ALEXANDER HARTUNG

NICHTS ALS STAUB

EIN ALINA-GRIMM-THRILLER

Deutsche Erstveröffentlichung bei
Edition M, Amazon Media EU S.à r.l.
38, avenue John F. Kennedy, L-1855 Luxembourg
August 2021
Copyright © der deutschsprachigen Ausgabe 2021
By Alexander Hartung

Umschlaggestaltung: bürosüd⁰ München, www.buerosued.de
Umschlagmotiv: © Picsfive/Shutterstock; © plainpicture/miguel sobreira
1. Lektorat: Kanut Kirches
2. Lektorat, Korrektorat und Satz: VLG Verlag & Agentur,
Haar bei München, www.vlg.de
Gedruckt durch:
Amazon Distribution GmbH, Amazonstraße 1, 04347 Leipzig /
Canon Deutschland Business Services GmbH,
Ferdinand-Jühlke-Straße 7, 99095 Erfurt /
CPI books GmbH, Birkstraße 10, 25917 Leck

ISBN 978-2-49670-881-3

www.edition-m-verlag.de

*Gewidmet den Leserinnen und Lesern,
die mich auf dem langen und manchmal
steinigen Weg bis hierher begleitet haben.
Danke für eure Unterstützung in all den
Jahren.*

PROLOG

Als Eckart Juhl pünktlich um 18.30 Uhr den Park betrat, kroch die Angst vor seinem ehemaligen Lehrer wieder in Kevins Seele. Seine Knie begannen zu zittern, und er keuchte schwer, aber er durfte an diesem Abend nicht schwach werden, also schob er die Hand unter die Jacke, schloss die Augen und berührte die Messerklinge. Der kalte Stahl gab ihm Kraft und sein Atem wurde mit jedem Herzschlag ruhiger.

Juhl ging an der Liegewiese mit den großen Eichen vorbei, die an diesem regnerischen Tag verlassen dalag, auf der Grasfläche hatten sich tiefe Pfützen gebildet. Mit gekrümmtem Rücken, auf seinen Stock gestützt und den Kopf gesenkt, wirkte er nicht mehr so einschüchternd wie früher, als er Kevin nach vorne an die Tafel geholt und vor der Klasse gedemütigt hatte.

Obwohl seine Schulzeit längst vergangen war, träumte Kevin noch von diesen Stunden, von den Erniedrigungen und von dem Lachen seiner Klassenkameraden, wenn er die Tränen nicht mehr zurückhalten konnte. Dann wachte er schreiend auf, in Schweiß gebadet, die Hose durchnässt, bis er langsam realisierte, dass er wieder nur einen Albtraum gehabt hatte. Das Gelächter allerdings verweilte weiter in seinem Kopf, wie ein Fluch, der ihn immerfort an die schlimmsten Jahre seines Lebens erinnern sollte.

Kevin hatte alles versucht, um die Schrecken nicht mehr durchleben zu müssen. Er hatte einen Psychiater konsultiert, Medikamente genommen und sich in eine Klinik einweisen lassen, hatte sich bewusstlos getrunken, die Arme blutig geschnitten und Drogen gespritzt, aber Juhls vor Zorn gerötetes Gesicht hatte ihn immer wieder heimgesucht, seine wütenden Schreie und das hämische Lachen der Klassenkameraden.

7

In seiner dunkelsten Stunde hatte er darüber nachgedacht, seinem Leben ein Ende zu setzen, hinüberzugleiten in den ewigen Schlaf, aus dem er nie mehr erwachen müsste, aber diesen letzten Triumph hatte er seinem Lehrer nicht bereiten wollen.

Am nächsten Tag war Kevin in die Werkstatt seines Onkels gegangen und hatte ein altes, stumpfes Messer bearbeitet, zuerst die Schneide geschärft, dann die Spitze verlängert, kleine Zacken auf dem Klingenrücken eingearbeitet und schließlich noch eine Hohlkehle eingefräst, um das Gewicht zu reduzieren. Dann hatte er den Griff erneuert und ihn mit Lederband umwickelt, bis die Waffe gut in seiner Hand lag.

Als Kevin mit dem fertigen Messer das erste Mal durch ein Stück Stoff geschnitten hatte, hatte er sich stark gefühlt, wehrhaft und bereit, sich seinen Ängsten zu stellen. Von dem Moment an hatte er nur noch an seine Rache gedacht. Es war ihm schwergefallen, nicht sofort zu Juhl nach Hause zu gehen und ihn einfach niederzustechen, aber Kevin wollte nicht den Rest seines Lebens im Gefängnis verbringen, also hatte er sich zur Geduld ermahnt.

Juhls Haus hatte er schnell gefunden. Er hatte sich an der nahen Bushaltestelle auf die Bank gesetzt und ihn durch die Äste einer Eibe dabei beobachtet, wie er auf der schmalen Terrasse seines Reihenhauses saß, den Blick abwesend auf einen kleinen Apfelbaum im Garten gerichtet. Den ganzen Morgen lang. Erst am Mittag hatte er sich erhoben, war in sein Wohnzimmer gehumpelt und hatte die Nachrichten eingeschaltet. Sein Fernseher war so laut eingestellt gewesen, dass Kevin den Sprecher hören konnte, wenn er am Garten vorbeispaziert war. Erst kurz nach sechs hatte diese Lärmbelästigung aufgehört. Dann hatte Juhl den Fernseher ausgeschaltet, sich eine Jacke übergezogen und den Abend mit einem Spaziergang durch den nahen Wehbers Park beendet.

Und so ging es jeden Tag, immer der gleiche Ablauf. Ab und zu klingelte der Briefträger oder ein anderer Bote an der Tür, aber niemand besuchte Juhl, und selbst die Nachbarn grüßten ihn nicht. Nach einer Woche des Beobachtens hatte Kevin fast Mitleid mit dem alten Mann. Vielleicht hätte er den Tod durch das Messer sogar seiner Einsamkeit vorgezogen.

Nachdem bei Juhl abends das Licht ausgegangen war, war Kevin noch in den Park geschlendert, hatte sich jeden Baum eingeprägt, war alle Wege entlanggelaufen und hatte nach dem perfekten Ort für den Hinterhalt gesucht. Wieder zu Hause, hatte er ungeduldig den Wetterbericht studiert, in der Hoffnung auf einen regnerischen, unfreundlichen Abend, an dem sie beim üblichen Spaziergang alleine sein würden.

Kevin hatte nicht lange warten müssen.

An diesem Tag hatten der graue Himmel und der Nieselregen den Park verwaisen lassen. Niemand führte seinen Hund aus, die Jogger warteten auf eine bessere Gelegenheit für den Sport und selbst der nahe Skaterpool war leer. Nur Juhl ließ sich nicht von seinem Spaziergang abhalten. Er beachtete Kevin nicht, als er an der Parkbank vorbeihumpelte. Der pensionierte Lehrer hielt den Blick starr nach vorne gerichtet, das Gesicht mürrisch verzogen, und murmelte etwas Unverständliches vor sich hin, als würde er mit einem unsichtbaren Begleiter streiten. Kevin umfasste den Griff seines Messers fester und verspürte eine ekstatische Erregung bei dem Gedanken, die Klinge in Juhls Rücken zu rammen.

Er stand von der Bank auf und beobachtete ungeduldig jeden Schritt des alten Mannes, bis dieser den Hainbuchen-Laubengang erreicht hatte. Die dichten Büsche waren meterhoch und ließen nur einen schmalen Durchgang frei. Niemand würde ihn beim Zustechen sehen und er konnte die Leiche schnell im Unterholz verbergen.

Kevin sah sich ein letztes Mal um. Sie waren noch immer allein im Park. Er lief los, die Hand weiterhin am Messergriff. Der Regen nahm zu. Aus dem dünnen Nieseln wurde ein lautes

Prasseln, als wollte der Himmel Kevin eine Schutzwand aus Wasser schenken, die seine Tat noch besser verbergen konnte.

Juhl fluchte über das Wetter und beschleunigte seine humpelnden Schritte, aber Kevin holte ihn ein. Noch im Laufen zog er das Messer aus seiner Jacke und umfasste den Griff mit beiden Händen. Er packte all seine Wut in diesen Stich, all die Demütigungen seiner Schulzeit entfachten eine Kraft, welche die Klinge durch Juhls Herz trieb, als wäre es nur ein Stück Papier. Das Messer steckte bis zum Griff in seinem ehemaligen Lehrer.

Kevin hatte gehofft, dass Juhl vor Schmerz schreien würde, aber der alte Mann zuckte nur kurz und sank mit einem leisen Stöhnen zu Boden. Sein Kopf landete in einer Pfütze und Blut ergoss sich über den matschigen Fußweg.

Kevin wusste nicht, wie lange er über der Leiche gestanden hatte, als ihn das Donnern des nahenden Gewitters aus seiner Trance holte. Irgendetwas hatte sich verändert. Er schloss die Augen und atmete tief durch. Er hörte den Regen, das Platschen der Tropfen in die Pfützen. Sonst nichts.

Das Lachen in seinem Kopf war verschwunden.

KAPITEL 1

Alina liebte die morgendliche Ruhe an der Elbe, wenn der Berufsverkehr auf der Billhorner Brückenstraße noch fern war, die Touristen noch in ihren Betten lagen und die ersten Sonnenstrahlen den kommenden Tag erhellten. Ihre langen braunen Haare waren zu einem Zopf gebunden, und sie hatte ein breites rotes Stirnband um den Kopf, um ihre Ohren an diesem kalten Januarmorgen warm zu halten. Sie trug eng anliegende schwarze Leggins und ein langärmliges rotes Trainingshemd, die farblich mit ihren Joggingschuhen harmonierten, sowie eine schwarze Sportjacke.

Kleine Atemwolken ausstoßend, lief sie über eine schmale Brücke in den Elbpark und genoss die frostige Brise, die ihr von der Billwerder Bucht her ins Gesicht wehte. Sie umging eine ältere Dame mit einem Dackel und lief am Spielplatz vorbei, als ein Mann auf einem Elektroscooter zu ihr aufschloss. Er hatte lockige blonde Haare, die vom Wind aufgebauscht wurden, einen Dreitagebart und ein schelmisches Grinsen, das an einen Zehnjährigen erinnerte, der gerade den Schokoladenkuchen der Nachbarin gestohlen hat.

»Frau Polizeiobermeisterin«, grüßte er sie mit einem Nicken. »So früh schon unterwegs?«

Alina machte einen Schritt auf ihn zu, griff mit ihrer linken Hand reflexartig an ihre Hüfte und versuchte, ihn mit der Rechten zu packen. Der Mann verlagerte das Gewicht und war mit einem Schlenker des Elektrorollers aus ihrer Reichweite. »Warum so unfreundlich?«, fragte er.

Alina fluchte, als sie realisierte, dass sie in Zivil keine Handschellen dabeihatte.

»Lennart Dewald«, sagte sie zu ihm. »Gegen dich liegt ein Haftbefehl vor, also mach es uns nicht unnötig schwer und stell dich. Wir kriegen dich sowieso.«

»Man kann durchaus behaupten, dass ihr versucht habt, mich zu kriegen«, sagte Lennart und kam wieder ein Stück näher. »Aber offensichtlich bin ich noch immer nicht im Gefängnis.« Er hob einen Fuß und balancierte auf dem Roller. »Außerdem ist das nur ein Missverständnis.«

»Schmuggel und Hehlerei sind keine Missverständnisse.«

»Also bitte«, empörte er sich. »Ich kann nichts dafür, wenn die Ware auf den Frachtpapieren … vergessen wurde, und es ist nicht illegal, einem armen Freund ein paar Zigaretten zu verkaufen, damit er mehr Geld zum Leben hat.«

»Ich glaube nicht, dass dein Freund 4000 Stangen Zigaretten braucht, und außerdem ist ein Mann mit einem Bentley alles andere als bedürftig.« In den Duft der Norderelbe mischte sich der scharfe Geruch von gebranntem Kaffee aus einer Rösterei am Ufer. »Was willst du, Lennart?«

»Nur einer alten Klassenkameradin guten Morgen sagen«, erwiderte er.

»Erinnere mich nicht daran«, murmelte sie. Lennart hatte schon zu Schulzeiten mit allem gehandelt, was pubertierende Teenager in den beginnenden Zweitausendern nicht von ihren Eltern bekamen. Sie hatte immer gedacht, dass Lennart einmal Gebrauchtwagenhändler werden würde, aber wahrscheinlich waren ihm die Margen in dieser Branche nicht hoch genug gewesen.

»Außerdem wollte ich mich noch dafür bedanken, dass du meinen Hintern bei der Schlägerei am Hamburger Berg gerettet hast.«

»Das ist acht Monate her«, sagte sie.

»Und nicht vergessen«, ergänzte er.

»Ich habe nicht deinen Hintern gerettet, sondern eine Prügelei beendet, wobei ich mich im Nachhinein gefragt habe, warum ein chinesischer Tourist auf deinem Rücken gesessen und dich im Würgegriff gehalten hat.«

»Ich wollte ihm gerade seinen Geldbeutel zurückgeben, den er auf der Straße verloren hat, als er sich schon auf mich gestürzt hat«, erwiderte er.

»Lennart«, sagte sie genervt. »Ich muss in einer Stunde auf der Wache sein und würde gern noch meine Runde fertig laufen. Kannst du nicht zu deinen Kumpels nach St. Georg rollern und 'ne Schachtel geschmuggelter Zigaretten rauchen?«

»Ich rauche nicht, nehme keine Drogen und ernähre mich gesund. Also meistens. Wenn es keinen Schweinebraten gibt«, fügte er noch hinzu. »Außerdem biete ich dir kostenlosen Geleitschutz, denn im Elbpark treiben sich manchmal komische Gestalten herum.«

»Vor allem auf Elektrorollern«, murmelte Alina.

»Stehst du eigentlich noch auf die Backstreet Boys?«, fragte er.

»Wie kommst du darauf?«, fragte sie überrascht.

»Ich habe dir die neuste CD besorgt, und zwar einen Tag, bevor sie im Handel erschienen ist«, sagte Lennart. »Damals warst du dankbar und sehr entzückt.«

»Ich war dreizehn«, erwiderte Alina. »Und meine Dankbarkeit ist längst erloschen. Wenn ich dich zu fassen kriege, liefere ich dich im Gefängnis ab.«

»Darf ich dich noch an die Bundesjugendspiele erinnern?«, fragte Lennart. »Ich war schneller, konnte weiter werfen und höher springen als du.«

»Seitdem ist eine Menge Zeit vergangen«, erwiderte sie lächelnd. »Du kannst es ja darauf anlegen.«

»Ich bin drei Meter von dir entfernt und du kriegst mich trotzdem nicht zu fassen.«

»Weil du auf einem Elektroroller stehst, der zweifelsohne modifiziert wurde und dessen Zulassung ich anzweifle.«

»Es ist gestern spät geworden, daher ist dieses Hilfsmittel legitim«, rechtfertigte er sich.

Als Alina das Fährhaus passierte, sah sie zwei Müllsäcke am Wegesrand liegen. Sie lief etwas mehr nach links, weg von Lennart, und griff nach einem Sack, als sie daran vorbeikam. Sie nahm ihren Laufschwung mit, drehte sich zu ihrem ungebetenen Begleiter und schleuderte den Sack.

Lennart reagierte erstaunlich schnell und duckte sich, aber der Sack streifte ihn noch an der Schulter, was die Lenkung des Rollers nach rechts riss. Er kam vom Weg ab und raste die Uferböschung hinunter.

»Zur Seite!«, schrie er einem Angler zu, der sich im letzten Moment mit einem beherzten Sprung vor dem heranrauschenden Elektroroller retten konnte.

Alina konzentrierte sich bereits wieder auf ihren Weg den Entenwerder Stieg hoch, als sie ein lautes »Scheiße!« vernahm, gefolgt von einem Platschen.

Mit einem zufriedenen Seufzen beschleunigte sie ihre Schritte und setzte ihre Runde fort. Dann summte die Handyuhr an ihrem Handgelenk. Sie sah auf das Display und las die SMS.

Ihr Vorgesetzter rief alle Beamten ihrer Schicht zu einer Besprechung zusammen. So kurzfristig war das immer eine schlechte Nachricht. Etwas war passiert.

* * *

Als Alina fünf Minuten vor dem Meeting auf der Dienststelle ankam, hatten sich schon alle anderen Kollegen der Schicht in der Küche versammelt. Jeder spekulierte, warum sie zur

Besprechung gerufen worden waren, niemand schien eingeweiht zu sein. Sie wollte sich gerade eine Tasse greifen, als ihr Partner Bilal sich durch die Kollegen drängte und ihr einen Milchkaffee in die Hand drückte.

»Weißt du etwas?« Bilal fuhr sich mit der linken Hand durch den dichten Vollbart, der dabei etwas vom herben Kräuterduft des Pflegeöls freisetzte, das er sich jeden Morgen in die Haare rieb.

»Ich bin genauso überrumpelt wie du.« Alina trank einen Schluck und schüttelte sich. »Wenn das nicht den Tatbestand der Körperverletzung erfüllt, dann weiß ich auch nicht.« Sie sah in ihre Tasse und überlegte, ob ihr Partner die Milch mit Bleiche verwechselt hatte.

»Man munkelt, dass Christoph die Nacht bei der Kripo verbracht hat.« Bilal griff nach einem Donut und biss ein großes Stück davon ab.

»Wie kann ein Mensch, der sich nur von Kaffee und Donuts ernährt, so durchtrainiert sein?« Sie deutete auf seine muskulösen Arme und die breiten Schultern.

»Gute Gene«, antwortete er kauend. »Möchtest du auch ein Stück?« Er bot ihr die übrige Hälfte des Donuts an.

»Alleine der Anblick von diesem Zuckermonster lässt mich schon zwei Kilo zunehmen.« Sie hob abwehrend die Hand. »Du kannst dir nicht vorstellen, was mein Körper macht, wenn ich nur einen Bissen davon nehme.«

Bilal zuckte die Achseln und schob sich den Rest des Donuts in den Mund.

Irgendwo ertönte der Wecker eines Handys. Die Gespräche verstummten und die Anwesenden drückten sich durch die enge Küchentür.

»Acht Uhr.« Bilal leerte den Kaffee in einem Zug. Alina schüttete ihren in den Ausguss, stellte die Tasse in die Spülmaschine und folgte den Kollegen zum Besprechungszimmer.

Sie hatten noch nicht richtig Platz genommen, als die Tür des Besprechungsraums energisch geöffnet wurde und ihr Vorgesetzter hereingestürmt kam. Christoph Eckner war ein guter Chef, der sich um seine Leute kümmerte und Alina vom ersten Tag an in der Dienststelle unterstützt hatte. Er hatte keinen Kaffee in der Hand und nahm sich nicht die Zeit für einen kleinen Plausch. Also war die Sache ernst.

»Guten Morgen«, begrüßte er sie. »Gestern Abend haben zwei Kollegen von der Dienststelle Harburg in der Wilstorfer Straße eine Leiche gefunden. Der Mann wurde mit einem Stich ins Herz getötet.«

Alina verkniff sich ein Brummen. Das Phoenixviertel litt seit Jahren unter Drogenkriminalität und Bandenkriegen. Die meist illegalen Buden für Glücksspiel und die zahllosen Alkoholiker dort taten ihr Übriges.

»Und deswegen sind wir hier?«, flüsterte ihr Partner. »Ein Toter in der Wilstorfer ist so wenig überraschend wie eine Hure auf der Reeperbahn.«

»Bei dem Toten handelt es sich um Dimitrios Floros, einen Kleinkriminellen, der schon zweimal wegen Taschendiebstahls und Raub im Gefängnis war«, fuhr Christoph fort.

»Was treibt Dimitrios in Harburg?«, wandte sich Alina leise an ihren Partner. »Der macht seine Geschäfte nur in St. Georg.«

»Das werden wir ihn wohl nicht mehr fragen können.« Bilal deutete nach vorne.

Christoph hatte ein Bild von dem Opfer eingeblendet. Der Mann hatte kurze schwarze Haare, einen schmalen Oberlippenbart und eine platt gedrückte Nase, das Andenken an einen Zuhälter, dem er die Tageseinnahmen hatte stehlen wollen. Dimitrios saß auf einer Parkbank, den Kopf in den Nacken gelegt, als würde er Flugzeugen nachsehen wollen, aber der große Blutfleck auf der linken Seite seines Hemdes passte nicht zu dieser Idylle.

»Floros wurde von hinten mit einem Stich ins Herz getötet. Die Tatwaffe war ein langes Messer«, fuhr Christoph fort. »Die Ermittlungen sind noch nicht abgeschlossen und die Rechtsmedizin überprüft noch den Wundkanal, aber wir sind der festen Überzeugung, dass es sich hier um das vierte Opfer des Serienmörders Kevin Nau handelt.«

Ein Raunen ging durch den Raum.

Bilal schlug die Hände vors Gesicht. »Nicht das schon wieder.«

»Auch wenn wir keine Beziehung des Opfers zu Nau gefunden haben, lag dem Toten wieder ein Bekennerschreiben bei.« Christoph blendete ein weiteres Bild ein. Auf ein Blatt Papier waren mit ausgeschnittenen Buchstaben einer Zeitung zwei Worte geklebt worden: »Drogen töten!«

»An Floros' Händen haben wir Kokainreste gefunden. Die Spuren sind noch nicht vollständig ausgewertet, die Zeugenbefragungen laufen noch, und wir warten auf die Obduktionsergebnisse, aber ich möchte euch bitten, die Augen nach Nau offen zu halten. Jeder von euch weiß, wie er aussieht. Befragt eure Informanten, die Türsteher, Obdachlose und alle anderen, die sich letzte Nacht auf den Straßen herumgetrieben haben. Wenn ihr einen Hinweis habt, und wenn er noch so unbedeutend erscheinen mag, gebt ihn sofort an mich weiter und ich setze mich mit den Kollegen der Mordkommission in Verbindung.«

Christoph schaltete den Beamer aus. »Viel Glück und passt auf euch auf.«

* * *

Bei ihrer täglichen Runde gingen Alina und Bilal über den Hansaplatz, eigentlich ein schöner Ort, mit einem traumhaft gestalteten Brunnen, prachtvollen Linden und Platz für die Cafés im Erdgeschoss der sanierten Altbauten. Vielleicht war

17

das der Grund, warum immer mehr Obdachlose hierherkamen, ihr Bier am Hansabrunnen tranken und irgendwie versuchten, den Tag herumzukriegen. Am Pissoir hatte sich eine kleine Gruppe Männer zusammengefunden, die entweder missmutig zu den beiden Polizisten sahen oder ihnen den Rücken zuwandten, als könnten sie dadurch unsichtbar werden.

So früh am Morgen war der Alkoholpegel der Trinker noch auf einem erträglichen Level. Niemand randalierte, es wurden keine Messer gezogen oder Prügeleien veranstaltet. Alina kontrollierte die Scheinwerfer für die Nacht und ging zu den Kameras, die an hohen Pfosten nahe den Linden aufgestellt waren. Die dicken Metallstangen waren voller Aufkleber gegen Videoüberwachung, manche neu, andere schon Wochen alt und teilweise weggekratzt.

»Kevin Nau ist zurück«, murmelte Bilal, als könnte er die Neuigkeit immer noch nicht glauben.

»Die Presse weiß noch nichts davon, sonst hätten sich die Zeitungen heute Morgen mit reißerischen Schlagzeilen überboten«, sagte Alina. »Wahrscheinlich verkauft die Kripo die Tat als Mord innerhalb des Drogenmilieus.«

»Mit dem Stich ins Herz und dem Bekennerschreiben deutet alles auf Nau hin, aber Christoph hat nichts von einer Spur zu ihm erzählt. Wie kann sich ein Mann, trotz aller Fahndungen, den Behörden monatelang entziehen und dabei weiter morden?«

»Ich frage mich eher, warum Nau einen unbedeutenden kleinen Mistkerl wie Dimitrios getötet hat.«

»Weil er Drogendealer hasst.«

»Dass Dimitrios mit Drogen gedealt hat, höre ich heute zum ersten Mal«, erklärte Alina. »Bisher hat er Touristen um die Geldbörse erleichtert, Einbrüche begangen und die Beute an Hehler verhökert. Drogen waren ihm zu gefährlich.«

»Aber sie bringen das meiste Geld«, sagte Bilal. »Und vielleicht hat er welches gebraucht.«

»Dann hätte er seine Geschäfte auch in St. Georg machen können. In Harburg waren einige Jungs nicht gut auf ihn zu sprechen, daher hat er die Gegend gemieden. Und wenn er dort hingegangen wäre, dann sicher nicht zum Phoenixplatz.« Sie schüttelte den Kopf. »Außerdem fallen mir um die Wilstorfer Straße zehn größere Fische ein, die Nau hätte töten können, wenn er den Drogenhandel bekämpfen wollte.«

»Warum fängst du nicht endlich eine Ausbildung an der Akademie an und gehst zur Kripo?«, fragte Bilal. »Du gehörst nicht in den Streifendienst.«

»Meine persönliche Situation ist momentan … schwierig.«

»Das sagst du, seit wir uns kennen«, erklärte ihr Partner. »Nicht dass mich dein Leben außerhalb der Polizei etwas angeht, aber du solltest deine Situation ändern. Ich helfe dir auch dabei, wenn ich kann.«

»Das weiß ich«, sagte Alina. »Danke.«

»Ich habe da einen netten Cousin«, begann Bilal. »Nicht der hellste Keks in der Dose, aber er hat sich im Importgeschäft etabliert, geht dreimal die Woche mit mir trainieren und …«

»Ich will nicht verkuppelt werden«, unterbrach sie genervt. »Ich kann das alleine, wenn ich will.«

Er zog die Augenbrauen hoch. »Wenn dir niemand einen Mann vor die Haustür legt, wirst du in diesem Leben keine Beziehung mehr haben. Ich habe auch eine nette Cousine, wenn dir danach steht«, ergänzte er augenzwinkernd.

»Noch ein Wort und ich verpass dir eine mit meinem Schlagstock.«

Bilal lachte.

»Und dann kette ich dich mit Handschellen neben dem Pissoir an und lass dich bis zum Ende der Schicht dort.«

Er streckte die Hände hoch über den Kopf. »Versuch es doch«, erwiderte er grinsend.

19

Alina griff sich seinen muskulösen rechten Arm und versuchte, ihn herunterzuziehen, aber ihr Partner war einen Kopf größer als sie und wog fast das Doppelte. Schließlich gab sie auf und trat ihm auf den Fuß.

»Das hast du davon«, murmelte sie, als er stöhnend davonhumpelte, ohne jedoch sein Grinsen zu verlieren.

Eine Zeit lang liefen sie schweigend über den Hansaplatz, wobei sie heute noch misstrauischer beäugt wurden als sonst, so als würden sich die Leute nach dem Grund für ihre Auseinandersetzung fragen.

Sie waren gerade wieder zurück an ihrem Dienstfahrzeug, als Alina ein Mann mit einer grünen Baseballkappe der Green Bay Packers auffiel. Er hielt den Kopf gesenkt, den Blick auf sein Handy gerichtet, als würde er eine wichtige Nachricht lesen. Er saß nahe einer Linde, unter deren Blätterdach ein Café kleine Stehtische mit Heizpilzen aufgestellt hatte, und nippte an einem Bier. Alina winkte ihren Partner heran und deutete auf den Mann. »Unser freundlicher Hehler ist wieder aus der Versenkung aufgetaucht.« Gemeinsam gingen sie auf ihn zu.

»Guten Morgen, Herr Schweter«, sagte Alina freundlich und klopfte ihm auf die Schulter.

Der Angesprochene zuckte zusammen und hätte vor Schreck beinahe sein Handy fallen gelassen.

»Frau Grimm«, stotterte er und steckte das Gerät hastig in die Tasche seiner schwarzen Regenjacke. Er rieb sich nervös über seine Bartstoppeln, eine Geste, die er immer machte, wenn er etwas zu verbergen hatte.

»Haben Sie schon gehört, was gestern am Phoenixplatz passiert ist?«

»Nein, was denn?« Er sah zur Seite und fuhr sich mit der Zunge über die Oberlippe.

»Dimitrios Floros wurde ermordet.«

»Kein Wunder«, murmelte Schweter. »Der kleine Mistkerl hat 'ne Menge Ärger gemacht. War nur 'ne Frage der Zeit, bis ihm jemand eine verpasst.«

»Eine verpassen und jemanden abstechen ist ein Unterschied.«

»Für manche Typen nicht.« Er sah auf seine Uhr. »Ich muss los.« Schweter wollte aufstehen, aber Bilal legte ihm die Hand auf die Schulter.

»Henning«, sagte er ruhig. »Seien Sie nett zu meiner Partnerin und beantworten Sie ihre Fragen, dann sind wir auch bald weg und überprüfen das Handy in Ihrer Tasche nicht.«

»Damit ist alles in Ordnung«, rechtfertigte er sich. »Das habe ich ganz legal erstanden.«

Bilal zeigte ein freudloses Grinsen. »Vielleicht haben Sie es ganz legal erstanden, aber die Typen, denen Sie die Geräte abkaufen, haben das sicherlich nicht.«

Schweter rieb sich über die Nase, dann wandte er sich wieder Alina zu.

»Was wissen Sie von der Sache mit Dimitrios?«, fragte sie.

»Hab nur gehört, dass ihn einer erstochen hat. Keine Ahnung, wer. Harburg ist nicht mein Gebiet.«

»Welche Probleme hatte er mit den harten Jungs?«

»Dimitrios hat immer wieder Touristen abgerippt, und das hat einigen hier nicht gefallen, weil diese Touristen dann weniger getrunken, weniger gefickt und weniger Drogen gekauft haben. Und wenn sich das rumspricht, laufen die Geschäfte schlechter.«

»Was genau hat er abgerippt?«

»Die Geldbörsen gestohlen, manchmal auch Schmuck oder Handys«, erklärte Schweter. »Den Besoffenen konnte er unbemerkt Zeug aus der Tasche ziehen, aber wenn er Kohle gebraucht hat, hat er auch mal ein Messer gezückt. Das kam hier nicht gut an, also hat er ein paar Ohrfeigen kassiert. Vielleicht hat er es zu weit getrieben.«

»Was würden Sie sagen, wenn sein Mörder nicht das erste Mal zugeschlagen und ihm noch eine Botschaft dagelassen hat?« Alina erwähnte absichtlich nicht Kevin Naus Namen, aber jeder auf der Straße hätte gewusst, von wem sie redete.

»Das ist nicht gut«, murmelte Schweter und leckte sich wieder über die Oberlippe. »Nicht gut.«

»Nicht gut für Sie und alle Ihre Kumpels, denn jetzt wird die Mordkommission wieder jeden Stein in Hamburg rumdrehen und schauen, wer darunter hervorgekrochen kommt. Und wenn es kein Serienmörder ist, dann vielleicht jemand anders, den man ins Gefängnis stecken kann.«

»Ich habe mit solchen Typen nichts zu tun«, rechtfertigte sich Schweter. »Leute, die andere zum Spaß abstechen, machen mir Angst.«

»Dann helfen Sie uns, dem ein Ende zu bereiten.«

»Wie denn? Ich verticke Kram, den ich woanders aufkaufe. Wie soll ich der Polizei bei der Suche nach 'nem Serienmörder helfen?«

»Indem Sie herausfinden, warum es Dimitrios erwischt hat.«

»Aus dem gleichen Grund, warum es vor ein paar Wochen Götz Volper erwischt hat«, spielte Schweter auf das letzte Opfer des Serienmörders an. »Weil er ein dreckiger Dealer war.«

»Volper war der Koordinator eines Kokain-Verteilernetzwerks in Hamburg«, erklärte Alina. »Dimitrios hat noch nicht mal mit Drogen gehandelt.«

»Die kleine Mistwanze hätte alles zu Geld gemacht«, sagte Schweter. »Vielleicht hatte ein Touri was dabei und Dimitrios ist auf den Geschmack gekommen.«

»Überlassen Sie das Spekulieren der Kripo«, sagte Alina. »Ich will wissen, was Dimitrios in Harburg gemacht hat, in einer Gegend mit Leuten, die ihm nicht wohlgesonnen waren, weit weg von seinem Heimstadion. Und wenn mir jemand einen guten Tipp gibt, lege ich auch ein paar Scheine auf den Tisch.«

»Und wie soll ich das machen?«

»Sie kennen halb Hamburg. Also hören Sie sich um.«

»Das ist nicht so leicht.«

»Muss es nicht sein, aber solange wir keine Infos von Ihnen bekommen, besuchen wir Sie jeden Tag bei unserer Schicht, und die ständigen Gespräche mit der Polizei werden Ihren Geschäften nicht zuträglich sein.«

Er zog missmutig die Nase hoch. »Ich schaue, was ich machen kann«, murmelte er schließlich.

»Das wollte ich hören.« Alina tippte sich an die Mütze. »Schönen Tag noch.« Dann drehte sie sich um und ging mit Bilal zum Dienstwagen.

»Und was jetzt?«, fragte er.

»Jetzt machen wir mit unserer Runde weiter und schauen, wen wir noch über Dimitrios ausfragen können.«

* * *

Es hatte bis zum nächsten Tag gedauert, bis die Presse aus Dimitrios' Ermordung die richtigen Schlüsse gezogen hatte. Die Stimmung in St. Georg hatte sich merklich verändert. Kaum jemand war noch auf den Straßen und die Informanten verschwanden, wenn sie Alina nur sahen.

Sie stand am Rand eines heruntergekommenen Spielplatzes und blickte zu einem sechsstöckigen Mehrfamilienhaus auf der gegenüberliegenden Straßenseite, dessen Fassade dringend eine Renovierung benötigt hätte. Der Putz blätterte von der Wand ab und das ursprüngliche Rot war zu einem dunklen Braun geworden. Vor den Fenstern im Erdgeschoss waren Gitter befestigt und die verkratzte Tür war mit Graffiti besprüht.

»Was erhoffst du dir von unserem Stopp in der Danziger Straße?«, fragte Bilal.

»Hier hat Dimitrios gewohnt.« Sie deutete auf das Haus. »Ich würde nur zu gern in seine Wohnung gehen, aber die ist noch immer gesperrt.«

»Du hast doch Freunde bei der Kripo«, sagte Bilal kauend. »Warum fragst du die nicht?«

»Habe ich gestern nach unserem Rundgang auf dem Hansaplatz schon getan. Und die haben mich mit interessanten Informationen versorgt.« Sie wandte sich ihrem Partner zu und wollte ihn auf den neuesten Stand bringen, als sie den Schokokringel in seiner Hand bemerkte. »Wo hast du den Donut schon wieder her?«

»Da ist eine Bäckerei um die Ecke.« Er deutete mit dem Daumen hinter sich. »Und ich habe Hunger.«

»Du hattest doch heute Morgen schon zwei.«

»Bist du meine Mutter, oder was?«, fragte er und biss ein großes Stück ab. »Ich kann so viele Donuts essen, wie ich will.«

»Gott sei Dank bin ich nicht deine Mutter, aber vielleicht sollte ich mit ihr mal über deine Essgewohnheiten reden.«

Bilal hörte vor Schreck auf zu kauen. Er beäugte Alina unsicher, als wöge er ab, ob sie wirklich zu so etwas in der Lage wäre. Dann nahm er den Rest des Donuts und warf ihn mit einem schuldbewussten Ausdruck in eine Mülltonne. »Was haben deine Freunde von der Kripo berichtet?«, wechselte er das Thema.

»Dimitrios wurde mit Naus Messer getötet«, sagte sie. »Auch das Papier und der für die Nachricht verwendete Kleber waren identisch mit denen der Botschaften bei den drei Morden zuvor. Aber es gibt keinen Zeugen, der die Tat beobachtet oder Nau am Phoenixplatz gesehen hat, wobei die Anwohner auch nicht besonders kooperativ waren.«

»Also bleibt als Motiv nur die Rache an Drogendealern?«

»Das ist selbst den Ermittlern ein Rätsel, aber Dimitrios ist Naus zweites Opfer aus der Drogenszene«, erklärte Alina. »Nach den beiden ersten, eindeutig persönlichen Morden scheint er sich umorientiert zu haben.«

»Der Fall ist klar«, sagte Bilal. »Nau hat Dimitrios beim Dealen erwischt. Schließlich hatte der Kokainspuren an den Händen.«

»Das beantwortet nicht die Frage, warum Nau ein kleines Licht wie Dimitrios getötet hat.«

»Vielleicht war es ein unvorbereiteter Mord«, sagte Bilal. »Nau läuft in einer Verkleidung durch die üblen Viertel von Hamburg. Wenn er einen Dealer erwischt und die Gelegenheit günstig ist, sticht er ihn ab.«

»Und die Botschaft, die er dazugelegt hat?«

»Die hat er immer dabei«, erklärte Bilal. »Die Worte auf dem Zettel waren allgemein genug, dass sie für jeden Dealer passten. Sie waren nicht auf Dimitrios abgestimmt.«

»Ein europaweit gesuchter Serienmörder spaziert mit einem unverwechselbaren Messer und einer Botschaft in der Tasche durch die verrufenen Viertel Hamburgs auf der Suche nach einem Drogendealer, den er abstechen kann?« Sie hob die Augenbrauen. »Das ist mehr als fahrlässig.«

»Aus unserer normalen Sicht schon«, sagte Bilal, wobei er das Wort »normalen« betonte. »Aber wer weiß, was im Kopf eines Serienmörders los ist?«

Alina dachte einen Moment über die Worte ihres Partners nach. Dann machte sie sich eine Notiz in ihrer Memo-App.

»Hatte er etwas bei sich, das seinen Besuch im Phoenixviertel erklären würde?«, fragte Bilal.

»Sein Handy ist verschwunden und konnte bisher nicht getrackt werden«, sagte Alina. »Er hatte auch keine Drogen oder Geld bei sich.«

»Was bei der Gegend keine Überraschung ist«, sagte Bilal. »Da gibt es genug Typen, die auch eine Leiche ausrauben.«

»Die Ermittlungen in der Wohnung sind noch nicht abgeschlossen.« Sie deutete nach oben. »Vielleicht finden die Leute vom Kriminaltechnischen Institut noch etwas.«

»Können wir uns bis dahin wieder unserer eigentlichen Arbeit widmen, Miss Marple?«, fragte Bilal.

»Wir wissen noch nicht, was Dimitrios in Harburg gemacht hat«, antwortete sie.

Bilal stöhnte genervt. »Vielleicht hat er einen Kunden persönlich beliefert.«

»Nachdem die Kripo alle Bekannten von Dimitrios befragt hat, ist sie auf eine beeindruckende Liste an Feinden gekommen, die ihm gern den Hals umgedreht hätten.« Sie browste durch ihre App. »Auf Platz eins steht ein Klubbesitzer vom Holzdamm, dessen Gäste Dimitrios regelmäßig auf dem Nachhauseweg um ihre Geldbörsen erleichtert haben soll. Das wiederum hat dem Klub einige sehr schlechte Rezensionen im Internet eingebrockt, die vor einem Besuch in der Gegend warnen. Und jetzt rate, wo besagter Klubbesitzer wohnt.«

»In Kotzenbüll?«

»Nordfriesland ist doch etwas zu weit für das tägliche Pendeln.« Alina ging nicht auf den Scherzversuch ein. »Daher hat er sich für eine Bleibe in Harburg entschieden.«

»Und was schließen wir daraus?«

»Dass es aus Sicht von Dimitrios eine dumme Idee war, zum Phoenixplatz zu gehen«, sagte Alina. »Und hätte Nau ihn nicht erwischt, wäre er von jemand anders getötet worden, also muss er einen wirklich sehr, sehr guten Grund gehabt haben, sein gewohntes Gebiet zu verlassen. Und den würde ich wirklich gern wissen.«

»Durch das Starren auf seine Wohnung wirst du ihn nicht erfahren.« Bilal deutete auf ihren Dienstwagen, der an der Ecke geparkt war. »Aber solange du noch nicht unter die selbstständigen Ermittler gegangen bist, müssen wir sowieso weiter unsere Runde fahren.«

Alina seufzte und steckte ihr Handy in die Tasche. Sie richtete ihren Gürtel und folgte ihrem Partner zum Auto, als ein

Mann auf sie zugelaufen kam. Er hatte kurz geschorene Haare, einen dünnen Spitzbart und eine schmale Nase, die viel zu fein für sein grobschlächtiges Gesicht schien. Seine Militärhose mit Tarnmuster war verschmutzt und seine Stiefel waren mit Schlamm bespritzt, als wäre er bei dem Gewitter gestern Nacht im Wald unterwegs gewesen. Das Auffälligste an ihm war eine sternförmige kleine Narbe über der Nase, die er sich sicherlich nicht beim Wandern geholt hatte.

Bilal verhakte die Hände im Gürtel, sodass er seine Waffe und seinen Schlagstock schnell ziehen konnte. Gleichzeitig wirkte die Geste nicht aggressiv, damit sich sein Gegenüber nicht provoziert fühlte.

»Entschuldigung.« Der Mann blieb stehen und hob die Hände. »Mein Name ist Janko. Ich habe gehört, Sie wollen mehr über Dimitrios wissen.«

»Wo haben Sie das gehört?«, fragte Bilal.

»Henning Schweter hat mir das gestern gesteckt und auch was von einer Belohnung gefaselt.«

»Die Belohnung gibt es nur für Hinweise, welche die Kripo noch nicht hat.« Alina stellte sich neben ihren Partner. »Und bei dem momentanen Ermittlungsstand muss das eine gute Information sein.«

»Ich kenne den Unterschlupf von Dimitrios«, sagte Janko.

»Der ist da vorne.« Bilal deutete auf das Mehrfamilienhaus.

»Das ist seine Wohnung«, korrigierte der Mann. »Dimitrios hatte ein Versteck, in dem er all seine geklauten Sachen gelagert hat, bis er sie an die Hehler verkaufen konnte. Wenn Sie möchten, führe ich Sie dorthin.«

* * *

Alles in Alina warnte sie, das Haus zu betreten. Das Grundstück war mit einem Baustellenzaun abgesperrt. Hinter einer von Unkraut überwucherten Grünfläche kam man zu einem verfallenen Haus, das bis zum ersten Stock mit Graffiti besprüht war. Die Fenster waren durch Bretter ersetzt worden, die quer über die Öffnungen genagelt waren. In der Eingangstür prangte ein faustgroßes Loch, als hätte jemand in unbändiger Wut dagegengeschlagen. Daneben standen zwei kleine Zelte, und eine durchweichte Matratze lehnte an der Wand. Kein schöner Ort, aber wenn der Mann recht hatte, konnte sie etwas finden. Und wenn es nur Dimitrios' Handy war.

»Da willst du nicht wirklich rein«, sagte Bilal.

»Was hast du erwartet?«, erwiderte Alina. »Dass Dimitrios sein Versteck im Berliner Tor Center hatte?«

»Wegen der Obdachlosen mache ich mir keine Sorgen, aber wenn *er* seinen Kram darin versteckt hat, wird das anderer Abschaum auch gemacht haben. Und der wird sich nicht freuen, uns zu sehen.« Er winkte Janko zu sich. »Was ist das für ein Drecksloch?«

»Ein ehemaliges Industriegebäude mit Büroräumen, das seit Ewigkeiten leer steht.«

»Und wer ist jetzt da drin?«

»Obdachlose, Junkies, und manchmal gehen die Nutten mit ihren Kunden rein. Aber nichts, vor dem man Angst haben muss, wenn man 'ne Knarre hat.«

»Und woher weißt du von Dimitrios' Versteck?«

»Man hört so einiges«, sagte Janko. »Außerdem habe ich ihn rein- und wieder rausgehen sehen. Meine Bude ist nicht weit von hier.« Er deutete die Straße entlang.

»Wir können da nicht so einfach rein«, sagte Bilal zu Alina. »Auch wenn es verlassen scheint, ist es noch immer in Privatbesitz.«

»Riechst du das auch?«

»Was?«

»Marihuana. Und zwar eine Menge.«

Bilal faltete die Hände und sah zum Himmel. Er sagte etwas auf Türkisch, das Alina nicht verstand. »Hey, Janko«, wandte er sich dem Mann zu. »Kann es sein, dass du da Typen gesehen hast, die Blumenerde und Dünger in das Gebäude geschafft haben? Und Töpfe mit komischen grünen Pflanzen, die wie Hanf aussehen?«

»Was für 'n Scheiß?«

»Nicht Scheiß. Sag einfach Ja.«

»In Ordnung. Ja.«

Bilal nickte zufrieden und wandte sich an Alina. »Damit ist das Eindringen in das Gebäude legitimiert.«

»Und gibt es einen Hinterausgang?«, fragte sie.

»Der ist verschweißt. Da kommt nicht einmal ein Panzer durch.« Janko deutete auf die Tür. »Das ist der einzige Zugang.«

»Wir sollten das trotzdem den Jungs von der Kripo überlassen«, mahnte Bilal seine Partnerin.

»Lass uns nur nachsehen, ob sich das lohnt«, sagte sie aufgeregt.

»Du bist schon wieder im Jagdmodus«, warnte Bilal. »Das lässt dich unvorsichtig werden.«

»Wo ist das Versteck?«, fragte sie Janko.

»Hinten im ersten Stock.«

»Kannst du mir das zeigen?«

»Von einer Stadtführung war nicht die Rede«, knurrte er.

»Aber natürlich zeigt dir unser neuer Freund den Raum.« Bilal ging zu ihm und drückte den kleineren Mann mit seinem muskulösen rechten Arm an sich.

»Aber nicht in der Kluft der Polizei«, sagte Janko nach einem Moment des Überlegens. »Wenn da Leute drin sind, werden die hektisch und ich kann mich hier nicht mehr sehen lassen.«

»Wir haben gerade keine Wechselkleidung dabei«, bemerkte Alina. »Daher werden wir es in Uniform machen müssen.«

Janko schien die Aussicht, mit zwei Polizisten in das Gebäude zu gehen, nicht zu gefallen, aber er sagte schließlich nichts mehr dazu.

»Ich glaube immer noch, dass es eine schlechte Idee ist«, raunte Bilal ihr zu.

»Ich schleiche mit unserem neuen Freund rein, und du positionierst dich so, dass du den Eingang und die Treppe im Auge hast. Damit hältst du mir den Rücken frei.«

»Lass mich mit ihm rein.«

»Sorry, mein Freund, aber dir fehlt das Ermittlergespür«, widersprach Alina. »Mit deiner Schuhgröße 54 trampelst du die Beweise platt, bevor du sie bemerkt hast.«

Bilal atmete hörbar aus. »Arme hoch«, sagte er zu Janko, der dem Befehl sofort nachkam. Bilal tastete ihn gewissenhaft nach Waffen ab. Dann nickte er Alina zu.

Janko trat zur Absperrung, griff nach dem Gitter und zog es ein Stück nach außen. Sie zwängten sich durch die Öffnung und gingen über die Grünfläche zum Haus. Niemand war zu sehen. Auch in den Zelten bei der Tür bewegte sich nichts.

»Pass auf, Janko«, sagte Bilal zu dem Mann. »Diese Frau ist wie eine verrückte kleine Schwester für mich.« Er deutete auf Alina. »Wenn sie sich nur den Zeh stößt, mache ich dich dafür verantwortlich und das hat mindestens eine Reha zur Folge.«

»*Easy*, Leute.« Er hob wieder die Hände. »Solange ich für die Info ein paar Scheine bekomme, bin ich der perfekte Gentleman.«

»Wenn da drin wirklich Dimitrios' Versteck ist, wird es sich für dich lohnen«, versprach Alina.

»Dann lasst uns keine Zeit verschwenden, sonst holen sich andere die Sachen.« Er drückte mit der Schulter gegen die Tür, die sich knirschend öffnete. Ohne zu zögern, ging er hinein.

»Sei vorsichtig«, sagte Bilal und schlug Alina aufmunternd auf die Schulter. »Und ruf, wenn es oben Probleme gibt.«

»Keine Sorge.« Alina schaltete ihre Taschenlampe an. »Das werde ich.«

Der Gestank nach Exkrementen raubte ihr den Atem. Sie versuchte, durch den Mund Luft zu holen, aber der abstoßende Geruch verfolgte sie weiter. Sie drückte ihre Fingernägel in die Handfläche, sodass ihre Sinne sich auf den leichten Schmerz, nicht den Gestank konzentrierten. Das machte es leichter.

Unter der Treppe in die höher gelegenen Stockwerke lagen eine Matratze und ein Schlafsack. Auf dem Boden waren leere Flaschen, gebrauchte Spritzen, angekokelte Löffel und Einwegfeuerzeuge. Sie hörte das Getrappel von Ratten. Ansonsten war es ruhig.

Bilal stellte sich mit dem Rücken an eine Wand, von der aus er den Eingang und die Treppe im Blick behalten konnte. Dann nickte er Alina zu.

Janko war schon nach oben gegangen und sah zu ihr zurück. Eine Ratte wurde von dem Lichtschein ihrer Taschenlampe aufgeschreckt. Janko sprang einen Schritt zur Seite und presste sich an die Wand, bis das Tier verschwunden war. Dann ging er ängstlich weiter. Alina folgte ihm vorsichtig. Im ersten Stock angekommen, deutete Janko in einen dunklen Flur, von dem links und rechts Türen abgingen. »Es ist der letzte Raum auf der rechten Seite«, sagte er leise.

»Nach dir.«

Janko nickte und setzte seinen Weg fort. Ab und zu knackte es unter seinen Füßen, wenn er auf eine Scherbe trat, aber er blieb immer in ihrer Sichtweite und machte keine hektischen Bewegungen. Von ihm ging keine Gefahr aus.

Alina leuchtete in jeden Raum und fragte sich, wo sich die Leute wohl aufhielten, die angeblich beim Anblick einer Polizeiuniform nervös werden würden, aber es war ihr lieber, dass sie hier alleine waren.

Janko blieb vor dem letzten Raum stehen und sah nach drinnen. »Alles in Ordnung«, sagte er schließlich und ging hinein.

Zwei Schritte hinter ihm folgte Alina. Ihre Taschenlampe erhellte das Zimmer eines Messies. Das Durcheinander bestand aus Plastikfolien, Kartons, Zeitungen, Flaschen und verschlissener Kleidung. Dazwischen leere Plastikboxen von Fast-Food-Restaurants und zerrissene Einkaufstüten. An der Wand stand ein schiefer Schrank, dessen Tür halb aus den Angeln gerissen war. Die beiden Fenster waren mit Brettern vernagelt, wobei durch das hintere noch etwas Licht hereinschien. In der Ecke lag etwas Glitzerndes.

»Das ist der Unterschlupf von Dimitrios?«, fragte sie Janko, der links neben dem Eingang stehen geblieben war.

Er nickte. »Das hat mir ein Bewohner dieser Bruchbude bestätigt.«

Sie ging in die Ecke und erkannte eine Handyhülle mit winzigen Kristallsteinchen. Sie wechselte die Taschenlampe in die rechte Hand und griff mit der Linken in ihre Jacke, wo sie normalerweise die Handschuhe hatte, als ihr etwas ins Gesicht gesprüht wurde.

Ein stechender Schmerz setzte sofort ein und zwang sie, die Lider zusammenzupressen. Sie ließ die Taschenlampe fallen und griff sich ins Gesicht. »Verdammt!«, schrie sie und torkelte blind umher.

Mit einem Knall fiel die Tür ins Schloss.

»Alina!«, hörte sie Bilal schreien. »Was ist los?«

Sie wollte ihm antworten, aber irgendetwas traf sie hart an der Stirn. Sie fiel in einen Berg Unrat und schlug mit dem Hinterkopf auf. Der Schmerz ließ sie stöhnen.

Irgendjemand hämmerte an eine Metalltür. »Alina!«, schrie Bilal wieder.

Sie war fast blind und der Schlag hatte sie beinahe ohnmächtig werden lassen, aber trotz ihrer tränenden Augen konnte sie einen Schemen erkennen. Eine Gestalt stand im Licht der am Boden liegenden Taschenlampe. Kleiner als Janko, aber dicker und gedrungener, mit einem Knüppel in der Hand, den er zum nächsten Schlag anhob.

Wie in Trance griff Alina nach ihrer Dienstwaffe und gab einen Schuss in Beinhöhe ab. Der Mann fluchte und sprang nach hinten.

»Mach sie platt!«, schrie Janko.

»Die hat eine Knarre«, antwortete der Unbekannte mit heiserer Stimme.

Janko riss ihm den Knüppel aus der Hand und rannte auf sie los, als Alina ein zweites Mal schoss. Jankos Kopf wurde herumgerissen. Er sank auf die Knie und hielt sich die Wange.

Alina wollte sich erheben, aber der Schwindel war zu stark. Sie konnte kaum noch ihre Waffe halten.

Es knallte laut, als schösse jemand von draußen auf Metall.

Alina stützte sich auf ihre Hände und versuchte, sich hochzustemmen, als sie ein weiterer Schlag traf.

Dann wurde es schwarz um sie.

KAPITEL 2

Stimmen holten Alina aus ihrer Bewusstlosigkeit. Sie lag in einem Bett, mit einem Nachthemd bekleidet, und konnte kaum die Augen öffnen. In dem Zimmer war es dunkel. Nur das Licht einer Straßenlaterne drang durch die Ritzen der heruntergelassenen Jalousien. Ihr Hals war trocken und sie sehnte sich nach einem Schluck Wasser. Sie schien alleine zu sein, aber als sie den Kopf zur Seite wandte, wurde ihr schwindelig, und sie hatte Mühe, sich nicht zu erbrechen. Alina wollte sich wieder zurückdrehen, aber sie fühlte sich kraftlos wie ein Neugeborenes. Ihre Augen fielen zu und sie schlief ein.

Als sie wieder erwachte, waren die Jalousien hochgezogen und grelles Tageslicht drang durch das gekippte Fenster. Sie hörte wieder Stimmen. Ein Arzt und eine Frau in einem Hosenanzug standen vor ihrem Bett und unterhielten sich leise. Als der Arzt bemerkte, dass sie aufgewacht war, ging er zu ihr.

»Wie geht es Ihnen, Frau Grimm?«

Er reichte ihr ein Glas mit Wasser, das sie gierig austrank.

»Ich habe Schmerzen, als wäre ein Auto über meinen Kopf gefahren«, flüsterte sie mit heiserer Stimme. Sie fasste sich an die Stirn und ertastete einen Verband.

»Sie haben ein Schädel-Hirn-Trauma erlitten«, sagte der Arzt. »Glücklicherweise nicht mit einem schweren Verlauf, aber Sie werden die nächsten Wochen noch unter Beschwerden leiden.«

»Was ist passiert?«

»Ich habe nur Ihre Verletzungen behandelt«, sagte der Arzt. »Wie es dazu kam, wird Ihnen diese Frau beantworten.« Er deutete auf die zweite Person im Raum.

Sie trat ans Bett und nickte Alina zu. »Mein Name ist Birgit Irsek«, stellte sie sich vor. »Ich wurde von der Polizeigewerkschaft gebeten, Ihren Fall zu übernehmen.« Die Frau hatte schulterlange braune Haare und trug eine weiße Bluse unter dem Jackett, dessen Knöpfe offen waren. Das Doppelkinn und die Falten auf ihrer Stirn ließen sie alt wirken, aber sie hatte ein freundliches Lächeln, wie das einer italienischen Mama, die ihre Kinder nach Jahren das erste Mal wiedersieht.

»Meinen Fall?«, fragte Alina. »Was ist passiert? Wie bin ich hierhergekommen?«

Die Anwältin nickte dem Arzt zu, der das Zimmer verließ. Irsek zog einen Stuhl ans Bett und nahm Platz. »An was erinnern Sie sich noch?«

Alina schloss die Augen. »Ich bin einem Mann in ein verlassenes Industriegebäude gefolgt. Dort sollte ein gewisser Dimitrios Floros, der vor zwei Tagen ermordet worden ist, sein Versteck gehabt haben. Dann wird es unscharf«, sagte sie. »Irgendjemand hat mich angegriffen. Ich habe versucht, mich zu wehren, und mein Partner Bilal wollte in den Raum kommen, aber die Tür war verschlossen.« Sie konzentrierte sich, um die Vorfälle deutlicher ins Gedächtnis zu rufen, aber die Erinnerungen waren sprunghaft, mit Lücken wie unzusammenhängende Aufnahmen einer Kamera. »Ich kriege es nicht mehr zusammen.«

»Der Arzt hat gesagt, dass Gedächtnislücken normal sind«, beruhigte sie Irsek. »Die Erinnerungen kommen in den meisten Fällen aber zurück.«

»Dann erklären Sie mir, warum Sie hier sind«, sagte Alina. »Wenn die Gewerkschaft eine Rechtsberaterin schickt, ist das kein gutes Zeichen.«

Irsek nahm eine Akte aus ihrer Tasche. »Das ist der vorläufige Bericht zu den Vorfällen.« Sie legte die Papiere auf den Beistelltisch. »Sie können ihn lesen, wenn es Ihnen besser geht, aber wenn Sie möchten, fasse ich die Ereignisse für Sie zusammen.«

Alina nickte.

»Wie Sie bereits gesagt haben, kam ein Informant zu Ihnen und Ihrem Partner Bilal Aydin. Er versprach, Sie beide zu einem angeblichen Unterschlupf des Mordopfers Dimitrios Floros zu bringen. Sie haben sich unter einem Vorwand Zutritt zum Gebäude verschafft. Ihr Partner hat im Erdgeschoss die Treppe und den Zugang gesichert, während Sie mit dem Informanten in den ersten Stock gegangen sind. Dort befand sich das angebliche Versteck.«

»Daran erinnere ich mich noch.«

»Offensichtlich hat Sie der Informant in eine Falle gelockt, denn als Sie in den Raum gekommen sind, hat eine zweite Person Sie mit einem Knüppel angegriffen, während der Informant die Tür geschlossen hat, um Ihren Partner draußen zu halten. Sie haben daraufhin Ihre Dienstwaffe gezogen und insgesamt zwei Schüsse abgegeben. Anhand der Blutspuren am Tatort lässt sich schließen, dass Sie dabei einen der beiden Männer getroffen haben, wohl aber nicht schwer. Als es Herrn Aydin gelungen ist, die Tür zu dem Raum aufzubrechen, hatten die beiden Männer schon die Holzabdeckung eines Fensters entfernt und sind vom Tatort geflüchtet. Da Sie zu der Zeit mit einer sichtbaren Platzwunde am Kopf ohnmächtig am Boden lagen, hat Ihr Partner von einer Verfolgung der Angreifer abgesehen und eine Ambulanz gerufen, die Sie umgehend in dieses Krankenhaus transportiert hat. Trotz einer sofort eingeleiteten Fahndung konnten die beiden Männer entkommen. Das war vor zwei Tagen.«

»So lange liege ich schon hier?«

Die Anwältin nickte.

»Was für ein verfluchter Mist«, murmelte Alina. Sie hätte doch auf Bilal hören und nicht in das Gebäude gehen sollen. »War es wenigstens das Versteck von Dimitrios Floros?«

Die Anwältin schüttelte den Kopf. »Es gab keine Hinweise auf das Mordopfer, aber das ist nur die Hälfte der Geschichte.« Irsek deutete auf die Akte. »Noch am Abend des Zwischenfalls erhielt das LKA 6 einen Tipp, dass sich der Überfall auf Sie nicht zufällig ereignet hat, sondern von einem rivalisierenden Drogendealer initiiert worden war.«

»Rivalisierenden Dealer von wem?«, fragte Alina.

»Von Ihnen.«

»Von mir?«, fuhr sie auf. Sofort bereute sie ihren Ausbruch, weil die ruckartige Bewegung des Kopfs ihr stechende Schmerzen beschert hatte.

»Die Kollegen vom LKA 6 haben daraufhin Ihre Wohnung durchsucht und im Betthaupt zwölf Päckchen Kokain gefunden, verpackt in kleine Tüten zu einem Gramm, was einem Marktwert von ungefähr 800 Euro entspricht.«

»Das kann nicht sein.«

»Außerdem fanden sich im Versteck tausend Euro Bargeld in kleinen Scheinen.«

»Niemals«, sagte Alina. »Das hat mir jemand untergeschoben.«

»Ein Kriminaltechniker hat Ihre Wohnungstür nach Einbruchsspuren untersucht und ist nicht fündig geworden«, berichtete Irsek. »Daher scheint die Sachlage klar zu sein.«

»Fanden sich meine Fingerabdrücke auf den Kokainpäckchen oder den Geldscheinen?«

»Weder Abdrücke noch DNS«, sagte die Anwältin. »Nicht von Ihnen und nicht von anderen Personen.«

»Gibt es Zeugen, die mich beim Verkauf von Drogen gesehen haben?«, fragte Alina. »Wer ist denn der angebliche Dealer, mit dem ich Stress haben soll?«

Irsek legte ihr besänftigend die Hand auf den Arm. »All dem werden wir nachgehen«, sagte sie. »Dafür bin ich da. Die Ermittlungen sind noch nicht abgeschlossen und ich werde mit Ihnen Antworten auf diese Fragen finden, aber Sie benötigen erst noch etwas Ruhe. Der Arzt hat gemahnt, vorsichtig zu sein. Die beiden Schläge auf Ihren Kopf waren schwerwiegend und es braucht noch Wochen, bis Sie vollständig genesen sind.«

»Ich will keine Ruhe, ich will zurück in den Dienst und die Drecksäcke finden, die mir das angetan haben.«

»Frau Grimm«, sagte die Anwältin mit ruhiger Stimme. »Sie werden verdächtigt, mit Drogen zu handeln, daher sind Sie nach Beamtenrecht vom Dienst suspendiert. Außerdem wurde ein Disziplinarverfahren gegen Sie eingeleitet.«

»Das kann nicht wahr sein.« Alina schlug wütend auf die Matratze. »Ich habe damit nichts zu tun. Fragen Sie meinen Partner, fragen Sie meinen Vorgesetzten. Die werden meine Aussage bestätigen.«

»Das haben sie«, bestätigte Irsek. »Ihr Partner hat dem LKA gesagt, er würde jeden Eid schwören, dass Sie nicht mit Drogen handeln, und auch Ihr Vorgesetzter, Herr Christoph Eckner, hat sich für Sie eingesetzt. Dennoch sprechen die Fakten momentan gegen Sie, daher würde ich Sie bitten, nicht übermütig zu werden und meinen Ratschlägen zu folgen. Dann kommen wir aus der Sache heraus.«

Alina hatte Mühe, die aufsteigenden Tränen zurückzuhalten. »Wie geht es Bilal?«

»Ihm konnte keine Beteiligung an Ihren angeblichen Geschäften nachgewiesen werden, aber das Dienstfahrzeug und sein Spind in der Dienststelle wurden ebenfalls durchsucht. Und natürlich steht er unter besonderer Beobachtung.«

»Das ist nicht richtig.« Alina ließ den Tränen freien Lauf. Es dauerte eine Zeit, bis sie sich wieder gefangen hatte. Bis dahin blieb die Anwältin neben ihr und legte schließlich eine Hand auf ihre Schulter.

»Wenn Sie möchten, können wir Ihren Partner anrufen«, sagte Irsek, nachdem sich Alina beruhigt hatte. »Ihr Handy ist noch konfisziert, aber er hat mir seine Nummer gegeben.«

Sie nickte. »Ich würde gern wissen, wie es ihm geht.«

Die Anwältin nahm ihr Telefon aus der Tasche, wählte und reichte das Gerät an sie weiter.

»Bilal Aydin«, meldete er sich.

»Hier ist Alina«, sagte sie und wischte sich eine Träne von der Wange.

»Hey, Partnerin. Wie geht es dir?« Er klang erleichtert und erfreut zugleich.

»Noch Kopfschmerzen, aber so weit ist alles okay.«

»Wer hätte gedacht, dass dein Dickschädel auch mal nützlich sein kann.«

Sie lachte. »Es tut mir leid«, fuhr sie dann ernst fort. »Ich weiß nicht, was gerade passiert, aber ich habe mit all dem Mist nichts zu tun und kann mich nur hundert Mal entschuldigen, dass du da mit reingezogen wirst.«

»Dazu gibt es keinen Grund«, sagte Bilal. »Ich habe den Ermittlern vom LKA schon deutlich zu verstehen gegeben, dass dich jemand reinlegen will. Wenn der Fall erst aufgeklärt ist, werden die sich bei uns entschuldigen.«

»Ich kapiere es nicht«, sagte Alina. »Warum lockt mich jemand in eine Falle und schiebt mir Koks unter?«

»Darüber zerbreche ich mir schon seit zwei Nächten den Kopf und finde keine Antwort«, erwiderte Bilal. »Aber auf Streife halte ich nach dem Drecksack Janko Ausschau. Und wenn ich ihn finde, schüttle ich die Wahrheit aus ihm heraus.«

»Sei vorsichtig«, bat ihn Alina. »Du stehst unter Beobachtung, und das Letzte, was du jetzt gebrauchen kannst, ist noch mehr Ärger.«

»Lass das meine Sorge sein. Ich bin schon ein großer Junge.«

»Das bist du. Und ich vermisse das Streifefahren mit dir jetzt schon.«

»Du wirst erst mal wieder gesund«, sagte ihr Partner. »Dann feiern wir ein großes Fest und ich stelle dir meine Familie vor. Da sind Typen dabei, die sind mindestens so verrückt wie du.«

»Das wäre schön.«

Irgendwo im Hintergrund hörte sie eine Durchsage per Funk. »Ich muss weiter, Miss Marple«, sagte Bilal. »Bleib tapfer.« Dann beendete er das Gespräch.

»Ich versuche es«, flüsterte Alina. Sie gab das Handy zurück an die Anwältin.

»Fahndet das LKA nach diesem Janko?«

»Ihr Partner hat mit einer Expertin eine Zeichnung von ihm erstellt, aber in der Datenbank fand sich niemand, der so aussieht. Auch der Name Janko führte zu keinem Treffer.«

»Hat jemand die beiden Männer vom Tatort flüchten sehen?«

Die Anwältin schüttelte den Kopf.

»Wie geht es jetzt weiter?«, fragte Alina.

»Sie werden noch ein paar Tage im Krankenhaus bleiben, bis der Arzt Sie ohne Risiko entlassen kann«, erklärte Irsek. »Wenn Sie wieder zu Hause sind, möchte ich Sie bitten, nicht in die Dienststelle zu gehen und mit keinem der am Fall Beteiligten zu reden«, fuhr sie fort. »Wenn Sie mit jemandem sprechen wollen, dann nicht, ohne mich vorher zu konsultieren.«

Alina nickte.

»Außerdem werde ich Sie regelmäßig anrufen, um Sie über die neusten Entwicklungen auf dem Laufenden zu halten.« Die Anwältin legte ihr wieder die Hand auf die Schulter. »Wir stehen das durch. Aber bitte zügeln Sie jedweden Ehrgeiz und überlassen Sie die Arbeit Ihren Kollegen. Nicht jeder hält Sie für eine Drogendealerin – und am Ende werden wir beweisen, dass Sie unschuldig sind.«

* * *

Als Alina die Tür zu ihrer Wohnung aufschloss, fühlte sie sich einsam wie selten zuvor in ihrem Leben. Niemand wartete zu Hause auf sie, die Luft roch abgestanden und Staub wirbelte im Flur auf. Am Türrahmen klebten noch Reste von der Versiegelung. Die Kräuter in ihrer Küche waren längst eingegangen und nach einer Woche Krankenhausaufenthalt fand sich nichts Genießbares in ihrem Kühlschrank.

Es war halb zehn am Morgen. Eigentlich wäre sie jetzt mit Bilal auf Streife gewesen, hätte die weniger schönen Orte von Hamburg abgefahren und mit ihm darüber diskutiert, dass Döner kein adäquates Essen ist. Stattdessen war sie zu Hause und wusste nicht, was sie mit dem Tag anfangen sollte.

Sie legte sich vorsichtig auf die Couch. Hinter ihrer Stirn pochte es noch immer, aber sie wollte keine Schmerzmittel mehr nehmen, die sie träge und langsam im Kopf machten.

Alina wusste nicht, wie es weitergehen sollte. Sie hatte immer Polizistin werden wollen und der Gedanke, einen anderen Beruf ausüben zu müssen, erzeugte ein Gefühl des Widerwillens in ihr. Sie mochte keine Büros, konnte sich nicht vorstellen, vor einer Klasse zu stehen oder in einer Fabrik zu malochen, ständig auf die Uhr schauend in der Hoffnung, dass der Arbeitstag bald vorbei sein möge.

Sie fasste sich an den Haaransatz, fuhr mit den Fingerspitzen über die beiden Wunden, die der Knüppel geschlagen hatte. Noch immer war die Erinnerung an diesen Moment verschwommen und noch immer verstand sie den Zweck dieses Hinterhalts nicht. Wer hatte sie töten wollen?

Sie nahm die Fernbedienung in die Hand und überlegte, eine der vielen Serien zu beginnen, die schon monatelang auf ihrer Watchlist standen, ohne dass sie dafür Zeit gefunden hatte. Schließlich legte sie das Gerät zur Seite und erhob sich vom Sofa.

Ihr Kopf bestrafte das jähe Aufstehen mit einem stechenden Blitz in ihrer Stirn, aber sie fing sich schnell wieder und wankte zu einer Kommode. Dort nahm sie eine Taschenlampe aus einer Schublade, steckte sich ein Paar Plastikhandschuhe in die Hosentasche und griff nach dem Autoschlüssel.

Es war an der Zeit, die Dinge wieder selbst in die Hand zu nehmen.

* * *

Der eisige Wind trieb die Menschen zurück in die Häuser oder ließ sie woanders Schutz suchen, daher waren nur wenige zu Fuß unterwegs. Dafür staute sich der Verkehr in alle Richtungen und der Geruch nach Abgasen lag schwer in der Luft, aber Alina genoss es, wieder draußen zu sein, raus aus dem viel zu weichen Krankenhausbett und der tristen Langeweile in ihrem Zimmer.

Ihr pochender Kopf erinnerte sie an die Ermahnungen des Arztes, aber zu Hause hätte sie durchgedreht, was ihrer Genesung sicherlich nicht zuträglich gewesen wäre.

Vor dem verlassenen Industriegebäude angekommen, beschlich sie das gleiche Unwohlsein, das sie bei ihrem ersten Besuch verspürt hatte. Sie hätte vergangene Woche auf ihren Instinkt hören müssen, aber die Aussicht auf einen Fahndungserfolg hatte sie unvorsichtig werden lassen wie ein hungriges Raubtier, das Beute wittert.

Im Gegensatz zu ihrer Wohnung war dieser Ort noch abgesperrt, aber laut ihrer Anwältin waren die Untersuchungen längst abgeschlossen, also würde sie keine Spuren mehr verwischen.

Sie zog die Handschuhe an, überquerte den zugewucherten Grünstreifen und riss das Siegel von der Tür.

Im Inneren war es genauso düster wie bei ihrem ersten Besuch. Irgendwo trippelten Ratten, ansonsten schien sie allein zu sein.

Da sie auf Streife immer eine Pistole, Pfefferspray und einen Schlagstock eingesteckt hatte, war sie gewohnheitsmäßig davon ausgegangen, bewaffnet zu sein, aber als sie vor der Treppe stand, wurde ihr bewusst, dass sie nichts zu ihrer Verteidigung dabeihatte.

Alina sah sich im Eingangsbereich um und fand eine armlange Eisenstange, die sie unter einem Schutthaufen hervorzog. Das Gewicht der Stange gab ihr Sicherheit, also richtete sie die Taschenlampe auf die Treppe und stieg nach oben.

Obwohl sie keine Angst haben wollte, spürte sie mit jedem Schritt eine Unruhe in sich wachsen, als brächte sie jeder Meter tiefer ins Verderben.

»Alles wird gut«, murmelte sie. Ihre Stimme zu hören, machte die Düsternis in dem Gebäude erträglicher, als sie sich im ersten Stock dem Ende des Flurs näherte.

Auch dieser Raum war noch versiegelt, doch das würde sie nicht davon abhalten hineinzugehen. Das Schloss an der Tür war von Kugeln zerfetzt, die Bilal in das Metall geschossen hatte, daher konnte sie sie einfach aufstoßen.

Drinnen sah es so aus, wie sie es von ihrem ersten Besuch in Erinnerung hatte. Dreck und Unrat waren überall verteilt. Nur aus dem hinteren Fenster waren die Holzbretter herausgerissen, sodass das Licht des trüben Januarmittags ungehindert hereinfiel. Sie sah hinter die Tür, aber heute versteckte sich dort keine gedrungene Gestalt mit einem Knüppel. Auf dem Weg durch den Raum konnte sie getrocknete Blutflecke sehen. Weiter hinten den eingedrückten Karton, auf den sie nach dem ersten Schlag gefallen war.

Sie wandte sich der Tür zu und schloss die Augen, ihre Erinnerung bescherte ihr nach wie vor nur eine wirre Mischung aus Lauten und Bildern. Bilals Rufe, die Schüsse auf das Metall, der Angriff des Unbekannten und der Schmerz, als der Knüppel sie das erste Mal an der Stirn traf.

Der Schmerz, dachte sie und hielt sich den Kopf.

Sie ließ die Eisenstange fallen und rannte hinaus. Dabei stolperte sie beinahe über eine alte Kiste. Sie hastete die Treppe hinunter, stieß die Eingangstür auf und konnte gerade noch zwei Schritte auf die Grünfläche machen, bevor sie sich übergab. Sie würgte ihr trockenes Krankenhausfrühstück hoch, den dünnen Kaffee, die harten Brötchen und den fettigen Käse. Ihr wurde schwindelig und sie musste auf die Knie gehen, um nicht umzufallen. Immer wieder übergab sie sich, bis ihr Magen leer war. Alina schwitzte und keuchte, ihr Herz raste. Sie brauchte einen Moment, bis sie sich wieder beruhigt hatte. Es war eine dumme Idee, hierherzukommen, dachte sie bei sich, als sie sich erhob. Sie wollte zu ihrem Auto zurückgehen, als sie zwei Männer vor dem Absperrzaun stehen sah, die nicht in diese Gegend passten.

Der Ältere von ihnen trug einen edlen Anzug unter einem Kamelhaarmantel. Seine weißen Haare waren perfekt geschnitten, ebenso wie der Vollbart um seinen Mund. Alleine wegen seiner Schuhe hätte sich jeder miese Räuber auf ihn gestürzt, wäre er nicht in Begleitung eines kräftigen jungen Mannes gewesen. Dieser war einen Kopf größer als der Alte, hatte breite Schultern und ebenfalls einen auffallend gepflegten Vollbart. Er trug einen schwarzen Wollmantel und hielt einen aufgespannten Regenschirm in der Hand, der für sie beide reichte. Alina schätzte ihn auf Mitte dreißig, mit gutem Haarschnitt, aber ihm fehlte die Distinguiertheit des Alten. In seiner Freizeit trug er wahrscheinlich lieber Jeans und T-Shirt.

»Können wir Ihnen helfen?«, fragte der alte Mann besorgt.

»Es geht schon wieder«, sagte Alina, als sie zur Absperrung kam.

»Entschuldigen Sie, dass wir uns aufdrängen«, fuhr der Mann fort. »Eigentlich wollte ich Sie heute im Krankenhaus besuchen, aber dort sagte man mir, dass Sie bereits entlassen worden sind, daher bin ich zu Ihnen nach Hause gefahren. Ich wollte gerade aus dem Auto aussteigen, da haben wir Sie wegfahren sehen. Also sind wir Ihnen gefolgt.«

Die Worte des Alten klangen aufrichtig, aber sie kannte weder ihn noch den Mann mit dem Regenschirm. »Woher wissen Sie, wo ich wohne, und was wollen Sie von mir?«

»Mein Name ist Gerwald Arentz, ich war ein Freund Ihres Vaters Berthold«, erklärte der Alte.

»Wenn Sie mit meinem Vater befreundet waren, warum kenne dann ich Ihren Namen nicht und kann mich nicht an Sie erinnern?«

»Unsere gemeinsame Geschichte ist zu komplex, um sie in wenigen Worten zusammenfassen zu können«, erwiderte Arentz zögerlich. »Ich beantworte alle Ihre Fragen, nur würde ich vorschlagen, irgendwo in ein Café zu gehen.« Er deutete zum Himmel. »Die Kälte und den Regen empfinde ich für eine Konversation als hinderlich.«

»Hier in der Gegend gibt es kein Café, das für eine Konversation ratsam ist«, bemerkte Alina.

»Das habe ich fast befürchtet, aber wenn Sie ein Stück Fahrweg nicht abschreckt, würde ich Sie zu einem meiner bevorzugten Orte einladen.« Arentz deutete auf einen schwarzen Mercedes auf der gegenüberliegenden Straßenseite. »Sie können Ihr Fahrzeug hier stehen lassen und Elias wird Sie wieder zurückbringen.«

»Hier sollte man generell nichts stehen lassen«, erklärte Alina und ging durch den Absperrzaun. »Aber wenn Sie mir einen Kaffee ausgeben, der besser als die Krankenhausbrühe schmeckt, folge ich Ihnen bis zur Nordsee.«

»Das wird nicht nötig sein«, sagte Arentz.

Auf dem Gesicht des jungen Mannes zeigte sich für einen Moment ein Lächeln.

»Dann los.« Alina stieg in ihr Auto und startete den Motor, während die beiden Männer die Straßenseite wechselten und zum Mercedes gingen. Als sie losfuhren, fädelte sich Alina hinter ihrem Fahrzeug ein und folgte ihnen in Richtung Sternschanze.

Ein weiteres Mal bedauerte sie es, nicht in einem Dienstwagen zu sitzen, denn dort hätte sie das Kennzeichen überprüfen und herausfinden können, auf wen der Wagen zugelassen war. So nahm Alina einen Block aus dem Handschuhfach und notierte sich die Nummer, denn in ihrer momentanen Situation traute sie niemandem, selbst wenn seine Worte freundlich waren.

KAPITEL 3

Alleine für den Geruch nach frisch gerösteten Kaffeebohnen hatte sich die Fahrt zur Sternschanze gelohnt. Dieser Meinung waren noch andere Hamburger, das Café war gut besetzt. Die Wände waren verglast und die hohen Decken trugen dazu bei, dass es trotz der vielen Besucher nicht laut war. Entlang der Tische standen meterhohe Kaffeebehälter mit Bezeichnungen der Sorten, den Aromen und den Preisen. Die Chromrohre der Kaffeemaschinen glänzten frisch geputzt und zwei Baristas erfüllten die Getränkewünsche der Gäste mit einer Souveränität, als hätten sie ihr Leben lang nichts anderes gemacht.

Die Anzahl der Sorten machte es Alina schwer, etwas zu wählen, aber schließlich entschied sie sich für einen Kaffee aus El Salvador. Dazu ließ sie sich einen Bagel mit Tomate und Mozzarella bringen.

Arentz und Elias schienen hier Stammgäste zu sein, denn sie unterhielten sich mit einem bärtigen jungen Mann, der gerade die Tassen von einem Tisch abräumte. Er schüttelte den beiden Männern freundlich die Hand und versprach, sich persönlich um die Bestellung zu kümmern.

Es dauerte nicht lange, bis der Mann drei Tassen mit Kaffee und Alinas Bagel zu ihrem Tisch vor der Terrasse gebracht hatte, auf der man im Sommer sicher schön sitzen konnte.

»Wenn Sie erlauben, komme ich auf Ihre Frage von vorhin zurück«, sagte Arentz.

Alina nickte und nippte an dem Kaffee. Alleine beim Geruch des Gebräus musste sie ein Seufzen unterdrücken und der Geschmack war nach der Krankenhausbrühe wie von einer anderen Welt.

»Im Jahre 2002 wurde der achtjährige Florian Pradel entführt«, fuhr Arentz fort. »Sie waren damals noch zu jung, um den Fall in der Presse verfolgen zu können, aber vielleicht haben Sie im Laufe Ihrer Ausbildung davon gehört.«

»Florian Pradel war das älteste Kind eines Großindustriellen, das beim Spielen im Park entführt worden ist«, sagte Alina. »Obwohl das Kindermädchen die Täter verfolgte und es über zwanzig Zeugen gab, konnten die Entführer nicht ermittelt werden.«

»Der Vater des Jungen hatte zwei Tage später die geforderte Geldsumme zusammen und hat sie wie vereinbart an einem Ort in der Fischbeker Heide hinterlegt, dennoch wurde Florian eine Woche später tot in der Elbe gefunden.«

»Eine schreckliche Tat, die bis heute nicht aufgeklärt werden konnte«, sagte Alina.

Arentz schüttelte den Kopf, als könnte er es nicht verstehen, dass die Mörder des Jungen noch immer auf freiem Fuß waren. Dann griff er nach seiner Tasse und trank einen Schluck. »Florian Pradel war mein Patenkind.«

»Das tut mir leid«, sagte Alina bedauernd.

»Die schrecklichen Ereignisse verfolgen mich bis heute, aber das ist nicht der Grund, weshalb ich seinen Tod anspreche«, sagte Arentz. »Einer der Ermittler war Ihr Vater, Berthold Grimm.«

Sie nickte. Er hatte ihr viele Jahre später davon erzählt, allerdings war ein Gerwald Arentz in seiner Geschichte nicht vorgekommen.

»Ich habe Ihren Vater als einen pflichtbewussten, engagierten und äußerst kompetenten Mann kennengelernt, dessen Hartnäckigkeit mir imponiert hat«, sagte Arentz. »Er hat alles in seiner Macht Stehende getan, um die Entführer zu fassen. Meine Verbindungen in die Politik und Wirtschaft hatten dabei geholfen, dass er an Informationen kam, die er sonst nur mit viel Mühe erhalten hätte.« Er strich abwesend über den Rand seiner Tasse. »Selbst nach dem Fall hat er mich immer wieder um Hilfe gebeten, wenn er in Kreise gelangen musste, die einem Kripobeamten verschlossen waren, und ich habe ihn gern unterstützt. Im Laufe der Zeit entstand sogar eine Art Freundschaft zwischen uns, die sicher bis heute noch Bestand haben würde, wäre es nicht zu dem … Unfall gekommen.« Er sah verlegen auf seine Finger, als wüsste er nicht, wie er darüber reden sollte. »Ich habe die Zusammenarbeit mit Ihrem Vater genossen, und ich glaube, dass ihm meine Unterstützung bei seiner Arbeit geholfen hat.« Er sah Alina in die Augen. »In den wenigen privaten Momenten, in denen er von Ihnen gesprochen hat, sagte er nur Gutes über Sie, und als Sie sich bei der Polizei beworben haben, hätte er nicht stolzer sein können.«

»Mir gegenüber hat er sich nie so geäußert«, sagte Alina.

»Ihr Vater war ein großartiger Ermittler, aber er war auch getrieben vom Wunsch nach Gerechtigkeit. Er fand den Gedanken unerträglich, dass ein Mörder straffrei davonkommen würde, also hat er sich in jeden Fall vergraben, bis er gelöst war, wahrscheinlich zulasten seines Familienlebens.«

Sie nickte. »Er war immer im Dienst. Von frühmorgens bis spätabends und auch am Wochenende.«

»Verzeihen Sie mir. Ich hatte nicht vor, diese alte Wunde aufzureißen. Ich wollte Ihnen nur meine Verbundenheit mit Ihrem Vater erklären.«

Alina winkte ab. Sie hatte zu viele Tränen deswegen vergossen und wollte nicht wieder in dieses tiefe Loch fallen. »Und was hat das alles mit mir zu tun?«

»Durch die Zusammenarbeit mit Ihrem Vater habe ich einige Verbindungen zu Behörden aufbauen können, und über diese habe ich auch von Ihren Problemen gehört«, sagte Arentz. »Um es kurz zu machen: Ich halte Sie nicht für eine Drogendealerin und biete Ihnen meine Hilfe an, diese Anschuldigung aus der Welt zu schaffen.«

»Das ist nett von Ihnen, aber wie soll mir ein Mann aus der Wirtschaft dabei helfen können, so einflussreich er auch sein mag?«, fragte Alina. »Die Männer, die mir aufgelauert haben, sind Abschaum von der Straße, die für einen Hunderter auch ihre Großmutter umbringen würden. Und wer immer das Kokain in meine Wohnung gebracht hat, war ein erfahrener Einbrecher. Diese Leute finden sich nicht in Ihren Kreisen.«

»Wenn ich alles richtig verstanden habe, verfolgten Sie eine Spur im Fall des ermordeten Dimitrios Floros.«

Sie nickte.

»Meine Kontakte sind noch gut genug, dass ich Ihnen alle Unterlagen zu diesem Fall besorgen kann.«

Alina biss sich nachdenklich auf die Unterlippe. Wenn Arentz wirklich die Akten zu beschaffen vermochte, konnte ihr das bei der Suche nach Janko helfen.

»Außerdem möchte ich Sie finanziell unterstützen, damit Sie Ihre Wohnung halten können, ohne einen Nebenjob annehmen zu müssen«, fuhr er fort.

»Warum tun Sie das?«

»Weil ich mich Ihrem Vater immer noch zu Dank verpflichtet fühle und weil ich glaube, dass Sie zu ähnlichen Leistungen in der Lage sind«, sagte Arentz. »Es gibt da draußen zu viele Verbrecher, die sich sicher fühlen können, weil die Beamten überlastet sind, darüber hinaus von Vorschriften erdrückt werden und viel zu wenig Unterstützung bekommen.«

»Und das wollen Sie ändern?«

Arentz nickte. »Wenn ich kann.«

»Nennen Sie mich zynisch«, sagte Alina, »aber mir fehlt bei Ihrer Darstellung der Nutzen für Sie.«

»Wenn Ihnen ein Gefallen für einen alten Freund nicht genügt, können Sie mir Egoismus unterstellen, denn die Leute, von denen Sie reden, würden Menschen wie mir sofort den Hals umdrehen. Nur weil ich mich hinter hohen Mauern und entsprechenden Sicherheitsvorkehrungen verstecke, bin ich nicht schon so tot wie Dimitrios Floros.« Er nahm seine Tasse in die Hand. »Und wenn ich dabei helfen kann, einen von diesen Verbrechern zu fassen, lässt es mich leichter schlafen.« Er trank einen Schluck und beobachtete Alina, als wartete er auf eine Reaktion von ihr. Aber sie tat ihm den Gefallen nicht und blieb ruhig. Sie nahm den Bagel in die Hand, biss ein großes Stück ab und kaute gemächlich.

Arentz lächelte, als verstände er, wohin dieses Spiel führen sollte, aber er ließ sich seinerseits nicht zu einer weiteren Reaktion provozieren.

»Bevor ich mich auf die Sache einlasse, will ich mehr über Sie erfahren«, sagte Alina. »Woher Sie kommen, was Sie machen und womit Sie Ihr Geld verdienen.«

»Kein Problem.«

»Und vor allem will ich wissen, wer Ihr stummer Begleiter ist.« Sie deutete auf Elias.

»Sie werden feststellen, dass Elias alles andere als stumm ist«, sagte Arentz. »Ganz im Gegenteil, wenn Sie auf das Thema Fußball zu sprechen kommen, werden Sie sich wünschen, dass er es wäre.«

Elias wandte Arentz das Gesicht zu, aber außer einer hochgezogenen Augenbraue zeigte der Mann keine Reaktion.

»Dann machen wir mit Elias weiter.« Arentz hob die Hand und gab dem Mann mit dem Bart ein Zeichen. »Doch vorher bestelle ich mir auch einen Bagel, denn das könnte etwas dauern.«

»Wo soll ich anfangen?«, fragte Elias. Seine Stimme war angenehm dunkel, fast rau, was zu seiner beeindruckenden Gestalt passte.

»Wie Sie in die Dienste von Herrn Arentz gekommen sind und was Sie für ihn erledigen«, sagte Alina.

Elias sah zu Arentz, der ihn mit einem Nicken bat weiterzureden.

»Mein Lebenslauf ist sehr … ereignisreich, daher kürze ich es ab«, fuhr er fort. »Ich bin nach der Schule zur Bundeswehr und wollte dort eigentlich meine Ausbildung weiterführen, habe mich jedoch mit meinem Vorgesetzten verkracht. Die folgenden Jahre habe ich meine Dienste jedem angeboten, der sie gebrauchen konnte. Dabei habe ich viel von der Welt gesehen, allerdings waren keine schönen Orte dabei.« Er kratzte sich am Bart. »Dann wurde mir das Kämpfen zu viel und ich bin in die Sicherheitsbranche gewechselt, wo ich nach einigen Umwegen schließlich von Herrn Arentz angestellt wurde.«

»Die Angebote, von denen Sie sprechen, waren Sie …«

»… als Söldner aktiv«, vollendete Elias den Satz. »Und ja. Dabei sind viele Menschen durch meine Hand gestorben. Krieg hat nichts Romantisches.«

Alina spürte Zynismus in den Worten, als wäre Elias von den Nachfragen und Vorverurteilungen genervt. Wahrscheinlich hatte er diese Frage schon hundert Mal beantworten müssen.

»Also sind Sie nicht nur der Fahrer, sondern auch der Leibwächter von Herrn Arentz?«

Elias nickte.

»Ich verfüge über ein ansehnliches Vermögen, das immer wieder Ziel von Verbrechern war«, sagte Arentz. »Daher ist die Hilfe eines erfahrenen Mannes wie Elias hilfreich, auch weil er Hamburg wie kaum ein anderer kennt, und dabei meine ich nicht die Elbphilharmonie oder das Miniatur Wunderland.«

Alina wusste nicht, was sie von dem Angebot halten sollte, daher griff sie nach ihrer Tasse und trank einen Schluck Kaffee, um sich etwas Zeit zum Nachdenken zu verschaffen. Wenn Arentz wirklich so vermögend war, würde sie schnell etwas über ihn herausfinden können. Tatsächlich wirkten die beiden Männer ehrlich, aber bei Janko hatte ihr Bauchgefühl sie auch im Stich gelassen. Doch die Aussicht, an die Akten von Dimitrios' Ermordung zu kommen, war verlockend.

»Ich muss zugeben, dass Ihr Angebot großzügig ist, aber ich habe in den letzten Tagen nicht viel Gutes erlebt«, sagte Alina. »Ich bin gerade erst aus dem Krankenhaus entlassen worden und mein Kopf dröhnt noch wie eine Buschtrommel, daher würde ich gern eine Nacht darüber schlafen.«

»Natürlich«, erwiderte Arentz.

»Wenn es Ihnen keine Umstände macht, bin ich morgen um zehn Uhr wieder hier. Dann können wir an dieser Stelle weiterreden.«

Arentz nickte und stand auf. Auch Elias erhob sich. »Wir werden morgen pünktlich wieder im Café sein.« Er zog eine Visitenkarte aus der Tasche und reichte sie ihr. »Sollten Sie bis dahin noch Fragen haben, zögern Sie nicht, mich anzurufen.« Er nickte ihr zu. »Es war mir eine Freude, Sie kennenzulernen, Frau Grimm.« Dann drehte er sich um und verließ das Café.

Elias tippte sich beim Hinausgehen grüßend an die Stirn und lächelte ihr zu. Es war ein freundliches, warmherziges Lächeln, sodass es Alina schwerfiel, sich diesen Mann als knallharten Söldner vorzustellen.

Als die beiden außer Sicht waren, stand sie auf und ging zu ihrem Auto. Sie musste mehr über Arentz in Erfahrung bringen, und sie wusste, wen sie ausfragen konnte.

* * *

Alina fand Vanessa Patzek wie jeden Mittag in einem Restaurant in den Alsterarkaden mit Blick auf das Rathaus und den Hygieia-Brunnen. Mit ihrem modischen Hosenanzug, ihrer goldenen Cartier-Uhr und der Perlenkette um den Hals wirkte sie wie eine erfolgreiche Bankerin, der die Kantine zu gewöhnlich war. Tatsächlich handelte Patzek mit Insiderinformationen, die nicht in den Börsenblättern dieser Welt zu finden waren, mit denen sich aber viel Geld machen ließ. Das LKA 5 für Wirtschaftskriminalität versuchte schon seit Jahrzehnten, ihr auf die Schliche zu kommen, aber bisher war sie immer mit einer Bewährungsstrafe davongekommen.

Der kleine Salatteller mit Chiasamen und das frisch gebackene Brot vor ihr wirkten wie ein Understatement der Selbstperfektionierung. Die gute Ernährung konnte ein Grund für ihr Aussehen sein, denn ein neutraler Betrachter hätte die dreiundfünfzigjährige Patzek mit ihrer faltenlosen Haut und den strahlend blonden Haaren auf höchstens vierzig geschätzt.

Alina ging zu ihrem Tisch und setzte sich auf den freien Stuhl ihr gegenüber. »Guten Tag, Frau Patzek«, sagte sie freundlich. »Darf ich Sie einen Augenblick stören?«

Patzek hob den Blick von ihrem Handy. Sie betrachtete Alina nachdenklich, als überlegte sie, woher sie sich kennen könnten.

»Alina Grimm«, stellte sie sich vor. »Die Partnerin von Bilal.«

»Ich hätte Sie in Zivil und mit den offenen Haaren beinahe nicht erkannt«, antwortete Patzek und aß ein Stück Brot. »Wie geht es dem feurigen Südländer?«

»Er lässt Sie grüßen«, log Alina.

»Bilal sollte endlich einmal von seinen Spätschichten wegkommen, damit er mehr Zeit für aufregende Abendaktivitäten hat.«

»Das werde ich ihm ausrichten«, sagte Alina. »Aber ich bin aus einem anderen Grund hier. Ich brauche Ihr Fachwissen.«

Patzek betrachtete Alina überrascht. »Ich wusste nicht, dass die Polizisten in Hamburg so gut verdienen, dass noch etwas zum Investieren übrig bleibt.«

»Ich möchte nichts investieren, ich möchte eine Information über einen vermögenden Mann in Hamburg.«

»Ist das eine offizielle Sache oder privat?«

»Privat.«

»Um wen handelt es sich?«

»Um einen gewissen Gerwald Arentz.«

Sie stach mit der Gabel in den Salat, spießte ein Blatt auf und steckte es sich in den Mund. »Wie persönlich soll diese Information sein?«, fragte sie kauend.

»Ich brauche keine Details zu seinem Vermögen oder seinen Geschäften. Ich will wissen, wie Arentz tickt. Was für ein Mensch ist er? Kann man ihm trauen oder ist er ein Manipulator?«

»Sie wissen aber, dass ich mich für solche Dinge bezahlen lasse. Auch von der Polizei.«

»Von wie viel reden wir?«

»Ich bin heute in Spendierlaune, und da Sie eine Freundin von meinem lieben Bilal sind, begnüge ich mich mit dreihundert Euro. Schließlich wollen Sie keine Finanztipps.«

Alina unterdrückte ein Aufstöhnen. Sie sehnte sich nach St. Georg zurück, wo man Informationen weitaus preiswerter erhalten konnte. Glücklicherweise war sie vorher auf der Bank gewesen. Sie griff in ihre Handtasche, zog drei Scheine aus dem Geldbeutel und reichte sie Patzek unter dem Tisch.

Die Frau trank mit der Linken einen Schluck Wasser, während sie die Scheine mit der Rechten in die Tasche ihres Hosenanzugs steckte. Dann stellte sie das Glas wieder auf den Tisch und wischte sich mit der Serviette den Mund ab. »Gerwald Arentz kommt aus einer alten preußischen Familie, die seit Generationen quer durch Norddeutschland ihre Geschäfte gemacht hat«, begann sie. »Als einziger Sohn hat er die Immobilien seines Vaters übernommen und deren Wert in den letzten Jahrzehnten enorm steigern können. Zusätzlich hat er sein Vermögen noch klug angelegt, sodass er sich keine Sorgen mehr um Geld machen muss. Seine Ehe blieb kinderlos und seine Frau starb vor elf Jahren an Krebs. Dieser Verlust hat ihn schwer getroffen und er hat sich aus der Hamburger Society zurückgezogen. Er hat seine Villa am Harvestehuder Weg verkauft und ist auf einen aufwendig renovierten Reiterhof am Rand von Hamburg gezogen. Man sieht ihn nur noch selten.«

»Waren seine Geschäfte legal?«

»So genau weiß man das nie, aber Arentz war meines Wissens in keine krummen Machenschaften verwickelt.« Patzek trank wieder einen Schluck Wasser. »Ich hatte nie mit ihm zu tun, aber er hat den Ruf eines soliden, wenn auch risikoaversen Geschäftsmanns.«

»Was macht er mit seinem Geld?«

»Wenn es eine wohltätige Veranstaltung in Hamburg gibt, dann ist Arentz einer der ersten Ansprechpartner bei der Spendensuche, aber die Summen belaufen sich in einem überschaubaren Bereich«, antwortete Patzek. »Soweit ich weiß, hatte er seit dem Tod seiner Frau auch keine Beziehung mehr, daher wird sein Vermögen auf irgendwelchen Konten schlummern.« Sie schüttelte den Kopf, als wäre dies eine unverzeihliche Verschwendung.

»Was wissen Sie von seinem Leibwächter?«

»Mit Leuten auf dieser Ebene habe ich nichts zu tun, aber es ist nicht verwunderlich, dass Arentz einen Personenschützer hat.«

»Was meinen Sie?«

»Für dreihundert Euro wollen Sie aber eine Menge wissen.« Patzek sah auf ihre Uhr. »Im Jahr 2013 wurde Arentz Opfer eines brutalen Raubüberfalls. Vier Männer sind in seine Villa eingedrungen und haben einige Wertgegenstände mitgehen lassen. Darunter auch Gemälde von Karl Kluth und Gerhard Richter. Um sicherzugehen, dass sie kein Versteck übersehen haben, haben die Räuber Arentz gefoltert. Er wurde erst am nächsten Morgen von einem Angestellten gefunden. Wegen seiner Verletzungen lag er eine Woche im künstlichen Koma, und es dauerte Monate, bis er wieder richtig gehen konnte. Die Bilder sind Jahre später bei einer Razzia aufgetaucht, aber bis man die Hintermänner identifizieren konnte, war es zu spät. Sie waren ein Jahr zuvor bei einer Schießerei in Amsterdam getötet worden.«

Alina nickte verstehend. Der Überfall war zusammen mit dem Tod seines Patenkinds ein schlüssiges Motiv, sich der Verbrechensbekämpfung zu widmen.

»Gibt es sonst noch etwas, was Sie mir über ihn sagen können? Irgendein dunkler Fleck auf seiner Weste?«

»Sein Onkel war angeblich ein Nazikollaborateur, aber trotz einer Untersuchung gab es keinen schlüssigen Beweis, dass die Immobilien der Familie Arentz im Dritten Reich zwangsenteignet worden waren.«

»Also kann man ihm trauen?«

»Ich traue niemandem«, sagte Patzek. »Aber wenn Sie mit ihm Geschäfte machen wollen, könnten Sie es schlechter treffen.«

* * *

Pünktlich um zehn Uhr ging die Tür zum Café auf. Arentz trug heute einen beigen Anzug mit einer roten Krawatte unter dem Kamelhaarmantel. Dazu passende Oxfordschuhe. Elias hatte denselben schwarzen Wollmantel wie am Tag zuvor an, heute allerdings einen dunkelblauen Anzug darunter. Anscheinend mochte der Leibwächter keine Krawatten, denn wie gestern hatte er stattdessen den obersten Knopf seines weißen Hemds offen gelassen; dennoch waren die beiden in diesem eher legeren Café die bestangezogenen Gäste.

»Frau Grimm«, begrüßte Arentz sie und setzte sich ihr gegenüber. Elias lächelte ihr wortlos zu und nahm daneben Platz.

Nachdem die Bedienung ihre Bestellung gebracht hatte, eröffnete Alina das Gespräch. »Zuerst möchte ich mich für mein Misstrauen gestern entschuldigen.«

»Dazu besteht keinerlei Veranlassung«, sagte Arentz. »Nach allem, was Sie in den letzten Tagen durchgemacht haben, ist das verständlich.«

»Mit etwas Schlaf und Ruhe habe ich entschieden, Ihr großzügiges Angebot anzunehmen«, fuhr Alina fort. »Zumindest bezüglich der Akten. Einzig auf finanzielle Zuwendungen möchte ich verzichten, das könnte in meiner Situation falsch aufgenommen werden.«

»Die Art meiner Unterstützung bestimmen Sie, aber ich möchte Sie nochmals darauf hinweisen, dass ich über hervorragende Anwälte verfüge, die Ihnen helfen können, die ungeheuerlichen Anschuldigungen aus der Welt zu schaffen.«

Sie sah zu Elias. Er nippte an seinem Kaffee, nickte ihr aber unmerklich zu.

»Nun, wenn es nicht zu viele Umstände macht …«

»Natürlich macht es keine«, wischte Arentz die Bemerkung weg. »Umstände macht es, wenn die Anklage nicht zurückgezogen wird und Ihnen der Makel einer Drogendealerin anhängt.«

Sie lächelte. Es fühlte sich gut an, in dieser schweren Zeit etwas Unterstützung zu haben.

»Wenn ich Sie richtig einschätze, werden Sie nicht zu Hause sitzen und warten, bis jemand für Sie diese Sache aufklärt«, fuhr Arentz fort.

»Das habe ich nicht vor.«

»Womit möchten Sie anfangen?«

»Ich will den Grund für diese Falle erfahren«, sagte Alina bestimmt. »Warum wollte mich jemand töten und zerstört meinen Ruf, nachdem das nicht funktioniert hat?«

»Für manche ist Ihr Beruf als Polizistin Antrieb genug.«

»Der Hinterhalt war geplant und ich persönlich war das Ziel«, fuhr sie fort. »Die untergeschobenen Drogen sollen vom Grund des Angriffs ablenken.«

»Eine Ablenkung?«, fragte Arentz verwundert.

»Eine mit Drogen dealende Polizistin beschmutzt den Ruf der Behörden«, erklärte Alina. »Die Presse wird sich darauf stürzen, bedauerlicherweise mehr, als sie es bei einem Angriff auf eine Polizistin macht. Wäre ich nur in die Falle gelockt worden, wären jetzt alle Streifen auf der Suche nach den Angreifern. So tritt die Drogenermittlung in den Vordergrund.«

»Also haben Sie es mit einem klugen, vorausschauenden Gegner zu tun, der Sie aus dem Weg schaffen will«, sagte Arentz.

»Aber warum? Ich bin eine Streifenpolizistin ohne Einfluss in den Behörden.«

»Sie haben Nachforschung wegen der Ermordung von Dimitrios Floros betrieben«, sagte Elias.

»Wie die Kollegen der Mordkommission auch.«

»Aber haben Sie etwas herausgefunden, das die Ermittlungen in ein neues Licht rücken könnte?«

»Nicht wirklich«, sagte Alina. »Ich hatte gehofft, Dimitrios' Versteck zu finden, aber er war niemals in dem verlassenen Gebäude.«

»Da muss aber etwas sein«, insistierte Arentz.

»Die Kollegen gehen davon aus, dass Dimitrios vom Serienmörder Kevin Nau wegen seiner Drogengeschäfte getötet worden ist, daher konzentrieren sich die Ermittlungen ausschließlich auf Nau.«

»Und Sie sind anderer Meinung?«, fragte Arentz.

»Das Messer und die Botschaft sind eindeutig«, erklärte Alina. »Aber Dimitrios hat immer die Finger von Drogen gelassen und er war weit weg von seinem gewohnten Gebiet. Er hatte um den Phoenixplatz viele Feinde, daher war es ein erhebliches Risiko für ihn, dorthin zu gehen.«

»Es steckt also mehr hinter dem Mord?«, fragte Arentz.

»Ich kann es nicht erklären, aber ich glaube, ja.«

»Dann sollten Sie sich die Unterlagen ansehen.« Arentz zog einen USB-Stick aus der Manteltasche und legte ihn auf den Tisch. »Das ist alles, was die Mordkommission zusammengetragen hat, Stand gestern Abend, 22 Uhr.«

»Wo haben Sie das her?«

»Gute Beziehungen.«

»Das dürfen weder Sie noch ich einsehen.«

»Weiß ich, doch ich glaube, dieses Vergehen wird der Hamburger Polizei nicht schaden, aber Ihnen umso mehr nützen.«

Alina griff nach dem Stick und betrachtete ihn fasziniert.

»Es ist eine Menge Material, das Sie einige Zeit beschäftigen wird«, sagte Arentz. »Sollten Sie noch etwas benötigen, dann lassen Sie es mich bitte umgehend wissen.«

Sie ballte die Faust um den Datenträger. Mit einem »Danke« griff sie nach ihrer Jacke über der Lehne und wollte aufstehen.

»Dürfte ich eine Bemerkung machen?«, bat Elias.

»Natürlich.« Alina hielt in der Bewegung inne.

»Momentan wird gegen Sie ermittelt, weil Sie angeblich Drogen in Ihrer Wohnung versteckt hatten«, sagte er. »Es besteht das Risiko, dass Ihre Unterkunft erneut durchsucht wird, daher halte ich es für ungeschickt, diesen Stick mit nach Hause zu nehmen.«

Alina schloss die Augen und seufzte. Elias hatte recht. Wenn die Ermittler die Unterlagen bei ihr finden würden, wäre es endgültig um sie geschehen.

»Wenn Sie erlauben, Herr Arentz, würde ich vorschlagen, dass Sie Frau Grimm Ihr momentan leer stehendes Gästehaus als Basis für ihre Arbeit zur Verfügung stellen. Das würde das Risiko reduzieren.«

»Ein guter Vorschlag«, sagte Arentz. »Wenn Sie das möchten?«, wandte er sich an Alina.

»Spontan klingt es nach einer guten Idee«, antwortete sie, von dem Angebot überrascht. »Es würde meine Arbeit sicherer machen.«

»Dann freue ich mich, Sie als meinen Gast begrüßen zu dürfen«, sagte Arentz und stand auf. »Auf dass Sie die Angreifer ermitteln und Ihre Reputation wiederhergestellt wird.«

* * *

Egal, welche Villa Arentz früher am Harvestehuder Weg bewohnt hatte, sie konnte nicht prachtvoller gewesen sein als sein jetziges Landhaus. Von außen wirkte das Gebäude fast unscheinbar, ein Steinhaus mit weißem Putz und hohen Fenstern, aber der Innenbereich war von blendender Schönheit.

Der Boden war mit hellbraunem Marmor ausgelegt. Darüber lagen symmetrisch angeordnete Perserteppiche, die zu einer breiten Treppe ins Obergeschoss führten. Die Mitte der Decke bildete eine runde Glaskuppel aus kristallin anmutenden Scheiben. An den Holzwänden aus polierter dunkler Kastanie hing alle drei Meter ein Wandleuchter, dazwischen Gobelins, die unterschiedliche Szenen aus der Bibel zeigten. Sie erkannte das »Abendmahl« von Leonardo, Raffaels »Verklärung Christi« und eine Darstellung Noahs, wie er den Einzug der Tierpaare auf seine Arche beobachtet.

»Was für ein wunderschönes Haus«, sagte Alina ehrfürchtig.

»Die Lorbeeren gebühren meinem Vorgänger«, erklärte Arentz. »Ich habe es nur renoviert und auf den neusten

technischen Stand gebracht.« Er deutete auf die Glaskuppel.
»So schön diese Installation auch ist, durch sie heizt das Haus
im Sommer enorm auf, daher habe ich für eine adäquate Kli-
matisierung sorgen müssen.« Er deutete auf Elias. »Und seit
dieser Mann in meinen Diensten steht, habe ich auch eine
entsprechend schnelle Internetverbindung, denn Sie wollen
nicht in seiner Nähe sein, wenn der Bildschirm des Pay-TV
einfriert, während die Bundesligakonferenz in die letzten
Spielminuten geht.«

»Er übertreibt ein wenig«, bemerkte Elias lächelnd.

»Warten Sie es ab, Frau Grimm.« Arentz ging in den
nächsten Raum. »Die Winterpause ist bald vorbei. Dann sehen
Sie es selbst.«

Sie betraten eine Bibliothek mit Kamin, dem obligatori-
schen Globus neben der Couch und Büchern bis zur Decke.
Nach deren Ledereinbänden zu schließen, war keines davon in
diesem Jahrtausend gedruckt worden. An einer kleinen Bar vorbei gelangten sie in einen schmalen Gang, dessen Ende wegen
einer leichten Biegung nicht zu sehen war. Es mutete fast wie
ein kleiner Spaziergang an, bis sie an einer stabilen Holztür angekommen waren.

»Hier kommen wir in das Gästehaus«, sagte Arentz. »Den
Gang habe ich bauen lassen, damit man bei unwirtlichem Wetter trockenen Fußes ins Haupthaus kommen kann. Die Biegung ist der großen Kastanie im Garten geschuldet.«

Elias nahm einen Schlüssel aus der Tasche und öffnete die
Tür. Das Zimmer dahinter war schlichter eingerichtet, hätte
aber in jedem normalen Hotel noch als Präsidentensuite durchgehen können. Statt Marmor bedeckte Parkett den Boden.
Darüber lagen moderne weiße Knüpfteppiche, passend zu einer
hellen Eckcouch, von der man einen guten Blick auf den großen Flatscreen an der Wand hatte. Davor stand ein Tisch, der
Alina größer vorkam als ihr Wohnzimmer.

»Elias wird Sie mit einem Computer aus meinem Bestand ausstatten und Ihnen Zugang zum Internet gewähren.«

»Schon erledigt.« Elias nahm einen kleinen Laptop aus einer Kommode und legte ihn auf den Tisch. »Der Laptop ist an einen Drucker angeschlossen.« Er öffnete die Tür eines Regals und schaltete einen großen Farbdrucker an. »Papier liegt im Fach. Die Druckerpatronen sind voll.«

Arentz ging zu einer schmalen Küchenzeile mit Kühlschrank, zwei Kochplatten und einem Mikrowellenherd. »Der Kühlschrank enthält momentan nur Mineralwasser und etwas Obst. Ich werde ihn aber mit anderen Lebensmitteln auffüllen lassen, und zwar mit was immer Sie bei der Arbeit zu sich nehmen wollen.«

»Obst und Wasser sind perfekt«, sagte Alina.

»In dem Schrank über dem Mikrowellenherd ist die Kaffeemaschine.« Arentz deutete bereits auf zwei Türen im Raum. »Links ist das Badezimmer, rechts davon das Schlafzimmer. Wann immer Sie das Bedürfnis nach einer Ruhepause haben, können Sie sich auf das Bett legen.«

Elias ging zu einer Glastür neben dem Fernseher und schloss auch diese auf. »Wenn Sie frische Luft benötigen, empfehle ich Ihnen einen Spaziergang durch den Park.« Er gab ihr den Schlüssel.

»Westlich der Blutbuchen gibt es einen kleinen Gartenteich, den ich gern aufsuche«, sagte Arentz. »Ein guter Ort, um seine Gedanken zu sortieren.«

»Ich weiß nicht, wie ich Ihnen danken soll.« Alina war von der Gastfreundschaft überwältigt.

»Indem Sie alle Unterlagen durcharbeiten und die Tochter meines Freundes Berthold Grimm aus ihrer misslichen Lage befreien«, erwiderte er.

Alina nahm den USB-Stick aus ihrer Tasche. »Ich verspreche, mein Bestes zu geben.«

»Nichts anderes habe ich erwartet«, sagte Arentz. »Lassen Sie es mich wissen, wenn Sie etwas brauchen. Ich werde den Tag in der Bibliothek mit Homers Epen verbringen.« Er deutete auf seinen Angestellten. »Elias finden Sie entweder im Trainingsraum am anderen Ende des Hauses oder in der Küche, wo er die Scheußlichkeit namens Bier im Kühlschrank aufbewahrt.«

»Probieren Sie den Gin des Hausherrn, dann sehnen Sie sich nach einem Bier«, erwiderte Elias.

»Ach, was weißt du schon von Gin«, winkte Arentz ab. »Jeder Schluck für dich war eine Verschwendung dieses edlen Getränks.« Er zog ihn mit sich.

»Zumindest darin sind wir uns einig.« Elias lachte. »Aber was will man schon von einem Getränk erwarten, das Monkey 47 heißt und aus dem Schwarzwald kommt.«

»Dieser Gin hat mehr Auszeichnungen, als du zählen kannst«, empörte sich Arentz. Die beiden Männer schienen noch zu diskutieren, aber ihre Stimmen wurden leiser, je weiter sie durch den Gang gingen. Bis Alina nur noch ein Murmeln wahrnehmen konnte.

Sie setzte sich auf die Couch, klappte den Laptop auf und steckte den Stick in den USB-Port. Es war Zeit, an die Arbeit zu gehen.

* * *

Als es an der Tür zum Gang klopfte, zuckte Alina vor Schreck zusammen.

»Ich wollte Sie nicht stören«, sagte Elias, der im Türrahmen stand. »Aber Herr Arentz fragt, ob Sie uns heute Abend beim Essen Gesellschaft leisten wollen.«

Alina hob den Kopf. Es war schon dunkel geworden. Sie sah auf ihr Handy. »18.12 Uhr«, stellte sie überrascht fest. »Bin ich schon sechs Stunden in die Arbeit vertieft?«

»Und anscheinend waren Sie auch schon fleißig.« Elias deutete auf die vielen Zettel, die auf dem Boden verteilt waren.

»Ich habe ein eigenwilliges System«, sagte Alina entschuldigend. »Ich schreibe die Namen der Beteiligten, die Orte und mögliche Beweise auf je eine Seite. Dann versuche ich, sie zu gruppieren oder zu verbinden und bilde gleichzeitig eine Zeitlinie von links nach rechts.« Sie deutete auf die unterschiedlichen Papiere. »Da ich jeden Aspekt auf einem eigenen Zettel habe, kann ich die Struktur viel schneller anpassen und neue Verknüpfungen bilden, ohne etwas durchstreichen zu müssen.«

»Wenn man es verstanden hat, wirkt es sehr strukturiert.« Elias kam näher an die Zeitleiste heran, die durch das ganze Wohnzimmer führte. »Haben Sie schon neue Erkenntnisse gewinnen können?«

»Ich bin nicht sicher«, antwortete Alina. »Mir fehlt ein Sparringspartner.«

»Ein Sparringspartner?«, wiederholte er verwundert.

»Jemand, dem ich meine Vermutungen erklären kann und der mir dann sagt, ob ich seiner Meinung nach richtig- oder falschliege«, sagte Alina. »Außerdem hilft mir das Erläutern beim Sortieren meiner Gedanken. Wenn ich mit mir selbst rede, komme ich mir blöd vor.«

»Wenn Sie möchten, höre ich mir Ihre Theorien an.«

»Nur wenn Sie Zeit haben.«

»Herr Arentz wird den Rest des Abends zu Hause verbringen und meine Verpflichtungen auf diesem Grundstück sind abgeschlossen.« Er zuckte die Achseln. »Von daher ...«

»Darf ich Sie etwas Persönliches fragen?«, begann Alina vorsichtig.

»Nur zu.«

»Sie waren bei der Bundeswehr und haben als Söldner gearbeitet«, sagte sie. »Dort wird es sehr rau zugegangen sein,

65

trotzdem drücken Sie sich fast so gewählt aus wie Herr Arentz. Wie kommt das?«

»Herr Arentz liebt Konversationen, und da er keine Familie hat, bin ich sein Gesprächspartner«, antwortete Elias. »Seine Eleganz und seine gewählte Art, sich auszudrücken, färben ab.«

»Sie gehen sehr vertraut miteinander um.«

»Das sind wir«, sagte er. »Ich verdanke ihm viel.«

Alina hätte gern mehr über diese Beziehung erfahren, aber sie kannte die beiden Männer erst seit gestern, daher wollte sie ihn nicht weiter aushorchen. »Darf ich Ihren Nachnamen erfahren?«, fragte sie stattdessen. »Ich finde die Kombination von Elias und Siezen gewöhnungsbedürftig.«

»Mein vollständiger Name lautet Elias Manuel Feith«, sagte er. »Nennen Sie mich weiter Elias und lassen einfach das Sie weg.«

»Dann sagen Sie bitte Alina zu mir.«

Elias nickte. »Wie kann ich dir helfen, Alina?«

Sie deutete auf die Reihe mit Papieren. »Ich habe die Unterlagen auf dem USB-Stick durchgearbeitet«, begann sie. »Dazu gehören auch der Bericht der Kripo, die Aufzeichnungen zur Obduktion sowie die Zeugenaussagen. Wenn ich Dimitrios nicht gekannt hätte, dann würde ich keinen Zweifel daran hegen, dass ihn der Serienmörder Kevin Nau getötet hat.« Sie deutete auf den Zettel, auf dem »Phoenixplatz« notiert war. Darunter ein Datum und eine Uhrzeit. »Dimitrios wurde am 6. Januar 2020 am Phoenixplatz ermordet. Seine Leiche wurde um 22.14 Uhr von einer Streife gefunden. Laut Obduktionsbericht war er da schon etwa zwei Stunden tot. Die Blutspuren auf dem Boden und auf der Bank untermauern, dass Dimitrios dort ermordet worden ist. Der Fundort ist also der Tatort. Er hatte keine Wertgegenstände bei sich, keinen Geldbeutel, keine Uhr und leider auch nicht sein Handy.« Sie deutete auf einen Zettel, auf dem »Handy« stand. »Das letzte Signal von diesem Gerät wurde um die Zeit seines Todes empfangen. Es ist anzunehmen, dass der Mörder oder irgendein skrupelloser Dieb das Handy gestohlen und die SIM-Karte entfernt hat, damit ihm niemand auf die Spur kommt.« Sie wechselte zu einem Zettel mit der Aufschrift »Serienmörder«. »Dimitrios wurde mit einem Stich von hinten ins Herz erstochen. Das ist genau die Methode, mit der Kevin Nau seine Opfer tötet. Die Rechtsmediziner haben bei der Obduktion einen Abdruck des Wundkanals gemacht und dieser passt exakt zu Naus bevorzugter Mordwaffe. Es ist ein langes, doppelseitig geschliffenes Messer, dessen Klingenrücken sägeähnliche Zacken hat. Weder Länge noch Form passen zu einem gängigen Modell, daher hat Nau diese Waffe wahrscheinlich selbst geschmiedet. Das macht sie so unverwechselbar.« Alina ging einen Schritt vom »Serienmörder« nach unten. Auf dem nächsten Papier stand »Botschaft«. »›Drogen töten!‹ ist die Nachricht, die Nau hinterlassen hat«, fuhr sie fort. »Man könnte es absurd nennen, dass ein Serienmörder andere des Mordes beschuldigt, aber seit er seinen persönlichen Rachefeldzug beendet hat, scheinen es Nau die Kriminellen aus dem Drogenmilieu angetan zu haben.« Sie deutete auf den Ausdruck der Nachricht. Die Worte waren ausgeschnittene Buchstaben aus einer Zeitung, zusammengeklebt. »Die chemische Analyse hat gezeigt, dass sowohl das Papier als auch der Klebstoff zu Naus ersten drei Botschaften passen. Da diese Materialien handelsüblich sind, ist eine Nachverfolgung sinnlos.«

»Wurde er am Tatort gesehen?«

Alina machte einen großen Schritt nach rechts zu dem Zettel »Zeugenbefragung«. »Die Anwohner und die sonstigen Personen am Phoenixplatz waren nicht sehr kooperativ«, sagte Alina. »Die wenigen Aussagen, die wir erhielten, waren nutzlos.«

»Wahrscheinlich hätten die nicht mal den Papst bemerkt, wenn er dort spazieren gegangen wäre«, sagte Elias.

»Das könnte man meinen.« Alina sprang wieder zurück zu »Phoenixplatz«. »Die Männer, die dort das Sagen haben, kennen sich, auch wenn sie sich untereinander bekämpfen. Niemand macht Geschäfte, ohne dass sie es wollen, daher wundert es mich, dass sich Dimitrios dorthin gewagt hat.« Sie machte einen Schritt zu »Serienmörder«. »Wenn einer der besagten Männer Dimitrios hätte tot sehen wollen, hätten sie sich selbst darum gekümmert. Niemals hätten sie einen gesuchten Serienmörder die Arbeit machen lassen, denn das erzeugt viel zu viel Aufmerksamkeit.« Sie ging zurück zu »Phoenixplatz«. »Diese Gegend ist nicht mein Einsatzbereich, aber ich bin sicher, dass die Geschäfte seit dem 6. Januar nicht mehr so gut laufen wie bisher, denn die Anwesenheit der Kripo und der neugierigen Presse ist schlecht für Deals jedweder Art.«

»Also hat jemand anders Dimitrios ermordet?«, fragte Elias.

»Das ist nicht möglich«, sagte Alina kopfschüttelnd. »Die Mordwaffe und die Nachricht sind eindeutig. Die beigelegte Botschaft ist der Öffentlichkeit nicht bekannt. Und wenn es um das Papier, die Zeitung und den Kleber geht, sind diese Informationen selbst innerhalb der Kripo unter Verschluss. Außerdem waren noch Naus Fingerabdrücke drauf.«

»Wenn ich dich richtig verstehe, muss der Mörder der Klientel auf dem Phoenixplatz bekannt sein oder sich dort regelmäßig herumtreiben, sonst hätte er Dimitrios nicht einfach töten können.«

»Das ist das Problem«, sagte Alina und sprang zu einem Fragezeichen unter dem Zettel mit »Serienmörder«. »Wir können ausschließen, dass sich Nau am Phoenixplatz herumtreibt oder sich dort versteckt. Das passt nicht zu ihm, und auch die Kriminellen dort würden keinen Serienmörder in ihren Reihen haben wollen«, erklärte sie. »Dennoch wurde der Mord von Nau durchgeführt, auch wenn es unter den Voraussetzungen nicht möglich ist.«

»Ich weiß nur das, was über ihn in der Zeitung gestanden hat«, sagte Elias. »Darin wird Nau als Pedant mit guter Planung beschrieben. Die Orte, an denen er seinen Opfern aufgelauert hat, waren perfekt gewählt und selbst das Wetter hat ihm in die Karten gespielt. Es war immer regnerisch, bewölkt und dunkel.« Alina nickte.

»Am 6. Januar war es sehr kalt und zur Tatzeit die Sonne bereits untergegangen«, fuhr Elias fort. »Wenn Dimitrios öfters an der Stelle gewartet hat, brauchte es nur einen Augenblick, um ihn zu töten. Nau nähert sich von hinten, zieht das Messer unter der Jacke hervor und sticht es ihm in den Rücken, schnell und geräuschlos. Dann legt er die Nachricht dazu und verschwindet. Das dauert keine zehn Sekunden.«

»Das Vorgehen wäre eine Möglichkeit«, stimmte Alina zu. »Aber mich stört die sehr exponierte Lage. Da gibt es vom Phoenixplatz bis zu Dimitrios' Wohnung in St. Georg zehn bessere Orte.«

»Wenn man das Unmögliche ausgeschlossen hat, muss das, was übrig bleibt, ganz gleich wie unwahrscheinlich es ist, die Wahrheit sein.«

»Eine interessante Ansicht«, sagte Alina. »Von wem ist das Zitat?«

»Mr Spock«, erwiderte Elias.

»Ich hätte in diesem Haus eher Homer oder Sokrates erwartet.«

»Unterschätze nicht die Klugheit der Vulkanier.« Mit einem Lächeln ging er die Zeitlinie entlang. »Wenn Ort und Opferwahl für Nau keinen Sinn ergeben, dann war er es nicht. Der eigentliche Mörder weiß genau, wie Nau mordet und welche Gegenstände er dazu benutzt.«

»Um diesen Eindruck zu vermitteln, müsste der Täter eine identische Klinge geschmiedet haben, was nur mithilfe des Wundkanalabdrucks möglich ist. Außerdem müsste er sich das gleiche Papier, die gleiche Zeitung und den gleichen Kleber besorgt und dazu noch irgendwie Naus Fingerabdrücke auf die Nachricht bekommen haben.«

»Unwahrscheinlich«, stimmte Elias zu.

»Und diesen Aufwand betreibt er, um einen unbedeutenden Kriminellen wie Dimitrios zu töten?«, fuhr Alina fort. »Das geht leichter. Hätte man Dimitrios mit einer Kugel im Kopf gefunden, wäre die Aufregung nicht mal halb so groß gewesen. Daher ist es eher dumm, sich für Nau auszugeben.«

»Also müssen wir von der zweiten Unwahrscheinlichkeit ausgehen«, sagte Elias. »Dimitrios war ein großer Fisch, was Nau dazu veranlasst hat, das Risiko der Ermordung an einem öffentlichen Platz einzugehen.«

»Dem widerspricht alles, was ich von Dimitrios in den letzten Jahren gehört habe«, wandte Alina ein. »Dennoch ist es von allen unwahrscheinlichen Dingen noch das wahrscheinlichste.« Sie deutete auf den Laptop. »Doch diese Ungereimtheit lässt sich nicht mit den Informationen der Fallakte lösen.«

»Du willst zurück auf die Straße?«

Sie nickte. »Dort gibt es Menschen, die etwas wissen. Ich muss nur herausfinden, wie ich dieses Wissen aus ihnen herausbekomme.«

»Seit du nicht mehr im Dienst bist, ist deine Position schlechter geworden.«

»Das ist zugegebenermaßen ein Problem«, stimmte sie zu. »Aber ich kann sehr überzeugend sein.«

»Das ist nicht genug.«

»Eine andere Möglichkeit habe ich nicht.«

»Ich kann auch sehr … gewinnend sein«, sagte Elias.

»Zweifelsohne.«

»Und zu zweit geht es leichter.«

Sie sah stirnrunzelnd zu Elias. »Weißt du, auf was du dich einlässt?«

»Ich will hier keinen Wettbewerb der Bedrohungen anfangen, aber die Hamburger Unterwelt ist nicht schlimmer als
ein Bürgerkrieg in Mali. Daher halte ich mich für gerüstet.«

»Dann willkommen in meinem Ermittlungsteam, Elias«,
sagte sie mit einer Verbeugung.

»Ich freue mich auf unsere Zusammenarbeit, Alina«,
erwiderte er und verbeugte sich ebenfalls. »Aber vorher sollten
wir die Einladung von Herrn Arentz annehmen, denn seine
asiatische Köchin ist aus dem Urlaub zurück und ihr Sushi ist
wirklich unglaublich.« Er deutete zum Gang.

»Ich bin Vegetarierin.« Sie schloss zu ihm auf.

»Auch das noch.« Er zog die Augenbrauen hoch. »Ich
wusste nicht, dass es so schlimm ist.«

Sie lachte. »Wir werden gut zusammenarbeiten.«

»Aber erst nach dem Essen«, sagte er. »Bis dahin muss die
Hamburger Unterwelt warten.«

* * *

Als Alina das letzte Stück vegetarisches Sushi in den Mund
steckte, fühlte sie sich hundert Kilo schwerer und so träge
wie ein Faultier. »Das war das beste Essen meines Lebens«,
ächzte sie. »Wie kann man so eine Köchin haben und schlank
bleiben?«

»Ich gebe zu, das benötigt Disziplin«, sagte Arentz.

»Oder ein ausgiebiges Sportprogramm«, ergänzte Elias.

»Ich weiß nicht einmal, wie ich mich aus diesem Stuhl
erheben soll«, sagte Alina. »Bitte komm mir jetzt nicht mit
Sport.« Sie trank einen Schluck Wasser und sah sich interessiert
in dem Esszimmer um. Der Raum war ebenso elegant eingerichtet wie die anderen. Mit schweren Perserteppichen auf
dem Boden, einem großen Eichentisch, der für die Tafelrunde
gereicht hätte, und Stühlen, deren Sitzfläche bequemer war als

Alinas Couch. An der Decke hing ein gewaltiger Kronleuchter, der zusammen mit den Kerzen auf dem Tisch ein angenehmes Licht erzeugte.

»Verzeihen Sie mir meine Neugier, aber ich kann die Fragen, die Ihnen auf der Zunge liegen, fast hören«, sagte Arentz.

»Das wären zu viele für einen Abend«, erwiderte Alina. »Außerdem möchte ich Sie erst noch besser kennenlernen, um nicht versehentlich einen wunden Punkt anzusprechen, nur weil ich zu neugierig bin.«

»Wie machen Sie das, wenn Sie einen neuen Kollegen bekommen?«, fragte Arentz. »Wie lernen sie sich kennen?«

»Wir spielen am ersten Tag eine Art Spiel«, sagte Alina. »Wir setzen uns alle an den Tisch und stellen drei Fragen, die jeder reihum beantworten muss.«

»Welche Art Fragen?« Arentz wirkte interessiert.

»Es geht um Dinge, die außer der Reihe sind«, sagte Alina. »Zum Beispiel: Was war das Gefährlichste, was Sie je gemacht haben?«

Arentz strich abwesend über das Weinglas. »Ich bin die Isle of Man Tourist Trophy gefahren.«

»Das gefährlichste Motorradrennen der Welt.« Alina nickte anerkennend.

»Bis eben wusste ich nicht einmal, dass Sie Motorrad fahren können«, sagte Elias verwundert.

»Auch ich war einmal jung.«

»Und gab es da schon Motorräder?«

Arentz lachte und sah zu Alina.

»Ich habe einen Exhibitionisten in einen Striplub auf der Reeperbahn verfolgt«, sagte sie. »Leider habe ich zwei Wochen zuvor den Besitzer des Klubs ins Gefängnis gebracht, was mir seine Angestellten übel genommen haben. Es hat nicht lange gedauert, da waren zwei Stripperinnen, der Barkeeper und der Türsteher hinter mir her, aber glücklicherweise hat der

Exhibitionist den direkten Weg durch die Küche genommen, sodass ich das Etablissement schnell wieder verlassen konnte.« Sie wandte sich an Elias. »Und was ist mit dir?«

»Während meiner Zeit an der Elfenbeinküste war ich einem Trupp Minenräumer zugeteilt.«

Alina sah zu Arentz, der nur mit den Achseln zuckte. »Wir geben uns mit dem zweiten Platz zufrieden«, schloss sie.

»Dann zur nächsten Frage«, sagte Arentz.

»Was würden Sie mit einer geschenkten Million machen?«

»Jemandem geben, der es dringender braucht«, antwortete Arentz.

»Mir meine eigene VIP-Lounge beim FC St. Pauli bauen«, sagte Elias.

»Wenn ich das Stadion richtig in Erinnerung habe, bleibt dann noch einiges von dem Geld übrig.«

»Du kennst meine Pläne für den verbesserten Bierzug noch nicht«, erwiderte er lächelnd.

Alina lehnte sich zurück. »Ich würde in die USA gehen und alle Kurse der FBI-Akademie besuchen. Vom Analystentraining über Profiling bis hin zu Fahrkursen.«

»Diese Antwort ehrt Sie«, sagte Arentz. »Eine waschechte Polizistin.«

»Dann auf zur dritten Frage«, sagte Elias.

»Wenn Sie drei Personen aus der Geschichte zum Essen einladen könnten, welche wären das?«

»Sokrates, Immanuel Kant und Ludwig van Beethoven«, sagte Arentz, als hätte er die Antwort schon bereitgelegt gehabt. »Man stelle sich das Gespräch dieser großen Geister vor«, schwelgte er.

»Helmut Rahn, Jimi Hendrix und Rembrandt van Rijn«, sagte Elias nach einem Moment des Überlegens.

»Rembrandt?«, wiederholte Arentz verwundert.

»Auch ich schätze schöne Malerei«, rechtfertigte sich Elias.

»Die Kommentare, die du in Basel über Dalís ›Brennende Giraffe‹ gemacht hast, ließen das nicht vermuten.«

»Schöne Malerei, Herr Arentz«, sagte Elias. »Es gibt nichts Schönes an einer brennenden Giraffe.«

»Banause«, murmelte der, aber sein Lächeln nahm den Worten die Schärfe. Dann wandte er sich Alina zu.

»Marie Curie, Astrid Lindgren und Agatha Christie.«

»Zumindest Letztere überrascht mich nicht«, erwiderte Elias.

»Ich liebe Christies Bücher, aber für meine Entwicklung waren die Geschichten von Pippi Langstrumpf prägender.«

»Können Sie auch schon ein Pferd heben?«, fragte Arentz.

»Noch nicht, aber ich trainiere hart«, antwortete Alina.

Arentz lachte und hob sein Glas. »Auch wenn die Umstände unseres Treffens keine glücklichen waren, so freue ich mich doch, dass Sie unser Gast sind.«

»Und ich danke Ihnen für Ihre Gastfreundschaft«, erwiderte Alina den Toast.

Arentz trank einen Schluck Wein. »Was haben Sie als Nächstes vor?«

»Elias und ich werden uns auf die Suche nach einem bekannten Hehler machen, der jeden krummen Hund von Hamburg kennt«, sagte sie.

»Heute Nacht noch?« Er deutete auf eine große Uhr an der Wand. Es war 22.14 Uhr.

»Die Unterwelt wird jetzt erst munter«, antwortete Alina. »Allerdings muss ich morgen noch Erkundigungen einholen, denn ich suche eine ganz spezielle Person, die nicht gern gefunden wird.«

»Dann wünsche ich Ihnen viel Erfolg«, sagte Arentz. »Aber seien Sie wachsam.«

KAPITEL 4

Wenn man bedachte, dass Henning Schweter großen Wert darauf legte, unbemerkt zu bleiben, war er relativ leicht zu finden. Er trug eine schwarze Bomberjacke, blaue Jeans und braune Cowboystiefel. Wohl um seine dünnen roten Haare vor dem Nieselregen zu schützen, hatte er jedoch wieder die Baseballmütze der Green Bay Packers aufgesetzt, die selbst um diese Nachtstunde noch deutlich zu sehen war.

»Das ist er«, sagte Alina.

»Sieht nicht sonderlich gefährlich aus«, bemerkte Elias. Schweter war eine Handbreit größer als Alina, hatte einen Wohlstandsbauch und schmale Schultern.

»Er hat Freunde, die ihm sofort zu Hilfe kommen, wenn er sie ruft«, sagte Alina. »Außerdem wurde er wegen einer Messerstecherei zu einer Bewährungsstrafe verurteilt. Das Klappmesser trägt er in der Innentasche seiner Jacke.«

»Wie willst du es anstellen, dass er mit dir redet?«

»Hier um den Hansaplatz konnte ich das in meiner Rolle als Polizistin«, sagte Alina. »Das funktioniert nicht mehr. Wir müssen ihn außerhalb der Rufweite seiner Freunde erwischen und ihn zu einem Gespräch ... überreden.«

»Du meinst, ihn überwältigen?«

»Die gewalttätige Methode ist nicht die meine, aber Janko hat mich vielleicht auf Schweters Hinweis hin in den Hinterhalt gelockt. Und wenn das so ist, will ich wissen, warum«, sagte Alina. »Wenn man meine Wunden und die ständigen Kopfschmerzen bedenkt, täte es mir um ein paar Kratzer bei ihm nicht leid.«

»Wie willst du ihn weglocken?«, fragte Elias. »Mit ihm und seinen Freunden werden wir es nicht aufnehmen können.«

»Der Hansaplatz ist kameraüberwacht, daher darf ich mich dort nicht sehen lassen. Das würde zu viele Fragen nach sich ziehen.« Sie deutete auf eine Straßenecke. »Schweter kriegt einen Teil seiner Hehlerware von Taschendieben am Hauptbahnhof. Da wird er heute noch hingehen, und wenn er dazu die Ellmenreichstraße nimmt, schnappe ich ihn mir am Ende des Parkhauses, an der Kreuzung Robert-Nhil-Straße.«

»Wie wollen wir das anstellen?«, fragte Elias weiter.

»Wir warten, bis er mit seinen Geschäften hier fertig ist, dann gehe ich direkt zum Parkhaus«, erklärte Alina. »Du versteckst dich an der Ecke Hansaplatz/Ellmenreichstraße. Wenn er dort einbiegt, geh ihm hinterher und mach dich bemerkbar. Er kennt dich nicht, also wird er die Flucht nach vorne antreten und mir in die Arme laufen.«

»Klingt nach einem Plan«, sagte Elias und verschwand einen Moment später in einer Einfahrt an der Ellmenreichstraße.

Alina lehnte sich an eine unbeleuchtete Hausecke und beobachtete Schweter weiter bei seinen Geschäften. Der Hehler ging sehr überlegt vor, vermied die Kameras, wo er konnte, und drehte ihnen bei Gesprächen den Rücken zu. Er nahm kein Geld an und verkaufte keine Ware. Das würde er an einem weniger überwachten Ort machen.

Nach einer halben Stunde schien er eine Nachricht auf sein Handy bekommen zu haben. Er nahm das Gerät aus seiner Jackentasche und sah auf das Display. Dann verabschiedete er sich von seinem Gesprächspartner und spazierte in Richtung Hauptbahnhof.

Alina lief los. Nach hundert Metern versteckte sie sich neben dem Eingang zu einer Tiefgarage, von dem aus sie die Straße beobachten konnte.

Wie Alina vermutet hatte, nahm Schweter die Ellmenreichstraße zum Bahnhof. Glücklicherweise war er beim Gehen in sein Handy vertieft, sodass er Elias nicht bemerkte, als dieser aufschloss.

»Henning!«, rief er hinter ihm.

Der Hehler drehte sich ruckartig um. Er schien zu überlegen, wer der Mann war und warum er ihn gerufen hatte. Als Elias winkte und langsam auf ihn zuging, wandte sich Schweter plötzlich wieder um und rannte los.

Er kam nicht weit. Als er am Parkhaus fast vorbeigelaufen war, trat Alina aus dem Dunkeln, packte seinen Arm und verdrehte ihn auf den Rücken. Überrascht von dem Angriff stolperte Schweter und schlug hart auf dem Boden auf. Er keuchte und wollte sich wieder erheben, aber Alina verstärkte den Haltegriff und drückte ihr rechtes Knie in seinen Rücken.

»Guten Abend, Henning«, sagte sie. »Hättest nicht geglaubt, mich so schnell wiederzusehen.«

»Das ist ein Missverständnis«, jammerte Schweter. »Ich habe nichts damit zu tun.«

»Mit was hast du nichts zu tun?«, fragte Alina. »Mit der Klimaerwärmung? Dem vergangenen G-20-Gipfel? Oder deinen Deals mit den Taschendieben vom Hauptbahnhof?«

»Mit dem Hinterhalt in dem verlassenen Industriegebäude.«

»Ich habe zwar was auf den Kopf bekommen, aber ich erinnere mich gut an Janko. Er hat mir gesagt, dass er den Tipp von dir bekommen hat.«

»Sie kennen mich«, lamentierte Schweter. »Ich mag zwar Kram verticken, aber ich bin nicht so bescheuert und locke eine

Polizistin in eine Falle.« Er zappelte in ihrem Griff. »Bitte, Frau Grimm. Sie müssen mir glauben.«

Alina ließ den Arm des Hehlers los und erhob sich von seinem Rücken. »Dann liefere mir einen stichhaltigen Beweis für deine Unschuld.«

Schweter rieb sich stöhnend den Ellenbogen. »Wie soll ich das machen?«

»Liefere mir diesen Janko.«

»Den Namen höre ich zum ersten Mal.«

»Woher wusste er von der Belohnung?«

»Ich habe nur gemacht, worum Sie mich gebeten haben«, rechtfertigte er sich. »Verbreiten lassen, dass es für Infos über Dimitrios von Ihnen Kohle gibt.« Er deutete zurück zum Hansaplatz. »Da hängen so viele kaputte Typen rum, die verraten jeden für Geld, daher hat sich das schnell herumgesprochen.« Er hatte sich aufgesetzt und sah misstrauisch zu Elias hinüber, der mit verschränkten Armen zwischen ihm und der Straße stand.

»Und das ist ein Grund, mich während meiner Dienstzeit in einen Hinterhalt zu locken?«

»Was sonst?«, fragte Schweter. »Oder schnüffeln Sie noch in einem anderen Fall herum?«

»Was ist an Dimitrios so besonders, dass er von einem Serienmörder getötet wird und ich in einen Hinterhalt gelockt werde?«, fuhr Alina fort, ohne darauf einzugehen. »Dimitrios hat mit dem Klauen von Geldbörsen höchstens einen Tausender im Monat gemacht. Er lebte von Stütze in einer kleinen, heruntergekommenen Wohnung im obersten Stockwerk eines Mehrfamilienhauses.«

»Ich habe anderes gehört«, erwiderte Schweter.

»Was meinst du?«

»Anscheinend war Dimitrios die letzten Tage vor seinem Tod euphorisch wie nach 'nem Puffbesuch. Er hat von einem

78

großen Fisch erzählt, den er bald an Land holt und dass er sich davon ein Strandhaus auf Rhodos kauft.«

»Was für ein Fisch?«

»Keine Ahnung.« Schweter zuckte die Achseln. »Vielleicht war es nur eine dumme Prahlerei, aber er war so vom Erfolg überzeugt, dass er sogar mit seinen Klauereien aufgehört hat.«

»Wie sicher ist diese Information?«

»Mit der Aussicht auf die Belohnung haben mir das drei Typen gesteckt, die sich nicht kannten. Da muss was dran gewesen sein.«

»Könnte ein großer Koksdeal dahintergesteckt haben?«

»Dimitrios war ein skrupelloser Bastard, aber sein Bruder und sein Alter sind an Drogen verreckt. Das war ihm eine Lehre.«

»Und was ist mit den Koksspuren an der Leiche?«

»Keine Ahnung, wie die da hingekommen sind.«

»War dieser angeblich große Fisch der Grund, warum er am Phoenixplatz war?«

»Was sonst?«, erwiderte Schweter. »Dort fallen mir fünf Schläger ein, die Dimitrios die Birne runtergemacht hätten, wenn sie ihn erwischt hätten. Er muss also einen starken Anreiz gehabt haben, um das Risiko einzugehen.«

Alina rieb sich über ihre schmerzende Stirn. Die Aussicht auf ein großes Geschäft machte Dimitrios' Anwesenheit am Phoenixplatz plausibler. »Hast du eine Ahnung, wo Dimitrios sein Versteck hatte?«

»Er hatte ein Versteck?«, fragte Schweter erstaunt.

»In seiner Wohnung gab es keine geklauten Geldbeutel, Schmuck oder Kreditkarten«, sagte Alina. »Die Ermittler haben selbst die Wände und den Boden nach Geheimverstecken durchsucht und nur einen Schlüssel zu einem hochwertigen Vorhängeschloss gefunden. Also musste er irgendwo anders eine Kiste oder einen Raum haben, wo er seine Sachen gelagert hat.«

Schweter kratzte sich nachdenklich die Wange. »Ich habe Dimitrios ein paarmal bei der Schilleroper herumstreifen sehen«, sagte er. »Das hat mich gewundert, denn da gibt es nicht so viel Touris, die man ausrauben kann. Vielleicht ist dort sein Versteck.«

»Die Schilleroper steht seit geraumer Zeit leer und verfällt zusehends«, sagte Elias leise zu ihr. »Da könnte man einiges verbergen.«

»Und es ist nicht weit von Dimitrios' Wohnung«, fügte sie ebenso leise hinzu.

Alina streckte Schweter die Hand hin und zog ihn hoch. »Danke für die Hilfe«, verabschiedete sie sich.

Der Hehler klopfte sich mürrisch die Hosen ab.

»Dann auf zur Schilleroper«, sagte sie zu Elias.

»Lassen wir es gut sein für heute«, erwiderte dieser. »Du bist gerade erst aus dem Krankenhaus gekommen. Ruhe dich ein paar Stunden aus und wir machen morgen früh weiter. Bei Tageslicht ist die Suche leichter.«

Einen Augenblick wollte sie Elias widersprechen, aber der zunehmende Kopfschmerz erinnerte sie wieder an ihre Gehirnerschütterung. Schließlich nickte sie. »Etwas Schlaf wäre schön.«

Sie machten sich auf den Weg zurück zu ihren Autos, als Schweter ihr hinterherrief.

»Frau Grimm?«

Alina drehte sich um.

»Es tut mir leid, was passiert ist«, sagte er mit echtem Bedauern. »Auch wenn Sie mich oft genervt haben, haben Sie mich und die anderen Jungs immer anständig behandelt«, fuhr er fort. »Ich hoffe, Sie finden den Drecksack, der Ihnen das angetan hat.«

»Das hoffe ich auch«, erwiderte sie. »Und vielleicht sehen wir uns dann bei meiner Streife wieder.«

Er zeigte ein Lächeln. Dann ging er weiter zum Bahnhof.

80

Alina spürte einen Stich im Herzen, als ihr bewusst wurde, wie sehr ihr all die schrägen Leute in St. Georg fehlen würden. Beinahe so, als dürfte sie ihre Familie nicht mehr sehen.

»Wann soll ich dich abholen?«, fragte Elias, nachdem sie bei den Autos angekommen waren.

»Sieben Uhr«, sagte Alina.

»Einigen wir uns auf zehn«, erwiderte er. »Du solltest dir wirklich Ruhe gönnen, und das Versteck läuft uns nicht weg.«

»Also um neun«, schlug Alina vor. »Länger kann ich nicht schlafen.«

»In Ordnung. Dann bis morgen früh«, verabschiedete sich Elias. »Ich bin gespannt, was Dimitrios an der Schilleroper gemacht hat.«

* * *

Als Alina am nächsten Tag um die Schilleroper schlenderte, bedauerte sie, dass das Gebäude so verfallen war. Die Wände waren mit obszönen Graffiti vollgemalt, die Fenster mit dicken Holzplatten vernagelt und am Weißblech fraß der Rost. Der helle Putz bröckelte herunter, sodass die rohe Ziegelwand zu sehen war. Der Gehsteig war von Autos zugeparkt, die kaum Platz zum Vorbeigehen ließen, und aus den Lücken im Kopfsteinpflaster quoll Unkraut hervor. Den überdachten Haupteingang hatte man mit einem großen Holzbrett vernagelt und die Türen vollständig zuplakatiert. Alina klopfte auf das Holz.

»Willst du die Abdeckung entfernen?«, fragte Elias.

Sie schüttelte den Kopf. »Ich suche nach einer Schwachstelle. Dimitrios hat nicht jedes Mal die Holzplatten abgerissen oder die Gitterstäbe an den Fenstern durchgesägt. Es muss einen einfachen und schnellen Weg hinein geben.« Nachdem Alina den Haupteingang überprüft hatte, deutete sie nach links. Sie gingen am Gebäude entlang, vorbei an vergitterten Fenstern, die zusätzlich von innen vernagelt waren. »Zu auffällig«, murmelte sie. Sie gingen weiter um die Ecke, doch auch hier gab es keinen Zugang. Auf der gegenüberliegenden Seite war ein noch nicht fertig gebautes Mehrfamilienhaus. Vor einem bodentiefen Fenster der Oper stand ein alter Van ohne Nummernschilder.

»Das könnte passen«, sagte Alina auf dem Weg dorthin. »Die Wohnungen sind noch nicht bezogen und der alte Van verhindert die Sicht auf das Fenster.« Sie nahm ein Klappmesser aus der Tasche und steckte die Klinge in die Lücke zwischen Fenster und Rahmen. Vorsichtig stocherte sie herum und schob die Klinge nach oben. »Auf der rechten Seite sind die Nägel entfernt«, sagte Alina. Sie steckte die Finger in den Spalt und zog die hölzerne Abdeckung nach draußen, bis ein etwa vierzig Zentimeter breiter Durchlass entstanden war.

Alina sah die Straße entlang. Es war niemand zu sehen. Sie steckte das Messer weg, nahm eine kleine Taschenlampe aus der Jacke und schlüpfte durch den Spalt hinein. Als sie drinnen war, zwängte sich Elias hinterher.

»Hätte Dimitrios nicht ein zwei Meter großer, übergewichtiger Mann sein können?«, beschwerte er sich. Es knarrte und quietschte, aber schließlich schaffte er es auch hinein.

Alina rümpfte die Nase. Es stank nach Schimmel, Abwasser und modrigem Holz. Sie leuchtete mit der Taschenlampe umher. Im Raum schien sich früher einmal die Toilette befunden zu haben. Die Keramik war abgebaut, aber die Löcher in die Kanalisation waren noch zu sehen, auch wenn sie mit klebriger Pappe verschlossen waren. Zwei zertretene Kabinentüren lagen auf dem Boden und die Scherben eines geborstenen Spiegels reflektierten das Licht der Taschenlampe.

»Hierher verirrt sich niemand freiwillig.« Alina ging neben einer alten Holzpalette in die Knie und betrachtete eine dünne Schicht Moos. »Ein Fußabdruck«, murmelte sie. »Höchstens ein paar Tage alt.«

»Dimitrios ist schon über eine Woche tot.«

»Jemand anders wusste noch von seinem Versteck«, stellte sie fest.

Sie gingen weiter zur gegenüberliegenden Wand. Dort war ein großes Loch in die Ziegel gehauen. Davor lag eine stabile Metallkiste, die genau in die Öffnung passte. An einer Metallöse hing ein durchgesägtes Vorhängeschloss.

»Dazu hätte der Schlüssel gepasst, den die Kripo in Dimitrios' Wohnung gefunden hat.«

Elias betrachtete den Schnitt. »Das Material ist hochwertig, aber einer Flex hat auch dieser Stahl nichts entgegenzusetzen.«

Alina zog einen Plastikhandschuh über und hob den Deckel der Kiste an. »Leer«, sagte sie enttäuscht.

»Was ist da drüben?« Elias deutete nach rechts. Auf dem Boden lagen die Reste eines kleinen Kameraobjektivs, kaum größer als ein Finger.

Alina betrachtete es genauer.

»Das ist ein Aufsatz für ein Handy«, erklärte Elias, der ihr über die Schulter sah. »Oder zumindest war er es, denn da wurde mit Kraft draufgetreten.« Er schnippte mit einem Finger ein dünnes Stück Glas weg.

»Was hat Dimitrios damit gemacht?«

»Das ist ein Zoomteleobjektiv«, erklärte er. »Dimitrios wird irgendetwas aus der Ferne beobachtet oder aufgenommen haben.«

»Nur ist sein Handy verschwunden.« Alina leuchtete weiter umher und entdeckte in einer Ecke eine alte Zeitung. Über einem Artikel stand: »Hamburger Zoll findet Drogen im Wert von einer Milliarde Euro.« »Das war im Juli 2019«, sagte sie und nahm die Zeitung vorsichtig in die Hand. Das Papier war noch gut erhalten. »Aber die Zeitung liegt höchstens seit ein paar Wochen in diesem modrigen Raum.«

»Davon habe ich gelesen«, sagte Elias. »Der Zoll hat über vier Tonnen Kokain beschlagnahmt.«

»Das war der größte Einzelfund in der Geschichte der Bundesrepublik«, ergänzte Alina. »Da werden die Kollegen vom Hauptzollamt eine Woche lang gefeiert haben.«

»Warum hat Dimitrios diesen Artikel aufgehoben?«, fragte Elias.

»Keine Ahnung«, antwortete Alina. »Aber vielleicht hat es etwas mit seinem Tod zu tun.«

Elias' Handy piepste. Er nahm das Gerät aus der Tasche. »Herr Arentz hat mir geschrieben«, sagte er. »Es gibt wohl etwas Neues.«

»Lass mich nur noch ein paar Fotos machen. Dann können wir los.« Alina machte Bilder von der Metallbox, dem Versteck dahinter und dem aufgesägten Vorhängeschloss. Danach vom kaputten Objektiv und dem Zeitungsartikel, wobei sie diesen noch aus dem Internet herunterladen würde.

Dann steckte sie das Handy wieder in die Tasche und zwängte sich mit Elias' Hilfe durch den Fensterspalt zurück nach draußen.

Sie war gespannt, was Arentz für Neuigkeiten hatte.

* * *

Gerwald wartete in der Bibliothek auf sie. Er trug einen maßgefertigten grauen Anzug mit einer hellroten Krawatte und einem Einstecktuch in der gleichen Farbe. Als Alina eintrat, erhob er sich lächelnd.

»Frau Grimm.« Er schüttelte ihre Hand. »Ich freue mich, Sie unversehrt zu sehen. War Ihre gestrige Unternehmung erfolgreich?«

Sie nickte. »Wir haben wichtige Informationen bekommen und konnten damit das Versteck von Dimitrios finden, auch wenn es uns keine neuen Erkenntnisse gebracht hat.«

»Aber wir haben der Kripo einen anonymen Tipp zukommen lassen«, berichtete Elias. »Vielleicht finden die Ermittler etwas, was wir übersehen haben.«

Arentz deutete auf die Couch und nahm wieder Platz. »Ich habe nach unserem zweiten Treffen im Café meine Anwälte konsultiert und sie gebeten, Ihre gewerkschaftliche Rechtsberaterin zu unterstützen«, sagte er, während Alina sich hinsetzte. »Außerdem lasse ich meine Beziehungen zu den Behörden spielen und habe sie daran erinnert, dass in Deutschland immer noch die Unschuldsvermutung gilt und dass sie die Möglichkeit einer heimtückischen Täuschung in Betracht ziehen sollen. Schließlich haben Sie sich in Ihrer Zeit als Polizistin nichts zuschulden kommen lassen.«

»Vielen Dank«, sagte Alina.

»Das ist aber nicht der Grund, warum ich Sie hergebeten habe«, fuhr Arentz fort. Er hob ein Kissen hoch. Darunter lag eine Pistole. »Wie Sie sicher wissen, ist das eine Glock 22 Kaliber 40. Da ich einen Waffenschein habe, darf ich diese Pistole besitzen.«

Alina sah zu Elias, der dem Gespräch ungerührt folgte.

»Ich wurde vor einigen Jahren Opfer eines Raubüberfalls, an dessen Folgen ich noch heute leide.« Er strich sich über den rechten Arm. »Daraufhin habe ich die Sicherheitsmaßnahmen verstärkt und mir die Dienste eines Leibwächters gesichert.« Sein Blick wanderte zu Elias. »Das war mir aber nicht genug, also habe ich mit Schießtraining angefangen und mir vier Pistolen gekauft, die ich im ganzen Haus verteilt habe.« Er deutete auf die Waffe. »Diese ist eine davon und ich würde sie Ihnen zur Verfügung stellen. Wegen Ihrer Suspendierung dürfen Sie keine Waffen tragen, aber die Leute, die Sie überfallen haben, sind immer noch da draußen, und ich möchte nicht noch ein Mitglied der Familie Grimm verlieren.«

»Sie wissen, welche Strafe für den Besitz von Schusswaffen ohne Erlaubnis droht?«

»In einem minder schweren Fall wie diesem eine Geldstrafe oder eine Freiheitsstrafe von bis zu drei Jahren.« Arentz legte das

Kissen wieder auf die Pistole. »Ich hoffe, ich habe Sie nicht in ein moralisches Dilemma gestürzt, und ich will Sie auf keinen Fall zu etwas drängen, aber solange wir den Grund für den Angriff auf Sie nicht kennen, würde ich ruhiger schlafen, wenn ich Sie bewaffnet wüsste.«

»Wenn man mich mit Ihrer Waffe aufgreift, werden Sie ebenfalls belangt.«

»Dieses Risiko ist mir bewusst und ich nehme es in Kauf.«

Alina spürte den Unwillen der Polizistin in sich, diese Waffe an sich zu nehmen, aber Arentz hatte recht. Eine Pistole würde ihr Sicherheit geben, selbst wenn sie diese nur zur Abschreckung nutzen würde.

Sie griff unter das Kissen und nahm die Waffe in die Hand. Die Qualität war hochwertig, nicht der Schrott, den sie in ihrer Zeit auf Streife den übermütigen Kiddies und Gangmitgliedern abgenommen hatte. Eher die Kategorie, die sie als Polizistin gewohnt war.

»Elias wird Sie mit Munition versorgen«, sagte Arentz.

»Vielen Dank.« Sie steckte die Waffe ein.

»Wollen Sie wieder im Gästehaus mit Ihren Ermittlungen weitermachen?«

»Ich muss heute Nachmittag noch jemandem einen Besuch abstatten«, sagte Alina. »Das könnte länger dauern und ich will Sie abends nicht stören.«

»Wir beide benötigen nicht viel Schlaf. Es ist kein Problem, wenn Sie erst spät kommen.«

»Dann nehme ich Ihre Einladung gern an«, erwiderte sie lächelnd. Sie stand auf und verstaute die Pistole in ihrer Jacke. »Ich hoffe, ich werde diese Waffe nicht benötigen.« Aber es fühlt sich gut an, sie zu besitzen, fügte sie in Gedanken hinzu.

* * *

Als Alina das kahle Zimmer betrat, träufelte eine Pflegekraft ihrem Vater gerade Tropfen in die Augen. Sie ging dabei sehr behutsam vor, als wollte sie ihn nicht beim Schlafen stören. Den Blick zur Decke gerichtet, schien es, als dachte er gerade über einen neuen Fall nach, aber das ausbleibende Blinzeln zerstörte die Illusion wieder.

»Wie geht es ihm?«, fragte Alina.

»Unverändert«, sagte die Pflegekraft freundlich. »Wollen Sie heute wieder bei ihm bleiben?«

Alina nickte. »Ein wenig.«

»Dann bringe ich Ihnen eine Tasse Kaffee.« Sie drückte ihren Arm und ging nach draußen.

Alina zog einen Stuhl neben das Bett, nahm seine Hand in die ihre und setzte sich. »Deine Tochter ist mal wieder in Schwierigkeiten«, begann sie. »Nicht so eine Kleinigkeit wie damals, als ich den nervigen Ben aus der Nachbarklasse verprügelt habe. Ich meine richtige Probleme.«

Immer wenn sie mit solchen Worten ein Gespräch angefangen hatte, hatte ihr Vater stöhnend den Kopf geschüttelt, nach seiner Kaffeetasse gegriffen und sich zu ihr an den Tisch gesetzt. »Dann leg mal los«, hatte er dann gesagt und ihr zugehört, bis sie fertig erzählt hatte. Anschließend hatten sie so lange ihre Probleme erörtert, bis sie eine Lösung gefunden hatten.

Alina rieb sanft über seine Hand. Sie vermisste diese Gespräche. Was hätte sie dafür gegeben, wenn sie seine Stimme noch einmal hätte hören können.

Die Tür wurde aufgerissen und Alina schreckte hoch. Statt der Pflegekraft stand ein Mann um die sechzig im Rahmen. Er ähnelte ihrem Vater. Seinen Kopf bedeckte nur noch ein schmaler Haarkranz und das flache Kinn verlieh seinem Gesicht eine fast eckige Form.

»Wann bringst du es endlich zu Ende?« Er deutete auf ihren Vater.

»Dein Bruder hat *mich* mit einer Patientenverfügung ausgestattet, nicht dich, Onkel Abraham«, antwortete Alina. »Und *ich* werde ihn nicht umbringen.«

»Das ist kein Leben mehr«, sagte Abraham.

»Es liegt nicht an dir, das zu entscheiden.«

»Dein Vater hat sich eine Pistole an den Kopf gehalten und abgedrückt. Er konnte offensichtlich nicht mehr.«

»Dein Bruder war ein starker Mann«, widersprach Alina zornig. »Er hat jeden Rückschlag überwunden und sich nie unterkriegen lassen. Selbstmord war keine Option für ihn.«

»Was war es dann?«, fragte Abraham. »Ein Unfall?«

»Ich weiß es nicht«, antwortete Alina. »Aber Wachkomapatienten erlangen manchmal das Bewusstsein zurück. Und wenn das geschieht, werde ich ihn fragen.«

»Vielleicht gefällt dir die Antwort nicht.«

»Eine unangenehme Wahrheit ist besser als eine lebenslange Ungewissheit.«

»Ich habe seine Gehirnströme gesehen«, sagte Abraham. »Und als Mediziner kann ich dir sagen, dass …«

»Sei still«, unterbrach Alina. »Dieses Gespräch haben wir schon hundert Mal geführt und es ändert nichts an meiner Entscheidung.«

»Es ist nicht richtig …«

Sie hob die Hand. »Mach bitte die Tür zu, wenn du gehst.«

Abraham blieb noch einen Augenblick im Türrahmen stehen, die Lippen im Zorn zusammengepresst. Dann drehte er sich um und verschwand.

Alina wandte sich wieder ihrem Vater zu. »Entschuldigung, Paps, dein Bruder hat sich nicht verändert.« Sie strich ihm wieder über die Hand. »Aber du brauchst dir keine Sorgen zu machen. Ich passe auf dich auf«, fügte sie hinzu, während sie sich eine Träne von der Wange wischte.

»Und jetzt erzähle ich dir, in welche Schwierigkeiten ich geraten bin.«

* * *

Alina fuhr gerade vom Pflegeheim ihres Vaters los, als ihr Handy klingelte. Sie nahm das Gespräch an und schaltete auf den Lautsprecher.

»Hier ist Birgit Irsek«, meldete sich ihre Anwältin. »Ich weiß nicht genau, was seit unserem Gespräch im Krankenhaus passiert ist, aber im Polizeipräsidium brummt es wie im Wespennest.«

»Ein Freund der Familie unterstützt mich«, sagte Alina.

»So einen Freund hätte ich auch gern«, erwiderte Irsek. »Die Ermittler sind umgeschwenkt. Statt nach Kunden von Ihnen zu suchen, wird Ihre Wohnungstür nochmals nach Einbruchsspuren überprüft, und man befragt Ihre Nachbarn, ob sie einen Einbrecher gesehen haben.« Sie schien etwas zu trinken. »Außerdem habe ich plötzlich zwei renommierte Anwälte quasi als Assistenten zugeteilt bekommen, von denen einer im Verwaltungsgericht zu wohnen scheint, denn er kennt jeden dort persönlich. Der zweite Mann sieht nicht nur aus wie George Clooney, er ist auch noch ein Experte im Hamburgischen Disziplinargesetz, womit wir die andere Seite ordentlich ins Schwitzen bringen werden.« Sie lachte. »Ich hatte nicht mehr so viel Spaß, seit Richter Schulze betrunken die Treppe hinuntergefallen ist.«

»Das hört sich gut an.«

»Wir sind noch nicht über den Berg, doch unsere Chancen sind enorm gestiegen.« Im Hintergrund klingelte ein Telefon. »Was für ein Affenzirkus«, murmelte sie. »Ich bin etwas im Stress, aber ich wollte Ihnen diese gute Nachricht möglichst zeitnah persönlich mitteilen und hoffe, dass ich damit Ihren Tag retten konnte. Ich melde mich wieder«, fügte sie noch hinzu und legte auf.

Alina atmete erleichtert aus. In den letzten Tagen hatte sich ihr Leben von *beschissen* auf *könnte besser sein* gewandelt. Sie spürte eine eigenartige Vorfreude, die Unterlagen im Gästehaus mit den Fundstücken in Dimitrios' Versteck neu zu bewerten und mit Elias zu diskutieren. Auch wenn Bilal fast wie ein Bruder für sie war, hatte er sich nie für ihre Theorien interessiert. Es war schön, jemanden zu haben, der ihr folgen wollte.

Als sie in die Straße zum Landhaus einbog, sah sie die Blaulichter schon von Weitem. Sie verlangsamte ihr Auto und fuhr in Schrittgeschwindigkeit weiter. Hundert Meter vor ihr standen zwei Polizeiautos quer vor der Einfahrt zur Villa. Sie lenkte den Wagen zum Straßenrand, fuhr in einen kleinen Waldweg und schaltete das Licht aus.

Dann verließ sie das Auto, zog ihre Regenjacke über und bahnte sich einen Weg durch das Unterholz. Die Villa war hell erleuchtet. Große Scheinwerfer waren auf den Eingangsbereich des Hauses gerichtet. Sie erkannte die Männer vom kriminaltechnischen Institut an ihren weißen Overalls. Auf dem Parkplatz vor dem Haus standen zwei Zivilfahrzeuge vom KDD. Ein Mann mit einer Kamera auf der Schulter streifte vor den beiden Polizeiautos umher und versuchte, Aufnahmen zu machen. Nach einer kurzen Diskussion mit den Beamten zuckte er schließlich die Achseln und ging zu einem Auto, das ein paar Meter neben der Straße im Wald geparkt war.

Alina zog die Kapuze über und wandte den Kopf von den Polizeifahrzeugen ab.

»Entschuldigen Sie!«, rief sie dem Kameramann hinterher. Er blieb stehen und drehte sich zu ihr. »Können Sie mir sagen, was hier passiert ist?«, fragte Alina.

»Der Hausherr ist ermordet worden«, antwortete der Mann. »Angeblich von einem Angestellten.«

KAPITEL 5

Alina wusste nicht, wie lange sie auf der Straße gestanden hatte. Erst als die Polizeiautos von der Ausfahrt weggefahren wurden, erwachte sie aus ihrer Starre. Sie rannte zu ihrem Wagen zurück, nahm ihr Handy aus der Ablage und wählte Elias' Nummer. Sie fluchte, als schon nach dem ersten Klingeln die Mailbox ansprang. »Was ist hier passiert, Elias?«, fragte sie verzweifelt. »Ruf mich bitte sofort zurück.«

Sie steckte das Handy in ihre Tasche und ging ein Stück in den Wald hinein. In ihrer momentanen Lage wollte sie nicht am Tatort gesehen werden. Das hätte zu viele Fragen nach sich gezogen, aber sie musste wissen, was passiert war. Sie ging die Außenmauer entlang, die das Anwesen umgab. Zum Wald hin war ein zwei Meter breiter Streifen gerodet und von Unterholz frei geräumt worden. Auf der Mauerkrone waren handteller-große Metallspitzen einbetoniert und Stacheldraht ausgelegt. Außerdem waren dort in regelmäßigen Abständen hochauf-lösende Kameras befestigt, sodass es unmöglich war, ungesehen auf das Grundstück zu gelangen.

Arentz hatte bezüglich seiner Sicherheitsmaßnahmen nicht übertrieben. Alina lehnte sich an einen Baumstamm und schloss die Augen. Sie wusste nicht, wie sie weiter vorgehen sollte, nur dass sie hier nichts ausrichten konnte. Das Blaulicht eines weiteren Polizeifahrzeugs erhellte die Nacht. Sie wartete, bis ihre Kollegen vorbeigefahren waren, erhob sich wieder und schlich zu ihrem Auto zurück. Sie ließ das Licht des Pkw aus, bis sie die Zufahrtsstraße hinter sich gelassen hatte. Auf dem Weg nach Hause hatte sie ihr Handy auf dem Schoß, hoffend, dass sich Elias bei ihr melden würde.

* * *

Obwohl es schon sechs Uhr morgens und Alina die ganze Nacht wach geblieben war, hatte sich Elias nicht bei ihr gemeldet. Neben ihr stand ihr Laptop, mit dem sie sich durch die neusten Nachrichten aus dem Internet klickte, denn gegen drei Uhr hatte Arentz' Tod auch die Zeitungen und die sozialen Medien erreicht. Der Mord an ihm hatte bereits einen eigenen Hashtag.

Alina schaltete den Fernseher auf einen lokalen Sender, der eine Sondersendung angekündigt hatte. Die Moderatorin saß in einem kleinen Studio. Hinter ihr war die Überschrift »Mord in Hamburg« eingeblendet.

»Ich gebe an meinen Kollegen nach Ohlstedt weiter, der uns auf den neusten Stand bezüglich der Ermordung des Großindustriellen Gerwald Arentz bringen wird«, verkündete die Nachrichtensprecherin nach einer kurzen Begrüßung. Das Bild wechselte.

Der Reporter trug einen dicken Wollmantel und hielt das Mikrofon in seinen behandschuhten Fingern. Er hatte sich am Straßenrand positioniert, etwa zwanzig Meter vor dem Eingang zum Landhaus. Die Zufahrt war noch immer gesperrt und vor das Tor war eine Plane gespannt, damit man nicht sehen konnte, was sich dahinter abspielte.

»Ich stehe hier vor dem Haus des zweiundsiebzigjährigen Gerwald Arentz, eines in Hamburg bekannten Industriellen, dessen Vermögen auf hundert Millionen geschätzt wird«, begann er. »Arentz hat sich in den letzten Jahren aus der Öffentlichkeit zurückgezogen und sich in seinem prachtvollen Landhaus verschanzt, das über moderne Sicherheitsvorkehrungen verfügen soll.« Der Reporter deutete auf zwei Kameras, die auf den Eingangsbereich vor dem Tor gerichtet waren. »Diese Sicherheitsvorkehrungen waren in diesem Fall nutzlos, denn nach neusten Erkenntnissen wurde Arentz von einem seiner Angestellten ermordet.« Ein Bild von Elias wurde eingeblendet. »Die Polizei fahndet nach dem zweiunddreißigjährigen Elias Feith, der seit mehreren Jahren der persönliche Assistent und Leibwächter des Großindustriellen war.«

Alina war wie erstarrt. »Das darf nicht sein«, murmelte sie. Warum sollte Elias den Mann ermorden, dem er angeblich viel zu verdanken hatte?

»Elias Feith ist flüchtig und gefährlich«, fuhr der Reporter fort. »Wenn Sie diesen Mann sehen, versuchen Sie nicht, ihn zu stellen, sondern informieren Sie umgehend die nächste Polizeidienststelle.«

Alina packte ihr Trinkglas und warf es mit aller Kraft auf den Fernseher, wo es scheppernd auseinanderbrach. Sie presste sich ein Kissen auf den Mund und schrie ihre Wut hinein, den Frust über ihr verfluchtes Leben, das ihr nur kurze Momente des Glücks erlaubte.

Alina legte sich auf die Couch und zog eine Decke über den Kopf. Sie hatte genug von all diesem Wahnsinn! Sie würde hier liegen bleiben, bis alles vorbei war, nichts mehr von Serienmördern oder Drogendealern hören und keine Gespräche mit ihrem sturen Onkel mehr führen müssen. Ihre Suspendierung würde sie aussitzen, egal was dabei herauskommen würde.

»Fahr zur Hölle, Welt!«, sagte sie. Fast im selben Moment klopfte es an ihrer Tür.

Erst war sie über die Störung verärgert. Dann wurde ihr bewusst, dass es weder der Postbote noch die Nachbarn sein konnten, denn die hätten an ihrer Tür geklingelt.

Ein weiteres Klopfen ertönte. Es war zaghaft, als versuchte die Person, leise zu sein.

Alina stand auf, ging zu ihrer Kommode und nahm die Glock heraus, die Arentz ihr gegeben hatte. Als sie mit der Waffe zur Tür schlich, hoffte sie, dass es Janko, Nau oder irgendjemand anderes war. Hauptsache, ihr Besucher würde etwas tun, das den Einsatz einer Schusswaffe rechtfertigte, denn eine Schießerei kam ihr plötzlich verlockend vor.

Sie presste sich an die Wand, damit sie vor Schüssen durch die Tür geschützt war.

»Wer ist da?«, fragte sie höflich und entsicherte die Waffe.

»Elias«, tönte es leise von draußen.

Alina war sprachlos. Elias war die letzte Person, mit der sie gerechnet hatte. Dann riss sie die Tür auf, hob die Waffe und zielte auf seinen Kopf. Er ging vorsichtig einen Schritt zurück und streckte die Hände zur Seite.

»Was machst du hier?«, fragte sie zornig. »Willst du mich auch töten?«

»Ich war das nicht«, antwortete er.

»Und warum wird nach dir gefahndet?«

»Ich habe keine Ahnung. Ich hatte heute meinen freien Abend und war nicht einmal zu Hause, als Gerwald ermordet worden ist.«

»Dann stelle dich der Polizei und kläre das Missverständnis auf.«

»Das mache ich, sobald ich weiß, wer ihn getötet hat und wer mir das in die Schuhe schieben will.«

»Das klingt sehr nach Verschwörungstheorie.«

»Du solltest es besser wissen«, erwiderte er. »Oder dealst du wirklich mit Drogen?«

Sie senkte die Pistole. »Warum bist du hergekommen und hast nicht angerufen?«

»Weil in meinem Zuhause die halbe Hamburger Polizei ist und mein Handy sicherlich schon getrackt wird«, erwiderte er. »Und ich habe keine Ahnung, wo ich sonst hingehen soll. Bis auf meinen Geldbeutel habe ich alles im Haus.«

»Ein gesuchter Mordverdächtiger versteckt sich bei einer suspendierten Polizistin«, sagte Alina. »Hältst du das für eine gute Idee?«

»Ich kann mich auch auf der Straße durchschlagen«, sagte Elias. »Aber dort wird es schwer, den Mörder von Gerwald zu finden.«

»Wenn du es nicht warst, wer hat ihn dann getötet?«, fragte sie. »Bei all den Sicherheitsvorkehrungen.«

»Ich habe nicht mehr Informationen als du«, sagte Elias. »Aber mit deiner Hilfe finde ich es eher heraus als auf mich allein gestellt.«

Alina atmete hörbar aus. »Hast du Waffen dabei?«

Elias schüttelte den Kopf. »Ich wollte ausgehen. Nicht in den Krieg ziehen.«

»Dann komm rein.« Sie steckte die Pistole in den Hosenbund. »Aber wenn du eine falsche Bewegung machst, knalle ich dich ab.«

»Klingt fair.« Elias trat in die Wohnung.

»Wenn ich das mal nicht bereue«, murmelte Alina und schloss die Tür.

Kurz darauf saß Elias auf ihrer Couch und verfolgte die Nachrichten im Fernseher, der zum Glück trotz der Beschädigung durch Alinas Zornesausbruch noch funktionierte. Die Ruhe und Selbstsicherheit von Gerwalds ehemaligem Leibwächter waren verschwunden. Bleich und mit zusammengesunkenen Schultern umfasste er mit beiden Händen ein Glas Wasser, als müsste er sich daran festhalten. Als Alina daran dachte, dass Elias in Kriegsgebieten Dienst getan hatte, bekam sie eine Vorstellung davon, wie sehr ihn das Geschehen getroffen hatte. Sie hatte mit ihrer Suspendierung ihren Job verloren, zumindest vorübergehend, aber wenn Elias' Verhältnis zu Gerwald Arentz wirklich so tief gewesen war, wunderte sie sich, dass er noch halbwegs gerade sitzen konnte.

»Es tut mir leid«, sagte sie. »Ich habe Gerwald nur wenige Tage gekannt, aber selbst mich schmerzt der Verlust. Ich möchte mir nicht vorstellen, wie es dir ergehen muss.«

»Für Trauern ist noch Zeit nach der Schlacht, hat ein Kompanieführer immer gesagt.« Elias trank einen Schluck Wasser, während seine Hand zitterte. »Auch wenn ich kein Kripobeamter bin, weiß ich, dass das Aufklären von Fällen schwieriger wird, je mehr Zeit vergeht.«

Alina nickte.

»Und das ist es, was ich will«, fuhr er fort. »Wissen, wer Gerwald Arentz ermordet hat.« Er schaltete den Fernseher aus.

»Unter normalen Umständen hätte ich als suspendierte Polizistin keine Auskunft bekommen, aber dank Bilal habe ich wenigstens ein paar Informationen.« Sie legte ihr Handy auf den Tisch und browste durch ihre SMS. »Gerwald wurde von vorne mit einem Messer in die Brust erstochen. Es war ein Jagdmesser aus Damaszener Stahl der Marke Böker. Darauf waren deine Fingerabdrücke. Diese sind in der Datenbank der Kripo, daher ging es mit der Fahndung sehr schnell.«

»Ich habe eine kleine Sammlung an hochwertigen Jagdmessern in meinem Zimmer, und weil ich sie regelmäßig pflege, sind auch meine Fingerabdrücke drauf«, sagte Elias. »Besteht nicht das Risiko, dass sie auch deine Abdrücke finden?«, fragte er Alina.

»Im Lesezimmer, in dem Gerwald ermordet wurde, habe ich mich nicht aufgehalten und nichts angefasst«, antwortete sie. »Das Gästehaus liegt zu weit entfernt, um es in die Suche einzubeziehen, ebenso wie das Esszimmer, daher könnte das für mich glimpflich ausgehen.«

»Hoffen wir es«, murmelte Elias.

»Der ersten Untersuchung nach wurden keine Wertgegenstände gestohlen, was die Theorie eines persönlichen Mords verstärkt«, fuhr Alina fort. »Schließlich war dein Zimmer noch sehr unordentlich. Offensichtlich hast du hektisch gepackt und das Haus verlassen. Dein Handy wurde nicht gefunden.«

»Das ist doch verrückt.« Elias schüttelte den Kopf. »Hat auch jemand die Frage nach dem Motiv gestellt?«

»Vielleicht hat dich Gerwald als Alleinerben bestimmt.«

»Verzeih mir, Alina, aber das ist eine dumme Theorie«, antwortete er. »Als Mörder würde mich das Gesetz als erbunwürdig erklären. Ich würde nicht einen Cent bekommen.«

»Du hast recht«, stimmte Alina nach einem Moment des Nachdenkens zu. Sie setzte sich neben ihm auf die Couch. »Das Problem sind die Indizien, die auf dich weisen. Die wiegen schwerer als ein offensichtliches Motiv. Und am Ende kann man diese Tat auf einen Streit schieben.«

»Warum Gerwald?«, fragte Elias. »Einen missglückten Raubüberfall könnte ich noch verstehen, aber nicht eine solche Tat. Und warum will mir jemand die Schuld zuschieben?«

»Weil du der perfekte Sündenbock bist«, sagte Alina. »Du hast eine gewalttätige Vergangenheit, sammelst Messer und hast Zugang zur Villa.« Sie schenkte sich ein Glas Wasser ein und trank einen Schluck, ohne ihn aus den Augen zu lassen. »Wo warst du heute Nacht?«

Er lehnte sich seufzend auf der Couch zurück. »Bei einem Pokerspiel.«

»War dieses Pokerspiel legal?«

»Nicht bei den Einsätzen.«

»Von wie viel reden wir?«

»Ein paar Hundert pro Runde«, sagte Elias. »Und bevor du fragst, ich bin weder spielsüchtig, noch habe ich Schulden bei irgendwelchen Kredithaien, die mir einen Denkzettel verpassen wollten.«

»Ein paar Hundert ist aber ordentlich.«

»Ich verdiene gut und habe keine Ausgaben«, sagte Elias. »Ich wohne mietfrei, werde bekocht, nutze Gerwalds Auto und werde von seinem Schneider eingekleidet.«

»Wer sind deine Spielpartner?«

»Keine Schwerkriminellen, aber niemand, den ich gut kenne und der mir ein Alibi für die Nacht verschaffen würde. Keiner der Beteiligten wird für mich seinen Ruf aufs Spiel setzen.«

»Was ist denn an einem illegalen Pokerspiel so schlimm?«

»Das Umfeld.«

»Was für ein Umfeld?«

Elias rieb sich über das Kinn, als würde er seinen Bart vermissen. »Die weibliche Bedienung bringt nicht nur die Getränke, sondern sorgt auf Wunsch auch für … Zerstreuung.«

»Oh«, sagte Alina.

»Und wenn man ein Aufputschmittel benötigt, dann besorgen sie einem auch das.«

»Ich nehme nicht an, dass wir hier über Kaffee reden«, erwiderte Alina.

Er fasste sich an die Nase und zog die Luft ein.

»Und du und deine Mitspieler nutzt die Zerstreuung und Aufputschmittel?«

»Ich bin nur zum Spielen dort«, sagte Elias. »Aber wegen der Kombination Glücksspiel, Prostituierte und Drogen wird niemand zugeben, dass er während Gerwalds Ermordung mit mir zusammen war.«

»Wo fand dieses Spiel statt?«

»In einem Haus am Gänsemarkt, das logischerweise nicht kameraüberwacht ist.«

»Das macht es nicht leichter.«

»Willst du die Wahrheit hören oder soll ich dich anlügen?«, fragte er ungehalten.

»Lassen wir das Motiv außer Acht und kümmern uns um die Fakten«, sagte Alina. »Es gab keine Einbruchsspuren. Das System hat keinen Alarm ausgelöst, daher muss der Täter einen Schlüssel gehabt haben.«

»Außer mir und Gerwald hat niemand einen Schlüssel zum Anwesen«, sagte Elias. »Selbst die Angestellten klingeln, daher muss der Täter ein außergewöhnlich guter Einbrecher sein.«

»Vielleicht hat Gerwald ihn hineingelassen?«

»Seit dem Überfall auf ihn war er sehr vorsichtig«, sagte Elias. »Handwerker oder Dienstleister mussten sich ankündigen und kamen nur zu dem entsprechenden Zeitfenster hinein. Ebenso Stadtwerke oder andere Behörden. Die Post hat alles in einem speziellen Briefkasten abgelegt. Unterschriften dafür habe entweder ich geleistet oder das Paket ist zum Abholen an eine Filiale zurückgegangen.«

»Was ist mit Verwandten oder Freunden?«

»Direkte Verwandte hatte Arentz keine mehr und Freunde nur sehr wenige«, sagte Elias. »Alles ähnlich gut situierte ältere Männer, die keinen Grund hatten, ihn zu ermorden. Manche von ihnen können ohne Gehhilfe nicht aus dem Haus.«

»Also muss der Mörder eingebrochen sein.«

»Ich habe eines der besten Sicherheitssysteme auf dem Markt einbauen lassen«, erklärte Elias kopfschüttelnd. »Außerdem habe ich eine Firma für Gebäudeschutz beauftragt, bei uns einzubrechen, und selbst die sind dreimal gescheitert. Und als ich das Landhaus gestern Abend verlassen habe, habe ich wie gewohnt das System überprüft. Da war alles in Ordnung.«

»Wie wirkte Gerwald auf dich, als du ihn zuletzt gesehen hast?«

»Er saß in der Bibliothek, mit einem Glas Wein in der Hand, und las eine Biografie über Hegel«, sagte Elias. »Gerwald hat nichts von einem Besucher erzählt, den er noch erwarten würde, oder von irgendwelchen Aktivitäten am Abend.«

»Wir übersehen etwas.« Alina rieb sich über die frischen Narben an ihrem Haaransatz. »Nur was?«

»Kommst du an die Kripoakten heran?«, fragte Elias.

»Dank meiner Suspendierung nicht mehr«, sagte Alina. »Und Bilal weiß nur, was die Polizei für die Fahndung benötigt. Das ist zu wenig.«

»Gerwalds Kontakte werden nicht mit mir reden, nachdem ich des Mordes an ihm verdächtigt werde«, sagte Elias. »Die Quelle, die dir die Unterlagen zu Dimitrios' Tod besorgt hat, ist somit versiegt.«

»Ich habe eine Idee, wie ich ins LKA gelangen kann«, sagte Alina. »Aber da müssen einige Dinge gut zusammenlaufen, damit ich Zugriff auf die Mordakten bekomme.«

»Welche Dinge?«

»Dass sie mich hineinlassen, dass meine Kollegin zu viel Arbeit hat, um sich ausführlich mit mir zu beschäftigen, dass die Kollegen vom LKA 41 an ihrer allmittäglichen Routine festhalten und gemeinsam Essen gehen.« Sie zuckte die Achseln. »Und vieles anderes mehr.«

»Willst du in deiner momentanen Situation ein solches Risiko eingehen?«

»Ich fasse dir mal meine Situation zusammen«, sagte Alina. »Ich bin suspendiert, weil die Ermittler Beweise für Drogenhandel gefunden haben. In dieser Wohnung.« Sie drehte sich einmal um die eigene Achse. »Irgendwelche Typen wollten mich umbringen, und ich habe die Hilfe eines Mannes in Anspruch genommen, der wenige Tage danach ermordet wurde. Und wenn jemand uns beide mit Schweter gesehen hat, ist es nur eine Frage der Zeit, bis die Kollegen an diese Tür klopfen.«

Sie deutete nach draußen. »Und dann wird es nicht hilfreich für meine Karriere sein, wenn ich einem mutmaßlichen Mörder Unterschlupf gewähre. Wenigstens in einer Sache hat mich mein Ordnungswahn gerettet, denn ich habe nach unserem gemeinsamen Sushi-Essen das Gästezimmer aufgeräumt und die Unterlagen mit zu mir nach Hause genommen.« Sie zog einen dicken Ordner aus dem Regal und legte ihn auf den Couchtisch. »Aber wenn die Kollegen vom LKA mit einem Durchsuchungsbefehl vorbeikommen, finden sie auch noch diese illegal beschafften Akten und dann wird bei den vielen Anklagen selbst meine Anwältin den Überblick verlieren.« Sie nahm ihr Glas und hob es wie zu einem Toast. »Wenn das keine guten Zukunftsaussichten sind, weiß ich auch nicht.« Sie trank einen Schluck. »Und du fragst mich, ob mich ein Aktendiebstahl beunruhigt?«

»Ich ziehe die Frage zurück«, sagte er.

Alina lehnte sich auf der Couch zurück. »Auch wenn einige Kollegen heute trotz des Sonntags Dienst schieben, um an dem Fall zu arbeiten, sollte ich bis morgen warten. Dann ist es im LKA voller und hektischer und ich falle weniger auf.« Sie sah zu Elias. »Irgendwelche Vorschläge, mit was wir uns heute die Zeit vertreiben könnten?«

»Wir können vor deinem Laptop sitzen und die Nachrichten verfolgen«, sagte Elias. »Aber sollte das SEK gleich deine Wohnung stürmen, will ich dieses Spektakel nicht ohne Frühstück erleben.« Er deutete in die Küche.

»Ich habe noch Eier, deren Haltbarkeitsdatum abgelaufen ist, trockenen Toast und einen Rest Kaffeepulver vom Discounter«, sagte Alina.

»Wenn das mal kein Festmahl wird.«

»Meine Rede.« Sie gähnte herzhaft und ging zum Kühlschrank.

Als Alina dem Mann am Einlass ihren Namen sagte, beäugte er sie misstrauisch, als erwartete er, dass sie ihm ein Drogenpäckchen anbieten würde. Er nahm das Telefon ab und wählte eine Nummer.

»Frau Habelt, hier ist der Empfang«, sagte er. »Eine Alina Grimm ist hier und möchte Sie sprechen.«

Die Frau antwortete etwas.

»Was ist der Grund Ihres Besuchs?«, wollte der Mann von Alina wissen.

»Ich hatte bei einem Fall mit Gerwald Arentz zu tun und kann sie vielleicht mit weiteren Informationen versorgen«, sagte Alina so laut, dass es auch durchs Telefon zu hören sein musste.

Nach einem kurzen Wortwechsel nickte der Mann und legte den Hörer wieder auf.

Er schob Alina einen Vordruck hin, den sie unterschrieb.

»Wissen Sie, wo Sie hinmüssen?« Man konnte das Misstrauen regelrecht in seinen Augen lesen, als er Alina einen Besucherausweis reichte.

»Ich kenne mich aus.«

Er öffnete ihr die Tür zum Bürobereich. Sie hob die Hand und ging nach oben, wo ihre Freundin hoffentlich so beschäftigt war, dass sie nur kurz mit ihr reden konnte.

Alina sah auf die Uhr. Es war zwölf. Als sie durch die Gänge des LKA lief, wurde sie kaum beachtet, zu sehr standen die Kollegen unter Druck, die Ermordung von Gerwald Arentz aufzuklären und Elias zu finden. Selbst wenn jemand sie erkannte, war ihr angebliches Drogendelikt fast schon Schnee von gestern.

Annett Habelt hatte sich nicht verändert. Sie war immer noch so schlank, dass man sich fast Sorgen machen musste. Auf einem Stuhl neben ihrem von Akten überquellenden Schreibtisch standen mindestens zehn leere Kaffeetassen. Dazu noch ein angebrochener Becher Joghurt und die Schale einer Banane. Ihre blonden Haare hatte sie zu einem Zopf zusammengebunden und ihre Bluse war zerknittert, als hätte sie diese schon gestern angehabt. Sie hatte den Telefonhörer zwischen Schulter und Ohr eingeklemmt. Mit der rechten Hand klickte sie auf die Maus, während sie mit der Linken eine SMS auf dem Handy schrieb.

»Sie können mich weiterhin stündlich anrufen, das führt auch nicht zu einem Fahndungserfolg«, sagte sie ungehalten. »Ich habe Ihnen versprochen, dass ich mich sofort melde, wenn der mutmaßliche Mörder von Gerwald Arentz gefasst wird. Bis dahin lassen Sie mich endlich meine Arbeit machen.« Sie legte den Hörer auf.

»Ich komme gleich zu dir.« Annett erhob sich von ihrem Platz, lief nach draußen und wechselte ein paar Worte mit einem Kollegen. Als ihr Telefon klingelte, kam sie wieder hereingehastet.

Sie sah auf das Display. »Nicht jetzt«, stöhnte sie und nahm wieder Platz. Während das Telefon weiterläutete, tippte sie noch etwas in den Computer. »Tut mir leid«, entschuldigte sie sich, an Alina gewandt. »Ich bin gleich fertig.«

Mit einem Schlag auf die Enter-Taste rollte sie mit dem Stuhl ein Stück zur Seite, sodass der Monitor nicht mehr zwischen ihnen stand. »Du kanntest das Opfer?«

»Wir waren keine guten Freunde, aber vielleicht kann ich etwas zu den Ermittlungen beitragen.«

Draußen rief jemand »Mittagessen!«.

»Ich will dich nicht von deiner wohlverdienten Pause abhalten«, sagte Alina.

»Das letzte warme Essen hatte ich am Freitag«, erklärte Annett frustriert. »Dazu fehlt mir momentan die Zeit.«

»Warum gehst du nicht wenigstens kurz in die Kantine und holst dir ein Brötchen?«, schlug Alina vor. »Ich warte hier so lange.«

Annett griff zu ihrer Tasse und wollte einen Schluck trinken, bis sie bemerkte, dass diese leer war. Sie schüttelte den Kopf.

»Oder wenigstens einen Kaffee«, fügte Alina hinzu.

»Willst du auch einen?« Annett stand auf.

»Gern«, antwortete Alina. Eigentlich hatte sie beim Frühstück mit Elias genug Koffein getrunken, aber zwei Tassen würden Annetts Abwesenheit verlängern. Alina konnte in der Fensterscheibe sehen, dass der Bildschirmschoner mit der Passwortabfrage noch nicht angesprungen war. »Mit Milch und Zucker«, fügte sie noch hinzu.

Die Kripobeamtin nickte. »Und dann musst du mir von deiner Suspendierung erzählen«, sagte sie und ging hinaus.

Alina hatte die Kaffeemaschine beim Hereinkommen gesehen. Sie war zehn Meter um die Ecke. Ein kurzer Weg, also durfte sie keine Sekunde verlieren. Sie zog den USB-Stick heraus, steckte ihn in den Laptop und setze sich an die Tastatur. Glücklicherweise hatte Annett den Ordner mit den Akten offen, aber es waren zu viele, um sie alle kopieren zu können. Alleine die hochauflösenden Bilder hätten Stunden benötigt. Sie sortierte die Anzeige nach Dateityp und zog alle Word- sowie PDF-Dateien auf ihren Stick. Als das Kopieren begann, zeigte der Computer drei Minuten Restzeit.

Alina fluchte leise. »Kann sich das LKA keine besseren Kisten leisten?«

Sie stand auf und stellte sich an den Türrahmen. Noch konnte sie Annett nicht sehen, aber drei Minuten für zwei Kaffee waren eine lange Zeit. Das würde schon einen Stau an der Maschine benötigen.

Alina sah den Fortschrittsbalken im Fenster gespiegelt. Als er bei zwei Dritteln angelangt war, kam Annett mit zwei Tassen in der Hand um die Ecke.

Wenn Alina den Stick jetzt herausreißen würde, würde eine Fehlermeldung auf dem Bildschirm erscheinen. Sie musste warten, bis der Kopiervorgang abgelaufen war, also benötigte sie eine Ablenkung. Eilig setzte sie sich wieder auf den Stuhl und drehte sich zur Tür. Als Annett hereinkam, stand sie auf.

»Du bist ein Engel«, sagte Alina und stellte sich vor sie. Vorsichtig nahm sie die Tasse in die Hand und drehte sich zum Schreibtisch zurück. Dabei fegte sie einen Stifthalter um, dessen Inhalt sich auf dem Boden verteilte.

»Oh, nein«, sagte Alina. Sie stellte ihre Tasse ab und hob die Stifte auf.

»Das macht bei der Unordnung auch keinen Unterschied mehr«, sagte ihre Bekannte erstaunlich gelassen. Auch sie stellte die Tasse ab.

Alina griff nach drei Stiften, kroch unter dem Schreibtisch auf die andere Seite und kam vor dem Laptop wieder hoch. Der Kopiervorgang war beendet.

Als sich Annett nach etwas bückte, legte Alina die Stifte neben den Computer und zog mit einer schnellen Bewegung den Stick heraus. Sofort begab sie sich wieder auf die Knie. Während sie mit der Linken nach einem weiteren Stift griff, steckte sie den Stick mit der Rechten in die Hosentasche.

Eine Minute später war alles aufgehoben und die beiden Frauen hatten wieder Platz genommen.

»Zurück zu Gerwald Arentz.« Annett legte die Füße auf den Schreibtisch und nippte an ihrem Kaffee.

»Ich lernte ihn kennen, als mein Vater die Entführung seines Patenkinds aufzuklären versuchte.«

Dann begann sie, eine Geschichte zu erzählen. Dabei legte sie zufrieden die Hand auf ihre Hosentasche, in welcher der USB-Stick sicher verwahrt war.

* * *

»Ein Hoch auf die moderne Technik«, sagte Elias, als er über ihre Schulter hinweg zusah, wie sie durch die Berichte browste. »Wenn du das alles auf einen Kopierer legen müsstest, wärst du morgen noch nicht fertig.«

»Im Hinblick auf die kurze Zeitspanne waren die Ermittler sehr fleißig«, bemerkte Alina.

»Trotz seiner selbst gewählten Abgeschiedenheit hatte Gerwald nach wie vor Einfluss auf die hohen Kreise. Deine Kollegen vom LKA werden ordentlich Druck bekommen.«

»Gehen wir es durch.« Alina drehte am Mausrad. »Wie Bilal schon berichtet hat, handelt es sich bei der Mordwaffe um ein Messer aus deiner Sammlung und mit deinen Fingerabdrücken. Der Stich kam von vorne ins Herz und war sofort tödlich.« Sie wandte sich zu Elias um. »Auf der nächsten Seite kommt die Beschreibung des Tatorts. Dort wird auch ein Bild von ihm sein.«

»Ich will seinen Mörder finden«, antwortete er bestimmt. »Bis dahin ist kein Platz für Gefühle.«

Sie scrollte weiter auf die nächste Seite. Gerwald saß auf dem Sessel und starrte mit leeren Augen in die Kamera. Sein Kopf ruhte auf der rechten Schulter und sein Mund war leicht geöffnet, wie nach einem letzten Atemzug. Um die Eintrittswunde herum hatte sich ein großer Blutfleck auf seinem Hemd gebildet. Seine Arme hingen schlaff von den Lehnen hinunter. Auf dem Beistelltisch befanden sich ein Buch und eine Porzellantasse.

»Er wurde vom Mörder nicht überrascht«, sagte Alina. »Das Buch ist zugeklappt auf dem Tisch, sonst würde es auf seinem Schoß oder auf dem Boden liegen.« Sie scrollte weiter. »In deinem Zimmer waren die Schränke offen, und Kleidung lag verteilt, als hättest du in Eile deine Koffer gepackt. Im Haus wurden zwei Schlüsselkarten gefunden.«

Elias klopfte sich auf die rechte Hosentasche. »Es gibt nur drei. Eine hatte Gerwald, eine lag in einer Schublade im Eingangsbereich und die dritte ist meine.«

»Das steht so auch im Bericht«, stimmte sie zu. »Aber jetzt wird es interessant. Es gibt eine Zeugin.«

»Für den Mord?«

Sie schüttelte den Kopf. »Eine gewisse Karin Wagner hat einen Schrei gehört und hat dich kurz darauf mit dem Auto wegfahren sehen. Angeblich stand der Koffer auf dem Beifahrersitz.«

»Wir leben abgeschieden am Rande eines Naturschutzgebiets«, sagte Elias. »Was hat die Frau um diese Zeit dort gemacht?«

»Angeblich hat sie sich verfahren und wollte klingeln, um nach dem Weg zu fragen.«

»Es gibt Navis«, sagte Elias. »Oder Handys.«

»So genau steht das nicht im Bericht, aber umso detaillierter ist die Beschreibung von dir.« Alina deutete auf einen Textblock.

»Unglaublich.« Elias schüttelte verwundert den Kopf, nachdem er es durchgelesen hatte. »Mit den Angaben könnte selbst ein unbegabter Phantomzeichner ein Bild von mir malen.«

»Ich weiß nicht, ob das am Zeitdruck lag, aber das ist wirklich schlampige Arbeit vom LKA«, sagte Alina ungehalten.

»Was meinst du?«

»Stell dir die Situation vor«, fuhr sie fort. »Es ist Nacht. Die Zeugin steht am Tor und hört einen Schrei. Kurz darauf öffnet sich dieses und du fährst mit dem Mercedes, dessen Seitenscheiben getönt sind, vom Grundstück. Du hast einen Mann getötet und in aller Eile deinen Koffer gepackt, also wirst du nicht im Schritttempo aus der Ausfahrt kommen.«

»Sicherlich nicht.«

»Wie lange hat dich die Zeugin sehen können?«, fragte sie. »Eine Sekunde? Und das bei bewölktem Himmel, Stunden nachdem die Sonne untergegangen ist.« Alina schüttelte den Kopf. »Kein Mensch ist unter diesen Umständen zu einer solch exakten Beschreibung in der Lage.«

»Also wen hat die Frau tatsächlich gesehen?«

»Entweder eine Person, die dir sehr ähnlich sieht …«

»Was unter den Umständen sehr perfide wäre.«

»… oder sie lügt.« Alina drehte sich zu ihm um. »Wie weit ist die Haustür des Landhauses vom Ausfahrtstor entfernt?«

»Luftlinie achtzig Meter.«

»Und auf dem Weg zum Eingang ist noch ein Rondell, in dessen Mitte vier Meter hohe Eiben wachsen, die als weiterer Schallschutz dienen.«

»Auf was willst du hinaus?«

Sie blätterte zurück zur Tatortbeschreibung. »Das Fenster in der Bibliothek war geschlossen. Einzig die Haustür zum Landhaus stand offen. Von dem Ort, an dem die Zeugin angeblich ihr Auto geparkt hat, bis zum Eingang in das Haus sind es fast hundert Meter. Dazwischen sind hohe Mauern und die Eiben im Rondell. Die Fenster in der Bibliothek waren geschlossen, die Wände sind massiv, also hätte der Schrei nur durch die offene Tür nach draußen dringen können.« Sie schüttelte den Kopf. »Unmöglich, etwas zu hören.«

»Warum lügt die Zeugin?«

»Weil es den Mordverdacht perfekt abrundet«, sagte Alina. »Wir haben ein Haus, in das niemand hineinkommt, aber dessen Schlüssel du besitzt. Die Mordwaffe trägt deine Fingerabdrücke, du hast gepackt und bist verschwunden. Schließlich noch eine Zeugin, die dich zur Mordzeit vom Tatort hat flüchten sehen. Das garnieren wir noch mit deiner gewalttätigen Vergangenheit, dann kann man alle anderen Theorien vernachlässigen.« Sie lehnte sich auf dem Stuhl zurück und kratzte sich am Kopf. »Keine Ahnung, wie wir das hinbiegen sollen.«

»Wenn es hilft, stelle ich mich der Polizei«, schlug Elias vor.

»Das tut es nicht, denn außer deiner Aussage können wir nichts vorweisen, das dich entlastet. Und ein mutmaßlicher Mörder, der seine Unschuld beteuert, obwohl alle vermeintlichen Beweise gegen ihn sprechen, bringt uns dem eigentlichen Täter nicht näher.«

»Lass uns mit der Zeugin reden und sie fragen, warum sie lügt.«

»Sie wurde offensichtlich vom Mörder dort platziert«, sagte Alina. »Das erklärt auch, warum sie dich so gut beschreiben konnte. Der Täter oder ein Komplize wird ihr ein Bild von dir gegeben haben.«

»Dann hat sie den Mörder gesehen und diese Information können wir aus ihr herausbekommen.« Er lächelte kalt. Für einen Augenblick war der eloquente, ruhige Elias verschwunden und ersetzt durch den harten Söldner, der an den brutalsten Orten dieser Welt gekämpft hatte.

»Erstens leben wir in einem Rechtsstaat und eine erpresste Aussage ist nutzlos«, widersprach Alina. »Außerdem ist in dem Bericht nur der Name der Zeugin festgehalten. Keine Beschreibung ihres Äußeren und keine Adresse. Sowohl Karin als auch Wagner gehören zu den häufigsten Namen in Deutschland. Die finden wir in einer Millionenstadt wie Hamburg nicht einmal, wenn sie im Telefonbuch steht.«

»Was sollen wir machen?«

»Wir benötigen einen stichhaltigen Beweis oder eine Aussage, welche die Beobachtung der Zeugin in Zweifel zieht. Damit bringen wir das LKA dazu, die Theorie mit dir als einzig möglichem Mörder zu überdenken. Aber solange dir keiner der Pokerspieler ein Alibi verschafft, wird das schwierig.«

»Mit etwas Glück gibt es vielleicht noch etwas anderes«, sagte Elias nachdenklich.

»Glück war in den letzten Tagen nicht gerade unser Verbündeter, daher sollten wir uns nicht darauf verlassen.«

»Im Herbst 2018 habe ich die Mauern um das Gelände überprüft und dort einige Äste zurückgeschnitten, die zu weit an die Mauer geragt haben«, begann Elias. »Dabei stieß ich auf das Lager eines Obdachlosen namens Viktor. Er hauste in einem löchrigen Zelt und bereitete sich, eingewickelt in einen Schlafsack, über einem kleinen Lagerfeuer gerade eine Dose Ravioli zu. Am Anfang wurde der Sicherheitsberater in mir etwas nervös, aber dann erinnerte ich mich an meine Vergangenheit, die mich für eine Zeit in die Obdachlosigkeit getrieben hatte. Ich fragte ihn, ob ich ihm helfen könne, und wollte ihm sogar Geld für ein Hotel geben, aber er lehnte alle meine Angebote ab. Schließlich konnte ich ihn überzeugen, ihm wenigstens einmal am Tag etwas zu essen zu bringen. So lernten wir uns schließlich kennen.«

»Und Viktor lebt seit über einem Jahr dort im Wald?«

»Er kommt nur ab und zu, weil er es nicht lange an einem Platz aushält«, widersprach Elias. »Aber vorgestern habe ich sein Zelt gesehen. Als ich Essen dorthin gebracht habe, war er gerade nicht anwesend, aber normalerweise hält er sich eine Woche bei uns auf.«

»Und vielleicht hat er etwas gesehen«, schloss Alina.

Elias nickte. »Sein Lager ist nicht weit von der Straße weg.«

»Dann beschreibe mir den Weg. Ich gehe zu ihm.«

»Er ist ein sehr zurückgezogener Mensch«, sagte Elias. »Es hat Wochen gebraucht, bis er mehr als zwei Sätze mit mir geredet hat. Er wird eher die Flucht ergreifen, als sich mit dir zu unterhalten.«

»Es ist zu gefährlich für dich, draußen herumzulaufen«, mahnte Alina. »Jeder Hamburger Polizist kennt dein Gesicht.«

»Dann wird es Zeit, mich zu rasieren«, sagte Elias und strich sich über den Bart. »Mit einer Wollmütze auf dem Kopf und einer Brille auf der Nase erkennt man mich nicht sofort.«

»Dass bei Fahndungen auch Straßensperren errichtet werden, weißt du?«, fragte Alina. »Außerdem werden die Kollegen die Gegend um das Landhaus besonders im Auge behalten.«

»Ich gehe durch den Wald«, sagte Elias. »Da ist um diese Jahreszeit niemand und ich komme nicht in die Nähe des Eingangs. Wenn du mir dein Auto leihst, suche ich nach ihm.«

»Wir stehen das zusammen durch.« Sie sprang auf und griff nach ihrer Jacke. »Versuche, die nächste halbe Stunde keinen Unfug zu machen. Ich gehe einkaufen.«

Kapitel 6

Der Spaziergang durch einen dichten Nadelwald hatte im Winter bei starken Windböen nichts Romantisches. Das Unterholz knirschte bei jedem Schritt und die Feuchtigkeit schien selbst durch die dicke Regenjacke zu dringen. Alina musste zugeben, dass Sneakers sich nicht für diese Unternehmung eigneten, auch wenn sie gefüttert waren. Nach hundert Metern hatte sie keine Ahnung mehr, wo sie sich befanden. Wegen der grauen Wolken konnte sie nicht einmal die Himmelsrichtung bestimmen, aber Elias ging zielstrebig weiter, als würde er den Weg jeden Tag laufen.

Mit glatt rasiertem Gesicht wirkte er jünger. Der Bart hatte ihm eine gewisse Altersreife gegeben, die mehr zu einem Mann wie Arentz und zu dem Landhaus passte. Interessiert betrachtete sie sein markantes Kinn, das an der Spitze viele kleine Narben aufwies, die auf den ersten Blick wie Überbleibsel einer starken Akne aussahen, aber wahrscheinlich von Schlägereien oder Schlimmerem stammten.

Gerade als sie überlegte, ob sie ihre Socken auswringen sollte, blieb Elias stehen und bückte sich. Er griff in die Reste eines kleinen Lagerfeuers, rieb die Asche zwischen seinen Fingern und roch daran.

»Viktor war gestern noch hier.« Er deutete auf eine kleine Kuhle unter einer umgefallenen Fichte. Dort war mit abgeschnittenen Ästen eine Art Dach gebaut. Zusätzlich war etwa dreißig Zentimeter tief Erde ausgehoben und rings um den Unterschlupf zu einem kleinen Wall aufgeschüttet worden.

Wahrscheinlich als Windschutz. »Er hat seine Sachen gepackt und ist wieder verschwunden.«

»Durchaus verständlich, wenn man bedenkt, was gestern Abend hier los gewesen ist«, sagte Alina.

»Das macht es schwierig.«

»Hast du irgendwelche Ideen, wo man ihn finden könnte?«

»Ich habe ihn einmal zufällig im Schanzenviertel getroffen, aber er hat mir gesagt, dass er auch öfters rüber nach Schleswig-Holstein geht.« Er fuhr sich übers Kinn, als vermisste er seinen Bart. »Wir werden uns auf die Suche machen müssen.«

»Eine suspendierte Polizistin und ein mutmaßlicher Mörder suchen einen Obdachlosen, der eine Frau bei einer falschen Zeugenaussage beobachtet haben könnte«, sagte Alina. »Wenn es nicht so ernst wäre, würde ich lachen.«

»Ich gehe lieber das Risiko ein, erwischt zu werden, als mich irgendwo zu verstecken und zu hoffen, dass jemand meine Unschuld an der Ermordung Gerwalds beweist.« Sie gingen denselben Weg zurück, den sie gekommen waren. »Aber ich halte es immer noch für besser, wenn du nicht in meiner Nähe bist«, fuhr er fort. »Du brauchst nicht noch mehr Ärger.«

»Ich weiß, dass du es nett meinst, aber ich bin schon ein großes Mädchen, das alleine entscheiden kann.« Sie fluchte leise, als sie knöcheltief in eine matschige Pfütze trat. »Einzig meine Schuhwahl sollte ich vielleicht noch mal überdenken.«

Als sie wieder an der Straße angekommen waren, packte Elias sie plötzlich an der Schulter, legte den Finger auf den Mund und sah sich suchend um. Er wirkte angespannt, als erwartete er jeden Moment einen Angriff aus dem Unterholz. Dann atmete er erleichtert aus. »Die Frau ist in Ordnung«, sagte er leise in den Wald hinein. »Du kannst herauskommen.«

Alina drehte sich in die Richtung, in die er gesprochen hatte, konnte aber niemanden sehen. Einen Augenblick befürchtete sie, dass Elias mit einem Baum geredet hatte, dann trat eine Gestalt hinter einer Fichte hervor. Der Mann hatte kurz geschnittene Kräusellocken und einen struppigen Vollbart, der ihm bis zur Brust reichte. Seine Gummistiefel und schwarzen Jeans waren voller Matsch. Unter dem fleckigen Parka schien er mehrere Pullover zu tragen und um den Hals hatte er einen Schal gewickelt.

Er betrachtete Alina argwöhnisch. Dann ging sein Blick zu Elias. »Was hat mich verraten?«, fragte er. »Ich habe mich kaum bewegt.«

»Du bist frisch gewaschen und hast nicht mit Duschgel gespart«, antwortete Elias. »Dieser künstliche Kräuterduft passt nicht in den Wald.«

»Genau genommen ist es dein Kräutershampoo, das du mir vorgestern gegeben hast.«

Elias ging zu dem Mann und klopfte ihm auf die Schulter. »Wo geiht di dat, Viktor?«

»Nich to bestig«, antwortete dieser ebenfalls in Platt. »Aber was war gestern Abend los? So viel Polizei habe ich noch nie gesehen.«

»Jemand hat Gerwald ermordet«, sagte Elias.

»Das tut mir leid«, erwiderte Viktor. Alina hörte in seiner Stimme ehrliche Anteilnahme. »Ich kannte ihn nicht, aber nach dem, was du mir von ihm erzählt hast, scheint er ein anständiger Mann gewesen zu sein.«

Elias nickte. »Was machst du noch hier? Ich dachte, du hast dein Lager aufgegeben.«

»Ich habe auf dich gewartet«, sagte Viktor. »Jemand will dich reinlegen und das mag ich nicht.«

»Wer will mich reinlegen?«

»Die Frau und die zwei Männer.«

»Meinen Sie die Frau, die gestern Abend vor dem Einfahrtstor zur Villa gestanden hat?«, fragte Alina und trat einen Schritt näher.

Viktor nickte.

»Und welche Männer?«, fragte Elias.

»Die habe ich nicht gesehen, aber sie haben mit der Frau über dich geredet.«

Elias drehte sich zu Alina herum und wirkte einen Moment sprachlos.

»Haben Sie verstanden, was sie gesprochen haben?«

»Das meiste«, sagte Viktor.

»Dann lassen Sie uns doch einen gemütlicheren Ort suchen, wo wir darüber reden können«, sagte Alina lächelnd. »Ich gebe auch eine Runde Kaffee aus.«

* * *

Viktor hatte sich geweigert, in das kleine Bistro zu gehen, also hatte sich Alina drei Kaffee in Plastikbechern geben lassen und war den beiden Männern zu einer Parkbank an einem Spielplatz gefolgt. Bei diesem Wetter waren keine Kinder hier und ein hohes Gebüsch versperrte die Sicht von der Straße, sodass sie vor neugierigen Blicken gut geschützt waren.

Alina war es zu kalt für einen Plausch im Freien, aber sie wollte unbedingt hören, was Elias' Freund zu sagen hatte, also versuchte sie, ihre nassen Eisfüße zu ignorieren.

»Danke«, sagte Viktor höflich, als sie ihm einen Becher reichte.

Sie setzte sich neben Elias auf die Bank.

»In der abgelegenen Gegend vor dem Landhaus fahren nicht viele Autos«, begann Viktor. »Meist ist es dein Mercedes, manchmal die Post oder die Müllabfuhr.« Er trank einen Schluck Kaffee. »Ich höre die Geräusche kaum, aber das Auto von vorgestern war laut wie ein Trecker und die Scheinwerfer leuchteten in Richtung meines Lagers. Der Fahrer ließ den Motor laufen, also bin ich aus meinem Zelt und habe nachgeschaut. Es hätten ja auch die Schikanierer vom Grünflächenamt sein können.« Er nahm den Deckel vom Becher und ließ sich den warmen Dampf um seine gerötete Nase wehen. »Ich sah eine Frau am Straßenrand stehen. Sie redete mit zwei Männern, die von einer großen Tanne verdeckt wurden.«

»Über was haben sie geredet?«, fragte Alina ungeduldig.

»Der erste Mann sagte: ›Du wartest, bis wir dir das Zeichen geben. Dann rufst du bei der Polizei an und erzählst denen was von einem Schrei‹«, fuhr Viktor fort. »Der zweite Mann ergänzte dann noch was von einer Personenbeschreibung, die sie auswendig lernen sollte, und von deinem Mercedes.« Er sah Elias an und trank einen Schluck Kaffee. »Die Frau fragte nach Geld, aber der erste Mann erwiderte, dass sie bezahlt wird, wenn alles geklappt hat.«

»Woher wusstest du, dass es bei der Beschreibung um mich ging?«

»Als die Männer weg waren, ist die Frau um ihr Auto gegangen. Dabei hatte sie ein großes Bild von dir in der Hand, als wollte sie sich dein Gesicht einprägen.«

»Wie sah sie aus?«, fragte Alina.

»Etwa eins siebzig, mit kurzen braunen Haaren und einer Hasenscharte über der Lippe«, sagte Viktor. »Sie hatte ein paar Pfund zu viel auf den Hüften und ein schwabbeliges Kinn.«

»Wo sind die Männer nach dem Gespräch hin?«, fragte Elias.

»Weiß ich nicht«, antwortete Viktor bedauernd. »Wahrscheinlich zurück zum Eingang.«

»Hat die Frau sonst noch etwas gemacht?«

Viktor schüttelte den Kopf. »Nach zwei Minuten ist sie wieder in ihr Auto rein. Irgendwann ertönte dann eine Hupe. Daraufhin ist sie ausgestiegen und zum Tor gegangen. Als sie ihr Handy aus der Tasche genommen hat, bin ich abgehauen.« Er senkte den Kopf. »Tut mir leid, Elias. Ich wusste nicht, dass die deinen Kumpel ermorden wollten«, fuhr er fort. »Sonst hätte ich dich gewarnt.«

»Das hat niemand wissen können.« Elias legte den Arm um den Mann. »Aber du hast mir sehr geholfen, mein Freund.«

Ein Lächeln erschien auf Viktors Gesicht. »Dor nich för.«

»Ich kann eine Zeit bei einer Freundin unterkommen«, sagte Elias. »Aber wenn du die nächsten Tage noch in der Nähe bleibst, komme ich dich wieder besuchen.« Er wandte sich zu Alina. »Hilft uns diese Aussage weiter?«

»Nicht, wenn die Zeugin an ihrer Lüge festhält«, sagte sie. »Dann steht Aussage gegen Aussage. Aber selbst dann sind die Fingerabdrücke auf der Tatwaffe und die fehlenden Einbruchsspuren Indizien gegen dich.«

»Also müssen wir in Erfahrung bringen, wer die beiden Männer waren.«

»Das weiß nur die Zeugin und wir wissen nicht einmal, wo sie wohnt.«

»Hat die Frau die Männer mit Namen angesprochen?«, wandte er sich an Viktor.

Der schüttelte den Kopf. »Die hat generell nur wenig gesprochen. Halt nur von dem Geld.« Er stellte seinen Kaffeebecher ab. »Aber ich habe mir die Nummer von ihrem Auto gemerkt. Wenn dir das hilft.«

Elias lachte und schlug ihm auf die Schulter. »Jo, Viktor. Das hilft mir.«

* * *

»Ich kann Bilal fragen, ob er mir die Adresse zum Nummernschild gibt«, sagte Alina, als sie zurück zu ihrer Wohnung fuhren.

»Wir sollten dich in allen Belangen aus dem Fall heraushalten«, erwiderte Elias. »Ich habe Verbindungen zu Leuten auf der Straße, die mir das besorgen können.«

»Reden diese Leute noch mit dir, nachdem du ganz oben auf der Fahndungsliste stehst?«

»Gegen Bezahlung machen die alles«, erwiderte Elias.

»Und wo bekommst du das Geld her?«

»Glücklicherweise habe ich beim Poker nichts verloren. Das wird genügen.«

»Und was machen wir dann?«, fragte Alina. »Bei Karin Wagner vorbeigehen und sie bitten, uns die Namen zweier mutmaßlicher Mörder zu nennen, denen sie quasi ein falsches Alibi verschafft hat?«

»Alina Grimm und Elias Feith wird das nicht gelingen«, sagte er. »Aber Hauptkommissar … Schmitt und der Polizeihauptmeisterin Grimm schon eher.«

»Ich bin nur Polizeiobermeisterin«, korrigierte Alina.

»Den Stern mehr kriege ich irgendwo besorgt«, erwiderte Elias.

»Und wegen meiner Suspendierung darf ich meine Uniform nicht mehr tragen.«

»Wenn du mit einem gesuchten Verbrecher unterwegs bist, der sich als Kripobeamter ausgibt, macht diese Amtsanmaßung auch keinen Unterschied mehr.«

»Auch wieder wahr«, sagte sie nach einem Moment des Überlegens. Sie war überrascht, wie gleichgültig ihr die ganzen Übertretungen der letzten Tage geworden waren.

»Wie willst du dich bei Wagner als Hauptkommissar ausweisen?«

»Ich kenne einen guten Fälscher«, sagte Elias. »Seine Kunstwerke halten keiner genaueren Überprüfung stand, aber es genügt für einen Zivilisten, der wenig mit der Kripo zu tun hat.« Er deutete nach Westen. »Lass mich einfach in einer Seitenstraße beim Hauptbahnhof raus.«

»Sei vorsichtig«, mahnte sie. »Nach dir wird immer noch gefahndet, und die Polizei wird besonders den Bahnhof gut überwachen, um dich an der Flucht zu hindern.«

»Nicht dort, wo ich mich herumtreibe«, sagte Elias. »Bis heute Nacht habe ich alles zusammen und dann besuchen wir unsere falsche Zeugin.«

* * *

Es war früher Morgen und noch dunkel, aber dem Lichtschein hinter ihren Fenstern nach war Karin Wagner bereits auf. Das erste Mal in ihrem Leben fühlte sich Alina in ihrer Uniform nicht wohl, sie fürchtete, von einem Kollegen gesehen zu werden, auch wenn Jenfeld nicht zu ihrem Einsatzgebiet zählte.

Sie mussten vor dem Eingang warten, bis jemand das Haus verließ, denn Klingeln hätte die Zeugin warnen können. Sie wollten direkt vor ihrer Tür stehen, damit Wagner nicht entkommen konnte.

Elias trug eine Jeans, ein weißes Hemd und eine Stoffjacke, die er bei seinen gestrigen Besorgungen irgendwo gekauft hatte. Trotz der Wollmütze, des abrasierten Bartes und der Brille bestand das Risiko, dass die Zeugin ihn erkannte, deshalb hatte sich Elias noch einen künstlichen Aufsatz auf die Schneidezähne gesteckt, der ihm zwar einen dümmlichen Ausdruck gab, aber sein Aussehen extrem veränderte.

»Das ist wirklich nervig.« Elias fuhr mit der Zunge über den Zahnaufsatz.

Alina setzte gerade zu einer Bemerkung an, als ein Mann mit einem orangenen Overall der Hamburger Stadtreinigung aus der Tür kam. Er hatte ein Handy an sein Ohr gedrückt und telefonierte so vertieft, dass er Alina nicht wahrnahm.

»Vielen Dank«, murmelte Elias und hielt ihr die Tür auf.

Es roch muffig im Treppenhaus, aber die Stufen waren sauber. Einzig am Fahrstuhl waren ein paar unleserliche

Schmierereien. Sie stiegen ein und drückten auf den Knopf für den dritten Stock.

»Ich bin noch nie zu einem Verdächtigen gegangen, über den ich so wenig wusste«, sagte Alina, während sie nach oben fuhren.

»Eine dicke Frau, um die eins siebzig, mit kurzen braunen Haaren und einer Hasenscharte«, erwiderte Elias. »So viele werden davon nicht in der Wohnung sein.«

»Hat sie Vorstrafen?«

»Mit Sicherheit, denn kein normaler Mensch macht eine Falschaussage bei einem Mord.«

Im dritten Stock angekommen, stiegen sie aus dem Fahrstuhl. Alina überprüfte den Sitz ihres Schlagstocks und des Pfeffersprays. Dann klopften sie an die Tür, an der ein kleines Schild mit der Aufschrift »K. Wagner« angebracht war.

Nach einem Moment hörten sie Schritte und die Tür wurde aufgerissen.

Wagners Gesicht war zornrot und sie schien Elias anschreien zu wollen, aber dann sah sie Alina in ihrer Uniform und machte den Mund wieder zu. »Was ist?«, fragte sie. Es fiel ihr sichtlich schwer, sich zu beherrschen.

Ihr Äußeres passte zu Viktors Beschreibung. Sie trug eine Jogginghose, ein weißes Sweatshirt und rote Plüschschlappen. Ihre Haare waren ungekämmt, als wäre sie gerade erst aus dem Bett aufgestanden. In ihrer Hand hielt sie eine Kaffeetasse.

»Guten Morgen, Frau Wagner«, begann Elias höflich. »Mein Name ist Schmitt vom LKA Hamburg.« Er zeigte seinen gefälschten Ausweis. »Meine Kollegin und ich haben noch Fragen bezüglich des Mordes an Gerwald Arentz.«

Elias hatte absichtlich auf die Nennung ihres Namens verzichtet und Alina hatte das Schild an ihrer Uniform abgemacht.

»Ich habe doch schon alles gesagt«, erwiderte sie verwundert.

»Wir haben Ihre Aussage gelesen, aber gestern Abend hat sich ein weiterer Zeuge gemeldet, der Sie mit zwei Männern gesehen hat.« Elias wirkte ruhig und professionell. Einzig seine Zahnschiene machte die Aussprache etwas undeutlich. »Und das kurz vor der Tat.«

»Sie müssen sich irren.« Wagner stotterte und wich einen Schritt zurück. Selbst ein Amateur hätte erkannt, dass sie log.

»Der Zeuge ist sehr glaubhaft«, beharrte Elias.

»Lassen Sie mich kurz meinen Kaffee abstellen.« Wagner drehte sich zu einer schmalen Kommode, stellte die Tasse darauf, riss dann in einer schnellen Bewegung die oberste Schublade auf und nahm eine Pistole heraus.

Bevor Alina ihren Schlagstock ziehen konnte, hatte Elias schon reagiert. Mit der Linken hatte er den Pistolenlauf zur Seite gedrückt und mit der Rechten bog er ihre Hand zurück. Er schob seine Schulter vor und verstärkte so den Druck, den er auf Wagners Unterarm ausübte. Mit einer kurzen Drehung hatte er die Frau entwaffnet und die Pistole ergriffen und richtete diese auf sie.

»Sind Sie wahnsinnig, einen Kripobeamten und eine Polizistin anzugreifen?«, fragte Alina zornig und stieß Wagner in die Wohnung.

Die Frau hob die Hände und wich zurück. »Sie verstehen das nicht.« Tränen liefen ihr die Wangen hinunter.

»In der Tat.« Alina schloss die Tür hinter sich. »Aber jetzt nehmen wir uns die Zeit für Ihre Erklärung, bis wir es verstehen.« Sie gab ihr wieder einen Stoß. »Wer waren die Männer, die Sie bezahlt haben, eine falsche Aussage zu machen und Elias Feith zu belasten?«

»Die bringen mich um, wenn ich rede.« Sie wich in die Küche zurück.

»Wenn Sie reden, gehen die Männer ins Gefängnis«, sagte Alina. »Wenn Sie nicht reden, gehen Sie ins Gefängnis.«

»Das ist besser als tot.«

»Wer will Sie umbringen?«

Wagner drehte ihren Kopf nach hinten. Auf einer kleinen Ablage standen eine Kaffeemaschine, eine offene Packung

Cornflakes und ein Holzblock mit Messern unterschiedlicher Größe. Das Fenster stand offen und der Lärm des Berufsverkehrs war unangenehm laut.

»Lassen Sie die Finger von den Messern.« Elias hatte die Waffe wieder gesenkt. »Die nehme ich Ihnen noch schneller ab als die Pistole.« Es klang nicht wie eine Drohung, sondern eher wie eine Feststellung.

Wagner zögerte einen Moment. Sie sah zum Holzblock, als erwöge sie, es darauf ankommen zu lassen. Sie verzog das Gesicht zu einem grimmigen Lächeln, dann lief sie los. Doch anstatt nach den Messern zu greifen, setzte sie einen Fuß auf einen Stuhl, stieß sich ab und sprang aus dem Fenster.

* * *

Der Verkehr vor dem Mehrfamilienhaus war zum Erliegen gekommen. Es stank nach Abgasen, weil niemand bei den Minusgraden den Motor abstellen wollte.

Alina hatte sich einen langen Anorak übergezogen, der ihre Uniform verdeckte. Sie stand ein Stück abseits von der Gruppe an Schaulustigen und verfolgte die Arbeit der Sanitäter, die Wagner auf eine Trage legten, um sie mit Blaulicht zum nächsten Krankenhaus zu transportieren. Von ihrem Standpunkt aus konnte sie nicht sehen, ob die Frau bewusstlos oder tot war, aber Wagner hatte sich seit dem Sturz nicht mehr bewegt und die Platzwunde an ihrem Kopf sah schlimm aus. Ihr ganzes Gesicht war blutüberströmt und ihr rechter Arm unnatürlich von ihrem Körper abgewinkelt gewesen.

»Was ist hier gerade passiert?« Elias hatte sich hinter einem Müllcontainer versteckt und beobachtete das Geschehen durch einen Busch.

»Entweder hat Wagner gerade versucht, sich umzubringen, oder sie wollte flüchten.«

»Flüchten? Mit einem Sprung aus dem dritten Stock?«

»Das ist unsere Schuld«, sagte sie.

»Wir haben sie nicht dazu gedrängt«, widersprach Elias. »Wir wollten nur mit ihr reden und dann hat sie eine Pistole gezogen. Und wenn sie uns nicht die Wahrheit hätte sagen wollen, hätten wir nichts dagegen machen können«, fuhr er fort. »Es gab keinen Grund zu solch einer Kurzschlussreaktion.«

Alina schüttelte den Kopf. »Welche Leute können einen Menschen so sehr unter Druck setzen, dass er sich eher den Hals bricht, als mit der Polizei zu reden?«

»Da fallen mir einige ein«, antwortete Elias. »Aber mit denen haben Leute wie Karin Wagner normalerweise nichts zu tun.«

Eine Polizeistreife mit Blaulicht näherte sich.

»Wir sollten hier verschwinden«, sagte Alina. »Und müssen uns überlegen, wie wir weitermachen, denn dieser Plan ist grandios gescheitert.«

Elias überprüfte den Zahnaufsatz, den er immer noch im Mund hatte, und zog die Wollmütze ein Stück tiefer. Alina schob die Kapuze ihres Anoraks hoch und folgte ihm zurück zu ihrem Auto, das sie einen Häuserblock entfernt geparkt hatte.

»Sie war keine Unschuldige«, sagte Elias. »Karin Wagner deckt die beiden Mörder von Gerwald und hat mich zum Hauptverdächtigen in diesem Fall gemacht.«

»Unabhängig davon, ob sie dieses Schicksal verdient hat, war das unsere letzte Spur zu seinen Mördern.«

»Gehen wir einen Schritt zurück«, sagte Elias. »Wir schaffen mich aus dem Fokus des LKA, damit die Kripo andere Möglichkeiten in Erwägung zieht.«

»Wie willst du das anstellen?«

»Ich frage Viktor, ob er eine Aussage tätigt«, erklärte Elias.

»Wird er das machen?«

Er nickte. »Eigentlich wollte ich ihn nicht in den Fall hineinziehen, denn die Mörder von Gerwald würden auch bei ihm nicht haltmachen.« Er seufzte. »Ich will nicht noch einen Freund verlieren, aber ich habe keine Wahl.«

»Ich hole ihn direkt vor der Dienststelle ab und bringe ihn an einen Ort außerhalb von Hamburg«, schlug Alina vor. »Dass er sich verstecken kann, hat er bewiesen.« Sie sah dem wegfahrenden Krankenwagen nach. »Viktors Aussage wird dir helfen, aber es löst nicht das Problem mit den Fingerabdrücken und der Mordwaffe.«

»Einen Schritt nach dem anderen«, sagte Elias. »Erst Viktors Aussage, dann gehen wir meinen Pokerabend minutiös durch. Vielleicht habe ich etwas übersehen, das mir noch ein Alibi verschafft.«

* * *

»Wie fühlt sich das an?«, fragte Elias, als er Viktor über den warmen Parka strich.

»Gut«, antwortete dieser zufrieden. »Hab die letzten Jahre wenig neue Kleidung gehabt.«

»Ich habe immer wieder angeboten, mit dir einkaufen zu gehen«, sagte Elias.

»Ich mag keine Geschäfte«, antwortete Viktor. »Da sind mir zu viele Leute.« Er sah an sich hinunter. »Aber ich muss auch gar nicht in einen Laden, denn du kannst das gut ohne mich.«

»Die Jeans hat einen Elasthan-Anteil«, sagte Elias. »So kannst du dich besser bewegen und ich musste nicht genau deine Größe schätzen.«

Viktor fuhr sich durch die Haare und sah zum Eingang der Polizeiwache. »Hätte nicht geglaubt, dass ich da mal freiwillig reingehe.«

»Die Kollegen sind sehr freundlich und hilfsbereit«, sagte Alina. »Du brauchst dir keine Sorgen zu machen.«

»Egal. Wat mutt, dat mutt.« Er straffte seine Schultern und machte sich auf die letzten Meter zu dem Gebäude. Alina und Elias sahen ihm nach.

»Ich war selten in meinem Leben so nervös«, gestand Elias.

»Die Dienststelle ist kein Drogenhaus der Mafia«, beruhigte Alina. »Was soll ihm dort passieren?«

»Seit Gerwalds Tod fällt mir auf, wie wenig Freunde ich gehabt habe«, sagte Elias. »Und Viktor ist einer von ihnen.«

»Also würdest du alles für ihn tun?«

»Natürlich.«

»Vielleicht sieht er das genauso«, sagte Alina. »Wenn du auch sein Freund bist, macht er das gern für dich, selbst wenn es ihm schwerfällt.«

Er atmete hörbar aus. »Ich werde den alten Vagabunden vermissen.«

»Er hat versprochen, im Frühling zurückzukommen«, sagte Alina. »Außerdem hat er meine Handynummer, falls er in Schwierigkeiten ist.«

Als Viktor beim Eingang angekommen war, drehte er sich noch mal um und winkte ihnen. Dann war er verschwunden.

Alina deutete auf ein Polizeieinsatzfahrzeug, das mit Blaulicht aus dem Hof der Dienststelle fuhr. »Lass uns zum Auto gehen. Wir warten, bis er wieder herauskommt, dann bringen wir ihn aus Hamburg raus.«

»Und jetzt erkläre mir, warum wir durch die halbe Stadt gefahren sind, damit Viktor genau auf dieser Dienststelle seine Aussage machen kann?«, fragte Elias. »Wir hätten das auch in Ohlstedt machen können oder bei deinen ehemaligen Kollegen.«

»In diesem Kommissariat arbeitet eine Polizeihauptmeisterin, deren Mutter Pastorin ist und bei der Diakonie aushilft.«

»Und?«

»Besagte Pastorin ist einmal die Woche mit dem Mitternachtsbus für Obdachlose unterwegs, und was man so hört, unterstützen ihre erwachsenen Kinder sie immer noch bei dieser Arbeit.«

»Also wird besagte Polizeihauptmeisterin Viktor nicht mit Vorurteilen begegnen, weil er ohne Wohnsitz ist«, schloss Elias.

Alina nickte.

»Das ist sehr clever«, gab Elias zu.

Sie schenkte ihm ein Lächeln, während sie das Auto öffnete und auf dem Fahrersitz Platz nahm. Drinnen überprüfte Elias den Sitz seiner Wollmütze und nahm den Zahnaufsatz aus dem Mund.

»Solange wir warten, erzählst du mir alles über das Pokerspiel vom Samstag«, sagte Alina. »Wer nimmt teil und wer organisiert das?«

»Wir sind immer zu fünft«, begann Elias. »Ein Chirurg im Ruhestand, ein Herausgeber einer Zeitung, ein Reeder und ein Typ namens Carlos, von dem ich nichts weiß. Wie ich schon beim letzten Mal gesagt habe, wird wegen der Prostituierten und der Drogen keiner von ihnen zugeben, dass er dort war. Wer das organisiert, weiß ich nicht, aber die Einladungen verteilt der Chirurg. Er schickt mir eine SMS mit Tag und Uhrzeit.«

»Und den Anwohnern ist das noch nicht aufgefallen?«

»In dem Haus befinden sich überwiegend Büros, die am Abend und am Wochenende verwaist sind. Nur eben auf einem Stockwerk nicht. Die Räume gehören angeblich einer Immobilienfirma. Wenn man reinkommt, sitzt da eine harmlos aussehende Frau, die zu besagter Firma zu gehören scheint und sogar Prospekte von Häusern in Hamburg verteilt, wenn jemand mehr Informationen will. Nennst du aber das Passwort des Tages, nickt sie dir zu und öffnet die Tür zu den Spielräumen.«

»Da sind mehrere?«

»Insgesamt finden drei Runden statt, aber frage mich nicht, wer die anderen Leute sind«, sagte Elias. »Die trifft man höchstens mal bei der Pinkelpause.«

»Das Detail können wir überspringen«, erwiderte Alina. »Lass uns den genauen Zeitablauf durchgehen. Wann bist du los?«

»Ich habe um 18 Uhr das Haus verlassen. Gegen 19 Uhr war ich in der Stadt und habe das Auto in der Tiefgarage abgestellt. Danach bin ich etwas im Alsterpavillon essen gegangen, weil ich noch eine Stunde Zeit bis zum Spielbeginn um 20 Uhr hatte.«

»Im Alsterpavillon?« Sie drehte sich ruckartig zu ihm um.

»Was ist damit?«, fragte er überrascht. »Ich schaue gern auf die Binnenalster, wenn ich …«

»Wo hattest du dein Auto abgestellt?«

»Im Parkhaus Alsterhaus. Da wird es immer noch stehen.«

»Also bist du am Neuen Wall in Richtung Binnenalster, hast den Jungfernstieg überquert und gingst zum Alsterpavillon?«

»Ja, aber was …?«

Sie packte ihn am Kragen seiner Jacke und zog ihn zu sich. »Warum hast du nicht früher gesagt, dass du am Binnenalsterufer warst?«, fragte sie aufgebracht. »Du hast nur den Gänsemarkt erwähnt.«

»Glaubst du, einer der Typen dort gibt mir ein Alibi?«

»Der Jungfernstieg wird am Wochenende von Kameras überwacht.« Sie ließ seinen Kragen los. »Und die Zeugin hat dich angeblich kurz vor 20 Uhr aus dem Landhaus fahren sehen. Wenn dich beim Essen eine Kamera aufgenommen hat, kannst du Gerwald nicht ermordet haben, denn von der Binnenalster bis nach Ohlstedt ist man eine Stunde unterwegs.«

»Oh«, sagte Elias überrascht und richtete sich den Kragen. »Ich hätte nicht gedacht, dass es so leicht werden würde.«

Sie schüttelte den Kopf. »Einmal mit Profis arbeiten«, murmelte sie und reichte ihm ihr Handy. »Such dir einen netten

Anwalt heraus, denn mit Viktors Aussage und deiner Aufnahme am Jungfernstieg wird die Fahndung nach dir aufgehoben und der Haftbefehl zurückgenommen.«

»Aber wir wissen immer noch nicht, wer Gerwald ermordet hat.«

»Einen Schritt nach dem anderen«, erwiderte Alina. »Zuerst holen wir deine Freiheit zurück. Dann kümmern wir uns um die Mörder.«

KAPITEL 7

Elias betrachtete sich noch einmal im Spiegel und richtete seine Krawatte. Dann lächelte er sich selbst an, als wollte er diesen Gesichtsausdruck trainieren.

»Bist du aufgeregt?«, fragte Alina. Sie saß auf der Couch mit einer Tasse Kaffee in der Hand. Neben ihr lagen eine zusammengerollte Decke und ein Kissen, die sie ihm zum Schlafen gegeben hatte.

»Etwas«, sagte Elias und wandte sich vom Spiegel ab.

»Wenn man bedenkt, in welchen Kriegen du schon gekämpft hast, finde ich es verwunderlich, dass du dich vor einer Aussage fürchtest.«

»Mit Kriegen kenne ich mich aus«, sagte Elias. »Heute beantworte ich Fragen der Kripobeamten, ohne zu wissen, ob sie mich nach diesem Termin ins Gefängnis stecken oder ob ich ein freier Mann bin. Das ist neu für mich.«

»Dein Anwalt hätte dieses Gespräch nicht vorgeschlagen, wenn es nicht zu deinem Vorteil wäre.«

»Joachim Temel ist ein guter Mann«, sagte Elias. »Er gehörte zum Stab von Gerwald, und als ich ihm die Geschichte erzählt habe, wollte er mich sofort vertreten.« Er schloss die Augen. »Hoffentlich klappt das, hoffentlich klappt das«, wiederholte er mantraartig.

»Du bist in einer guten Position. Viktor hat eine Aussage zu deinen Gunsten gemacht, die Aufnahmen vom Jungfernstieg werden beweisen, dass du zur angeblichen Tatzeit nicht im Landhaus warst, und selbst für die Fingerabdrücke auf der Tatwaffe hast du eine Erklärung.«

»Wir wissen nicht, ob es in den letzten Tagen neue Spuren gegeben hat, und vielleicht hat uns jemand bei Karin Wagner gesehen. Das würde uns Schwierigkeiten machen.«

»Es ist die richtige Entscheidung.« Alina trank einen Schluck Kaffee und stellte die Tasse auf den Tisch. »Das Verstecken hat ein Ende, und wenn du nicht mehr der Hauptverdächtige bist, wird die Mordkommission den Fall neu bewerten und die wahren Täter suchen.«

Er kam zu ihr an die Couch, umarmte sie fest und schlug ihr kumpelhaft auf den Rücken, dass ihr einen Moment die Luft wegblieb. »Danke – für alles.«

»Gern«, sagte sie, nach Atem ringend. »Auch wenn ich suspendiert bin, dafür bin ich da.«

»Ich mache mich auf den Weg.« Elias nickte ihr zu. »Entweder ich oder mein Anwalt wird sich bei dir melden.«

»Viel Glück.« Sie sah ihm nach, bis er die Wohnung verlassen hatte. Auch wenn sie zuversichtlich geklungen hatte, wusste sie selbst nicht, ob alles so glatt laufen würde. Gerwalds Mörder hatten alles getan, um Elias als Täter zu präsentieren.

Hoffentlich hatte Alina nichts übersehen, sonst würde Elias direkt ins Gefängnis gebracht werden.

* * *

Ohne ihn kam ihr die kleine Wohnung plötzlich leer vor. Es war niemand da, mit dem sie sich beim Essen unterhalten oder ihre Theorien zum Tathergang erörtern konnte. Jetzt hatte sie wieder viel zu viel Zeit zum Grübeln.

Sie hatte sich ein ausgiebiges Frühstück genehmigt, lange geduscht und den restlichen Morgen mit einer Dokumentation über die Schlösser Schottlands verbracht, aber schließlich war ihre Nervosität zu groß geworden. Sie konnte nicht mehr ruhig sitzen bleiben, also hatte sie die Wohnung verlassen, sich in die

U-Bahn nach St. Georg gesetzt und war durch die Viertel gelaufen, die gleiche Route, die sie früher mit Bilal gefahren war.

Obwohl ihre Schichten anstrengend und zermürbend gewesen waren, vermisste sie diese Zeit. Ihr Dienst als Polizistin hatte ihrem Leben Struktur und Sinn gegeben. Jetzt lebte sie in den Tag hinein, ohne zu wissen, was die Zukunft bringen würde.

Sie ging zum Hansaplatz, setzte sich in ein Café und wartete auf Elias' Anruf. Doch als sie auch die zweite Tasse Kaffee ausgetrunken hatte, erhob sie sich von ihrem Stuhl, zahlte und ging wieder nach draußen.

»Vier Stunden«, murmelte sie mit Blick auf ihre Uhr. »Was gibt es denn vier Stunden lang zu besprechen?«

Sie holte gerade das Handy aus der Tasche ihres Anoraks, als der Klingelton ertönte. Ohne auf die Nummer zu achten, nahm sie das Gespräch an.

»Hallo?«

»Hier ist Elias«, meldete er sich.

»Wie ist es gelaufen?«

»Gut«, antwortete er erleichtert. »Wie du vermutet hast, hat mich die Kamera am Jungfernstieg erfasst. Die Fahndung nach mir ist aufgehoben und ich bin nicht mehr dringend tatverdächtig.«

»Herzlichen Glückwunsch.« Eine Last fiel von ihr ab.

»Die Staatsanwaltschaft hat Gerwalds Leiche freigegeben und das LKA räumt den Tatort«, fuhr er fort. »Ich kann bald wieder in das Landhaus, meine Kreditkarte benutzen und das Auto aus der Tiefgarage holen. Ich muss zwar in Hamburg bleiben und für weitere Befragungen bereitstehen, aber das ist ein kleines Opfer im Vergleich zu einer möglichen Haftstrafe.«

»Wenn das kein Grund zum Feiern ist.«

»Ich verspreche dir, dass wir das ausgiebig feiern werden, aber zuerst kümmere ich mich um Gerwalds Begräbnis. Diese letzte Ehre will ich ihm noch erweisen.«

»Das verstehe ich.«

»Und dann jagen wir seinen Mörder«, sagte Elias. »Denn jetzt verfügen wir wieder über alle Mittel, die wir dazu brauchen werden.«

* * *

Die große Trauerhalle war ein würdiger Ort, um sich von Gerwald Arentz zu verabschieden. Ihre ovale Form war einzigartig und die blauen Fenster tauchten den Raum in warmes, düsteres Licht. Der weiße Sarg war vor dem Altar aufgebahrt. Ein Kranz aus prachtvollen dunkelroten Rosen und schwarzen Schleifen schmückte ihn. Daneben stand Elias in einer ihr unbekannten Uniform, mit Trauerflor am Arm und weißen Handschuhen. Er hatte Haltung angenommen, die Schultern gerade, die Hände hinter dem Rücken verschränkt. Den Blick starr nach vorne gerichtet, wirkte er wie ein Wächter, der dem Toten auch bei seinem letzten Gang nicht von der Seite weichen würde.

Alina saß in der letzten Reihe und beobachtete die vielen Menschen, die zur Trauerfeier gekommen waren. Sie kannte nur wenige von ihnen, aber es erfüllte sie mit Freude, dass so viele von ihnen Anteil nahmen.

Pünktlich um neun Uhr kam ein Streichquartett nach vorne und begann, Teile aus Mozarts »Requiem« zu spielen. Die Musik war wunderschön und traurig zugleich. Alina kämpfte mit den Tränen, schien ihr doch erst jetzt wirklich bewusst zu werden, dass Gerwald nicht mehr unter ihnen war. Wieder kam in ihr der Gedanke auf, ob es vielleicht ihre Schuld gewesen war, dass er so brutal ermordet worden war. Hätte sie den Mord an Dimitrios nicht weiter beachtet, wäre sie heute Morgen mit

Bilal Streife gefahren und Gerwald hätte das Leben in seinem wunderschönen Landhaus genießen können.

Als der Priester von Gerwalds Leben erzählte, waren ihre Gedanken woanders, nicht mehr bei der Trauerfeier, sondern bei den beiden Männern, die Karin Wagner mit einer Falschaussage beauftragt hatten, damit sie Gerwald ermorden und ungeschoren davonkommen konnten.

Sosehr sie sich den Kopf darüber zerbrach, sie verstand nicht, warum dieser gütige Mann hatte sterben müssen, aber es würde die Zeit kommen, in der seine Mörder für diese Tat bezahlten.

Und diese Zeit war nicht mehr fern.

* * *

Alina hatte ihre Trauerkleidung durch eine Jogginghose und ein weites Sweatshirt ersetzt. Sie saß auf der Couch und nagte abwesend an einer Karotte, während sie am Laptop durch die Kripounterlagen browste. Auf einen Block neben sich hatte sie einige Worte gekritzelt, doch hinter den meisten waren Fragezeichen. Sooft sie die Akten auch vor- und zurückblätterte, sie fand keinen Hinweis auf Fremde. Ohne Viktors Aussage hätte selbst das LKA nichts von den beiden unbekannten Männern gewusst.

Das Klingeln ihres Handys durchbrach ihre Konzentration und ließ sie vor Schreck zusammenzucken. Sie legte die Karotte zur Seite und nahm den Anruf entgegen.

»Alina Grimm«, meldete sie sich.

»Hier ist Elias.«

Sie sprang von der Couch auf. »Schön, von dir zu hören«, sagte sie aufgeregt. »Geht es dir gut?« Das Begräbnis war erst wenige Stunden her, und sie hätte nicht geglaubt, dass er sich so schnell melden würde.

»Es ist schwierig«, sagte er zögerlich. »Ich bin zurück im Landhaus, aber es fühlt sich einsam an. Es fällt mir schwer, mich an den Gedanken zu gewöhnen, dass wir an den Winterabenden nicht mehr zusammen im Arbeitszimmer sitzen und uns unterhalten.« Seine Stimme brach. »Ich vermisse ihn.«

»Es tut mir leid.« Alina wusste nicht, was sie sonst sagen sollte.

»Trotz allem will ich keine Zeit mehr mit Trauern vergeuden«, sagte Elias. »Meine Aufgabe als Gerwalds Leibwächter und Fahrer ist beendet. Jetzt muss ich seinen Mörder finden. Hilfst du mir dabei?«

»Gib mir eine Stunde«, sagte Alina. »Dann bin ich bei dir und wir begeben uns auf die Jagd.«

* * *

Es dauerte nur wenige Minuten, bis Alina im Gästezimmer wieder alles ausgebreitet hatte, doch im Gegensatz zum letzten Mal lagen nicht nur ihre Notizen zu Dimitrios am Boden, sondern auch alles, was sie zu Gerwalds Ermordung hatte. Einzig auf die Tatortaufnahmen verzichtete sie. Der Gedanke an den schrecklichen Tod schmerzte noch zu sehr. Elias stand am Türrahmen zum langen Gang. Er wirkte müde und traurig, aber er verfolgte jeden ihrer Schritte aufmerksam.

Sie ging zum Ende der Zeitleiste, an dem ein Blatt mit den Worten »Zwei Männer« und einem Fragezeichen lag. »Das sind wahrscheinlich unsere Mörder«, erklärte sie.

»Nur wahrscheinlich?«

»Wir wissen zwar, dass sie Karin Wagner zu einer falschen Aussage gedrängt haben«, erklärte sie, »aber nicht, ob sie Gerwald ermordet haben.«

»Warum sollten sie die Falschaussage sonst gebraucht haben?«

»Es könnte auch eine dritte Person im Spiel sein. Wenn wir es nicht mit Sicherheit sagen können, müssen wir uns alle Optionen offenhalten.«

»Nach ihren Verletzungen zu schließen, wird Karin Wagner in nächster Zeit keine Aussage machen können«, sagte Elias. »Sie hat ein schweres Schädel-Hirn-Trauma erlitten und liegt im künstlichen Koma. Viktor hat die beiden Männer nicht gesehen, also wenn die Mordkommission nicht noch Fingerabdrücke findet, bleibt deren Identität weiter unbekannt.«

»Deshalb müssen wir uns von den Männern lösen und ganz von vorne anfangen.« Alina ging zum Beginn der Zeitleiste. »In solchen Fällen fragt man oft, ob sich in letzter Zeit etwas verändert hat, entweder die Person oder ihr Umfeld.« Sie deutete auf den Zettel mit »Gerwald Arentz«. »Soweit ich es beurteilen kann, war ich die einzige Veränderung in Gerwalds Leben. Damit meine ich sowohl sein Engagement zur Aufhebung meiner Suspendierung als auch seine Unterstützung in Dimitrios' Fall. Mit einem von diesen beiden Dingen muss es zu tun haben«, sagte sie überzeugt.

»Es gibt keine Verbindung von Dimitrios zu Gerwald, daher muss es mit deiner Suspendierung zusammenhängen.«

»Vordergründig ist das logisch«, erklärte Alina. »Gerwald hat meiner Anwältin zwei Assistenten zur Seite gestellt und sich in den gehobenen Kreisen für mich eingesetzt. Wenn man mich aber rein als Polizeiobermeisterin Grimm betrachtet, bin ich unbedeutend oder zumindest nicht so bedeutend, dass man einen Mord begehen würde, der unter den gegebenen Umständen nicht ohne Risiko war.« Sie deutete auf einen Zettel mit »Motiv: Suspendierung«. »Daher würde ich diese Veränderung nicht weiterverfolgen.«

»Also hängt es mit Dimitrios' Tod zusammen.«

Alina machte einen großen Schritt zu »Motiv: Nachforschung Dimitrios«. »Gerwalds Mörder hatte Angst, dass ich wieder zurück in den Dienst komme und weiter an dem Fall bleibe.«

»Warum hat er dann nicht dich ermordet?«

»Weil das die Frage nach dem Mordmotiv aufgeworfen hätte, und da wäre der Zusammenhang mit meiner Schnüffelei wegen Dimitrios aufgekommen. Außerdem wärt Gerwald und du noch dagewesen und hättet euch weiter einmischen können«, ergänzte sie. »Mit dem Mord an Gerwald verliere ich meinen Unterstützer und du bist als Hauptverdächtiger auch aus dem Spiel. Ohne weitere Hilfe werde ich vielleicht dauerhaft vom Dienst suspendiert bleiben und kann bezüglich Dimitrios' Tod nicht mehr weiterermitteln. Das LKA hält an der Serienmördertheorie fest und der wahre Grund bleibt unentdeckt.« Sie zuckte die Achseln. »Alle Risiken mit einem Schlag eliminiert.«

»Also zurück zu diesem Fall.«

»Nur weiß ich nicht, wie.« Sie ging zu einem Zettel mit dem Wort »Schilleroper«. »Wir haben im Versteck ein paar eigenartige Indizien gefunden, aber keine Ahnung, was sie bedeuten. Und wenn ein Typ wie Henning Schweter uns nicht weiterhelfen kann, werden wir auf der Straße auch keine neuen Informationen bekommen. Schweter kennt jeden.« Sie setzte sich auf die Couch. »Wenn wir beim Opfer nicht vorankommen, müssen wir zum Täter von Dimitrios.« Sie ging zu einem Zettel mit »Serienmörder«. »Kevin Nau hat nie ohne Grund gemordet. Die ersten beiden Opfer hatten eine persönliche Komponente und der dritte Tote war ein übler Drogendealer.«

»Also gab es diesen Grund auch bei Dimitrios.«

»Dazu müssen wir Nau besser verstehen lernen. Das geht aber nicht mit den Informationen aus dem Internet. Wir müssen wieder an die Unterlagen der Kripo – und der Trick mit dem Kaffeeholen zur Mittagspause wird kein zweites Mal funktionieren, alleine weil die Kripo Unmengen an Berichten über Nau verfasst hat. Das zu kopieren würde den ganzen Tag dauern.«

»Da habe ich vielleicht eine gute Nachricht«, sagte Elias. »Denn mein Anwalt war gleichzeitig Gerwalds Verbindung zur Kripo. Ich weiß nicht, wie er das macht, aber er hat versprochen, mir alles zu besorgen, wenn es bei der Aufklärung helfen könnte.« Er zog sein Handy aus der Tasche. »Fangen wir doch mit den Unterlagen zu Kevin Nau an.«

* * *

Als Elias sie zum Auto brachte, drehte Alina sich zu dem Haus um. »Was passiert jetzt mit alledem?«, fragte sie. »Mit dem Anwesen, mit dir und Gerwalds anderen Angestellten?«

»In etwa drei Wochen ist Testamentseröffnung«, sagte Elias. »Bis dahin wird alles von seinen Anwälten und Steuerberatern geführt.«

Die Lichter in den Räumen waren aus. Nur der Eingangsbereich war noch beleuchtet. »Es wirkt so verlassen ohne ihn.«

»Es *ist* verlassen ohne ihn«, stimmte Elias zu. »Warum ziehst du nicht ins Gästehaus?«, fragte er vorsichtig. »Die Mörder von Gerwald sind noch immer da draußen, und wir haben keine Ahnung, was sie als Nächstes vorhaben. Hier wärst du sicherer und außerdem müsstest du nicht jeden Tag fahren.«

»Ich will dich in dieser schwierigen Zeit nicht stören«, sagte sie unsicher.

»Du störst nicht«, antwortete er. »Es wäre sogar schöner, wenn noch jemand im Haus wäre. Dann ist es nicht so … einsam.«

Es war schon dunkel, aber in der sternenklaren Nacht konnte sie den kleinen Hain von Blutbuchen sehen, von dem Gerwald geschwärmt hatte. Und es war still. Kein Verkehr störte die Ruhe und die Luft roch nicht nach Abgasen. Keine streitenden Nachbarn und kein Treppensteigen, wenn der Fahrstuhl mal wieder kaputt war. Zu Hause wartete nichts auf sie. Nicht einmal eine Katze. Nur ein schlecht gefüllter Kühlschrank und ein Fernseher mit Streamingdienst.

»Morgen will Gerwalds Köchin herkommen«, ergänzte er mit einem Lächeln.

»Wenn das mal kein Grund ist«, erwiderte sie. »Dann packe ich heute Abend und bin morgen früh mit vollen Koffern wieder hier.«

»Das wäre schön«, erwiderte Elias fast schüchtern, was weder zu seiner Erscheinung noch zu seinem sonstigen Selbstbewusstsein passte.

Alina trat zu ihm und umarmte ihn, länger, als es zwischen Freunden üblich ist. Einen Moment schien er von der Vertraulichkeit verunsichert zu sein. Dann legte er seine Arme um sie und begann zu weinen. Er presste seinen Kopf an ihre Schulter, als schämte er sich seiner Tränen, aber das Beben seines Körpers verriet ihn. Sie wusste nicht, wie lange sie in der kalten Nacht gestanden hatten, aber sie hielt Elias fest, bis seine Tränen getrocknet waren.

KAPITEL 8

Alina erwachte mit dem Laptop auf dem Schoß und der leeren Kaffeetasse in der Hand. Das Display ihres Handys zeigte sieben Uhr am Morgen. Sie sah sich in der noch ungewohnten Umgebung um und hatte keine Ahnung, wann sie in der vergangenen Nacht eingeschlafen war. Seit Elias ihr den USB-Stick mit den Fallakten ins Gästehaus gebracht hatte, war sie in einen regelrechten Ermittlungsrausch gefallen. Der Anwalt von Elias hatte wirklich alles über die vier Mordfälle von Kevin Nau besorgen können, Akten, Zeugenaussagen, Tatortbilder und sogar den Obduktionsbericht.

Der Boden und die Wände waren übersät mit Bildern, Auszügen von Tatortberichten und Zetteln, auf denen sie ihre Gedanken notiert hatte. Es waren Unmengen an Informationen, aber es war ihr gelungen, die wichtigsten Fakten zu extrahieren. Ihr Rücken schmerzte von der weichen Couch und sie musste sich dringend frisch machen und umziehen. Sie erhob sich und ging sich dehnend ins Schlafzimmer. Dort holte sie Kleidung aus dem Koffer und gönnte sich anschließend eine ausgiebige heiße Dusche, die ihre Verspannungen löste.

Sie war gerade wieder im Gästewohnzimmer zurück, als es an der Tür zum Gang klopfte.

»Guten Morgen«, begrüßte sie Elias, als sie geöffnet hatte. Er trug ein Tablett mit zwei Toastscheiben, Rührei und einem Müsli mit frischen Früchten darauf. Dazu eine Tasse dampfender Kaffee und ein Glas Orangensaft. Alinas Magen knurrte bei dem Anblick, und es kostete sie alle Disziplin, sich nicht gierig auf das Essen zu stürzen. »Ich hoffe, ich störe nicht, aber ich habe Licht gesehen«, fuhr er fort.

»Du bist mehr als willkommen«, begrüßte sie ihn und ließ ihn eintreten. »Du kannst das Tablett gern auf dem Tisch abstellen, wenn du es an meinen Unterlagen vorbei bis zur Couch schaffst.«

»Mein Gott«, sagte er fasziniert. »Du warst wirklich fleißig.« Er stellte das Frühstück ab.

»Die Abgeschiedenheit macht es mir leicht, mich auf die Fälle zu konzentrieren.« Während Elias durch den Raum ging und Alinas Notizen interessiert betrachtete, schlang sie das Müsli hinunter, als hätte sie seit Tagen nichts mehr gegessen.

»Hast du alle vier Fälle durchgearbeitet?«

Alina nickte. »Ich beschäftige mich schon seit Längerem mit Naus Taten«, antwortete sie mit vollem Mund. »Ich habe die Aufzeichnungen und die Zeitleisten nach den vier Morden sortiert. Es mag makaber klingen, aber der Vorteil an einem Serienmörder ist, dass man mit jeder Tat mehr über ihn erfährt. Entweder einen neuen Aspekt, den man bisher übersehen hatte, oder die Bestätigung eines bereits vorhandenen Elements.« Sie nahm das Glas mit dem Orangensaft und ging zum ersten Zeitstrahl. »Aus den Erkenntnissen der drei Morde zuvor können wir Schlüsse über das Mordmotiv zu Dimitrios ziehen. Und über diesen Umweg gelangen wir zu dem dicken Fisch, den er an Land ziehen wollte.«

Elias setzte sich auf die Couch. »Soll ich dir wieder als Sparringspartner dienen?«

»Das wäre nett, aber das könnte dauern.«

»Ich habe nichts vor.«

Sie trank einen Schluck Orangensaft und stellte sich an den Anfang der ersten Zeitleiste. »Es ist Februar 2019. Der Winter ist auf dem Rückzug, aber an diesem Dienstag ist es noch kalt, regnerisch und wolkenverhangen, was unser erstes Opfer nicht zu stören scheint. Nach Aussagen der Nachbarn verlässt der pensionierte Lehrer Eckart Juhl jeden Abend pünktlich um 18.30 Uhr seine Wohnung und macht einen Spaziergang durch den Wehbers Park im Hamburger Stadtteil Eimsbüttel.« Alina deutete auf das Foto eines Mannes Mitte sechzig, mit Stirnglatze und schütteren Haaren an den Seiten. Sein bleiches Gesicht war von feinen roten Äderchen durchzogen, was ihm ein kränkliches Aussehen verlieh. Er hatte die Lippen wie ein trotziges Kind aufeinandergepresst und die Augen zornig zusammengekniffen. »Juhl ging immer den gleichen Weg. Der führte ihn auch an einer von Büschen umgebenen Stelle vorbei, die sich gut für einen Hinterhalt eignete. Dort wartete der Mörder auf ihn und rammte Juhl ein langes Messer von hinten ins Herz.« Alina schritt zu einer Aufnahme des Parks. »Trotz des Regens fanden die Kriminaltechniker eine größere Menge Blut auf dem Weg, also lag Juhl noch eine Zeit lang dort, bevor er ins Gebüsch gezogen wurde, wo ihn erst am nächsten Morgen ein Spaziergänger gefunden hat.«

»Entweder war Nau von seiner Tat so schockiert, dass er eine Zeit brauchte, um sie zu verarbeiten, oder er war vor Ekstase gebannt«, sagte Elias.

Alina deutete auf einen Zettel, auf dem »Spuren« geschrieben stand. »Es fanden sich weder Fingerabdrücke noch DNS an Juhls Körper. Niemand hatte den Mord beobachtet, außerdem war der Wundkanal außergewöhnlich, wodurch man die Tatwaffe keiner bekannten Messermarke zuordnen konnte.« Alina ging weiter zu »Motiv«. »Das Mordmotiv war relativ schnell klar. Juhl trug noch seine teure Uhr und hatte den Geldbeutel noch in seiner Jackentasche, daher konnte man einen Raubmord ausschließen.« Sie zeigte auf ein Foto eines Briefbogens, auf dem aus einer Zeitung ausgeschnittene Worte aufgeklebt waren. »Keine Schreie mehr«, las Alina vor. »Eine solche Botschaft deutet auf einen persönlichen Tathintergrund hin.«

»Es sei denn, der Mörder will eine falsche Spur legen«, gab Elias zu bedenken.

»Möglich, aber eine Nachricht birgt ein Risiko. Man könnte Fingerabdrücke oder DNS hinterlassen. Vielleicht lässt sich das Papier zurückverfolgen, der Kleber oder eine andere Komponente.« Sie zuckte die Achseln. »Die Kriminaltechniker kamen zu dem Schluss, dass die Worte aus einer vier Wochen alten Ausgabe der *Welt* herausgeschnitten worden waren.«

»Also war die Tat lange geplant.«

Sie nickte. »Wegen des persönlichen Motivs haben sich die Ermittler sofort das Umfeld des Getöteten angesehen.« Alina wechselte zu einem Zettel, auf dem »Opfer« stand. »Eckart Juhl war alleinstehend, hatte kaum Freunde und war unbeliebt bei den Nachbarn. Auch bei seinen ehemaligen Schülern war er verhasst gewesen. Juhl wurde in seiner Zeit als Lehrer dreimal versetzt, weil er handgreiflich geworden war. Er selbst wurde von Schülern tätlich angegriffen, sein Auto wurde mehrfach beschädigt, und seine Nachbarn haben ihn verklagt, weil er nach einem Streit vor ihre Tür uriniert hatte. Und da sind die zahllosen Drohbriefe noch nicht dabei, die Juhl in einer Schublade aufbewahrt hatte.«

»War Nau unter den Verdächtigen?«

»Er ist bis dahin nicht auffällig gewesen«, sagte Alina. »Die Mordkommission hat sich auf Leute konzentriert, die gewalttätig oder anders aktiv geworden sind. Das waren schon genug.«

Sie ging zum Ende des Zeitstrahls. »Trotz der vielen Verdächtigen hatte das LKA nach vier Wochen Ermittlungen keine heiße Spur. Hätte Nau nicht noch einmal gemordet, wäre er davongekommen, aber er hatte eine weitere Rechnung zu begleichen.« Alina lief zum Anfang des zweiten Zeitstrahls und deutete auf ein Foto eines jungen Mannes mit Hipsterbart und langen Haaren, die auf dem Kopf zu einer Art Zopf gebunden waren. Er hielt eine Flasche Bier in der Hand und zwinkerte in die Kamera. »Das nächste Opfer war der vierundzwanzigjährige Benedikt Cüsters, ein ehemaliger Mitschüler von Kevin Nau.« Sie ging zum Zettel mit »Tatort«. »Der Mord geschah im Naturschutzgebiet Hainesch-Iland zwischen den Stadtteilen Sasel und Bergstedt. Auch hier war die Leiche im Unterholz verborgen. Spaziergänger fanden ein umgekipptes Motorrad am Wegesrand und haben daraufhin die Polizei gerufen.«

»Ein Motorrad im Naturschutzgebiet?«, wunderte sich Elias.

»Cüsters hatte wohl keine Lust auf befestigte Straßen und ist daher mit einer Geländemaschine durch den Wald gerast.«

Elias schüttelte den Kopf. »Rücksichtslos«, murmelte er.

»Seine Akte war entsprechend. Fahren unter Drogeneinfluss, Körperverletzung und zahllose Verkehrsvergehen«, zählte sie auf. »Da es an dem Tag nicht geregnet hatte und die Leiche auch nur wenige Stunden nach der Tat gefunden wurde, konnten die Kriminaltechniker den Fall gut rekonstruieren.« Sie ging zum Foto eines Waldwegs, auf dem Reifenspuren des Motorrads zu sehen waren. »Cüsters hatte eine schwere Prellung an der Schulter und zwei gebrochene Rippen im Brustbereich. Er wurde während der Fahrt von einem Stock getroffen und vom Motorrad geschleudert.« Sie deutete auf ein eingedrücktes Gebüsch, auf das etwas Großes und Schweres gefallen war. Daneben war eine gut sichtbare Blutlache. »Er landete neben dem Weg, wo ihm Nau das Messer in den Rücken und durch das Herz gestochen hat. Cüsters war sofort tot. Dann hat Nau die Leiche tiefer ins Unterholz gezogen und das Motorrad vom Weg geschoben.«

»Gab es Zeugen für die Tat?«, fragte Elias.

Alina machte einen Schritt zu einem Blatt mit »Opfer«. »Cüsters arbeitete in der Frühschicht bei einer Verpackungsfabrik, die um 6 Uhr begann. Die Tatzeit haben die Ermittler

143

auf 5.30 Uhr geschätzt, daher waren die beiden Männer wahrscheinlich alleine in dem Naturschutzgebiet.«

»Was es Nau leichter gemacht hat, sein Opfer abzupassen.«

»Das Motorrad wird einen Höllenlärm gemacht haben. Die Scheinwerfer waren schon von Weitem zu sehen, und um diese Zeit war es noch dunkel, daher hat Nau kein gutes Versteck benötigt.« Alina ging zurück zu »Tatort« und deutete auf ein Foto eines großen Astes, der in der Mitte angebrochen war. »Nau wartet an der Straße und schlägt seinen ehemaligen Klassenkameraden mit dem Ast vom Motorrad. Cüsters ist von dem Sturz zumindest orientierungslos, wenn nicht sogar ohnmächtig. Bevor er sich erheben kann, rammt ihm Nau das Messer in den Rücken.« Sie deutete auf ein Foto eines Blatts mit aufgeklebten Worten. »Keine Schläge mehr«, las sie vor. Sie ging zum Couchtisch und trank einen Schluck Kaffee. »So tragisch der zweite Mord auch war, bedurfte es in diesem Fall keiner Fingerabdrücke oder DNS, um den Mörder zu überführen, denn die Ermittler konnten es auf die Klasse von Cüsters beschränken, in der das erste Opfer Eckart Juhl unterrichtet hat.« Sie ging wieder zurück zu den Unterlagen und stellte sich hinter das Blatt »Zeugen«. »Die Kripo änderte daraufhin die Taktik. Sie suchte nicht mehr nach Leuten, die den Lehrer bedroht hatten, sondern befragten die ehemaligen Mitschüler nach einem Bedauernswerten, der von beiden schikaniert worden war. Alle nannten spontan einen Namen: Kevin Nau.« Sie zeigte Elias ein Foto von einem jungen Mann um die zwanzig, mit einem dünnen Bart um den Mund und kurzen blonden Haaren, die ihm bis zu den Augenbrauen reichten. An seinen Wangen hatte er Aknenarben. Er lächelte zaghaft in die Kamera, als fürchtete er sich, etwas falsch zu machen.

»So sieht ein Serienmörder aus?«, fragte Elias verwundert.

»Es ist wie so oft. Die Nachbarn sprechen von einem netten, schüchternen Jungen, der immer hilfsbereit war. Nau ist nie auffällig geworden und zeigte auch keine Neigung zu

Gewalt, aber die Aussagen seiner Klassenkameraden lassen einen erschauern. Er wurde jeden Tag in der Schule schikaniert. Die Jungs schlugen ihn, die Mädchen lachten über seine Pickel. Der Schlimmste von ihnen war Cüsters, der ihn nach dem Unterricht einmal so zusammengeschlagen haben soll, dass Nau zwei Wochen nicht zur Schule kommen konnte. Als wäre das nicht genug gewesen, war er auch vonseiten seiner Lehrer ständiger Schikane ausgesetzt. Da hat sich Eckart Juhl mit seinen cholerischen Schreianfällen hervorgetan. Das wurde so schlimm, dass Nau sich einer mehrmonatigen Therapie unterziehen musste, weil er einen Selbstmordversuch unternommen hatte.«

»Das ist wirklich übel«, sagte Elias.

»Auch wenn ich Selbstjustiz nicht billige, so sind die Taten unter diesen Umständen nicht überraschend.«

»Was war mit seinen Eltern?«

»Seine Mutter hat die Familie früh verlassen und ist mit einem neuen Mann nach Amerika gezogen«, erklärte Alina. »Und sein Vater war Monteur und nur selten zu Hause.«

»Und in der Schule gab es niemanden, der ihm geholfen hat?«

Alina schüttelte den Kopf. »Schlimmer noch. Als er sich einmal zur Wehr gesetzt hat, bekam er noch mehr Probleme.« Sie ging zu ihrem Laptop, drehte ihn zu Elias um und startete ein Video. »Dazu gibt es ein interessantes Gespräch mit dem Rektor der Schule.«

Das Video war in einem Arbeitszimmer aufgenommen worden. Ein Mann um die fünfzig saß hinter einem Schreibtisch. Er hatte graue Haare, einen Oberlippenbart und trug eine schmale Lesebrille. Sein Kopf war fast rund und sein schwabbliges Kinn hing hinunter. Das weiße Hemd war gelblich verfärbt und die stramm gezogene rote Krawatte um den Hals verblichen. Er sah mit der Arroganz eines besserwisserischen Oberlehrers in die Kamera.

»Herr Urbiak«, hörte man die Stimme einer Frau. »Erzählen Sie uns bitte von dem Vorfall mit Kevin Nau vor acht Jahren.«

»Da gibt es nicht viel zu berichten«, antwortete der Mann mit nasaler Stimme. »Kevin ist mit einem Ast auf einen Mitschüler losgegangen und wurde deshalb für zwei Wochen von der Schule verwiesen.«

»Etwas ausführlicher, bitte.«

Urbiak seufzte genervt. »Im hinteren Teil des Schulhofs stehen große Kastanien«, begann er. »Nach einem Sturm in der Nacht ist einer der größeren Äste abgebrochen und zu Boden gefallen. Von diesem hat sich Nau ein armlanges Stück abgerissen und damit seinem Mitschüler ins Gesicht geschlagen, sodass dessen Nase brach.«

»Hat Kevin gesagt, warum er das gemacht hat?«

»Weil sein Mitschüler ihn beleidigt und mit Kastanien beworfen hat.«

»Wurde der angegriffene Schüler sanktioniert?«

»Ich bitte Sie«, empörte sich der Rektor. »Ein unflätiges Wort berechtigt nicht zu einer solchen Gewalttat.«

»Nach den Aussagen seiner Mitschüler war Kevin täglich Ziel von Spott, Prügeln und anderen Gemeinheiten.«

»Das habe ich nicht so in Erinnerung«, wiegelte der Mann ab. »Man kann sich auch anstellen«, fügte er murmelnd hinzu.

»Kevin Nau wurde im Jahr zuvor von seinem Mitschüler Benedikt Cüsters so verprügelt, dass er zwei Wochen lang nicht in die Schule gehen konnte. Drei seiner Wunden mussten ambulant genäht werden.«

»Das war außerhalb des Schulgeländes«, rechtfertigte sich Urbiak.

»Sie fühlen sich dafür nicht verantwortlich?«

»Die Schule kann nicht alle Verfehlungen der Gesellschaft korrigieren.«

Alina hielt das Video an. »So geht das noch eine Weile«, sagte sie. »Die Beamtin zählt noch weitere Schikanen auf und erwähnt auch den Selbstmordversuch, aber der Rektor weist alle Verantwortung von sich.«

»Wie du schon gesagt hast. Unter den Umständen sind die Morde nicht überraschend«, bestätigte Elias. »Aber wie kann sich Nau seit über einem Jahr den Behörden entziehen?«

»Wenn ich das wüsste, würde ich eine nette Belohnung kassieren.« Alina ging von den Zeitstrahlen weg zu einem Zettel mit »Kevin Nau«. »Nau lebte im Haus seiner Eltern. Es war ein allein stehendes altes Einfamilienhaus in Niendorf. Dort hatte er ein Zimmer und eine Art Versteck im Dachboden.«

»Hat er dort das Messer gemacht?«

»Dazu hat er die Werkstatt seines Vaters in der Garage genutzt.«

»Und eines Tages war Nau einfach weg?«

Alina nickte. »Nach Angaben seines Vaters waren ein Koffer und Kleidung verschwunden. Er hatte keine Ahnung, wohin sein Sohn gegangen ist. Zur Zeit des zweiten Mordes befand er sich auf Montage und kam erst drei Tage später wieder zurück.«

»Nur dass ich es richtig verstehe.« Elias stand auf und ging zum zweiten Zeitstrahl. »Cüsters wurde im März 2019 ermordet. Wir haben Januar 2020, und obwohl Nau auf der Fahndungsliste ganz oben steht, gibt es keine Spur zu ihm?«

»Es ist noch schlimmer«, sagte Alina. »Er hat in diesem Zeitraum noch zweimal gemordet, ohne dass er an den Tatorten gesehen wurde und ohne dass es einen Hinweis auf sein Versteck gegeben hat.«

»Das muss verborgener als die Festung der Einsamkeit sein.«

»Was für eine Festung?«

»Du solltest mehr Comics lesen.« Elias winkte ab.

»Mit dem Versteck beschäftigen wir uns nicht«, sagte Alina. »Uns interessieren das Motiv für Dimitrios' Ermordung und der angebliche Deal, der ihm viel Geld verschafft hätte.«

»Dann lass uns mit Naus drittem Mord weitermachen«, sagte Elias. »Das war schließlich auch ein Drogendealer.«

»Das erzähle ich dir, wenn ich das Rührei aufgegessen habe.« Alina setzte sich auf die Couch. »Mein Magen knurrt noch immer und das lenkt mich zu sehr ab.«

* * *

»Götz Volper war ein bekannter Drogendealer, der mit Crystal Meth gehandelt hat.« Alina deutete auf das Foto eines Mannes um die dreißig, mit blond gefärbtem Irokesenschnitt, Piercings unter der Nase und einem Tribal auf der Stirn, das um seinen ganzen rasierten Kopf zu reichen schien. Er trug eine Sonnenbrille mit orangefarbenen Gläsern und hatte zwei schwarze Sicherheitsnadeln in den Ohrläppchen.

»Ein sympathischer junger Mann«, bemerkte Elias.

»Seine Strafakte ersparen wir uns, sonst sitzen wir heute Abend noch hier«, sagte Alina. »Volper mag ein extremes Äußeres gehabt haben, aber er war nicht dumm und ein übler Schläger, dessen Wutanfälle in ganz Hamburg gefürchtet waren.« Sie ging näher zu dem Bild und deutete auf die breiten Schultern des Mannes. »Man sieht es bei der Aufnahme nicht, aber Volper war fast zwei Meter groß und durchtrainiert. Ich kann mir immer noch nicht vorstellen, wie Nau ihn überwältigt haben soll.«

»Die Morde an seinem Lehrer und seinem Mitschüler waren gut geplant«, sagte Elias. »Er wird Volper studiert und den richtigen Moment abgewartet haben.«

»Naus erste Opfer haben in normalen Wohnsiedlungen gelebt. Da kennt sich Nau aus, aber in den Gegenden, in denen sich Volper herumgetrieben hat, wäre Nau aufgefallen wie der sprichwörtliche bunte Hund.«

»In Zeiten von preiswerten Sicherheitskameras und Sendern, die per App gesteuert werden können, ist es nicht mehr schwer, jemanden aus der Distanz zu überwachen.«

»Wie auch immer er es gemacht hat, am 9. Dezember 2019 wurde Volper ermordet.« Sie ging zum dritten Zeitstrahl und stellte sich zu »Tatort«. »Die Leiche wurde nahe dem S-Bahn-Zugang gegenüber dem Finkenpark gefunden. Also am Ende der Reeperbahn, wo sein Betätigungsfeld war.« Alina deutete auf ein Foto. Volper lag zusammengerollt neben einem Baum.

»Es sieht aus, als würde er schlafen«, erklärte Elias.

»Der Todeszeitpunkt war gegen 23 Uhr. Im Dunkeln ist niemandem der große Blutfleck an seiner Brust aufgefallen. Eine Streife der Polizei hat ihn gegen sechs Uhr am Morgen gefunden.«

»Gab es Zeugen?«

»Wieder nicht. An diesem Montag war auf der Reeperbahn wenig los, die nahen Geschäfte hatten schon geschlossen, und ein Betrunkener, der seinen Rausch ausschläft, ist in dieser Gegend keine Seltenheit.« Sie ging einen Schritt zu »Ermittlungen«. »Die Obduktion bestätigte, dass wieder die gleiche Waffe in sein Herz gestoßen worden war. Ebenso fand man unter der Leiche eine Botschaft. Auch sie lautete ›Drogen töten!‹«

»Drogen töten«, wiederholte Elias. »Eigenartig.«

»Was stört dich daran?«

»Die ersten beiden Botschaften waren persönlich«, sagte er. »›Keine Schreie mehr‹ und ›Keine Schläge mehr‹ bezogen sich auf die Gewaltausübung der Opfer. ›Drogen töten‹ ist dagegen sehr allgemein. Fast sogar ironisch, wenn man es auf den Mord bezieht.«

»Natürlich haben die Kollegen von der Mordkommission immer die Möglichkeit eines Nachahmungstäters im Hinterkopf, aber die Tatwaffe war eindeutig, und auch die chemische Analyse der Botschaft bewies, dass diese mit jenen zuvor übereinstimmte«, sagte Alina. »Wie schon erwähnt, wurden diese Spezifikationen selbst innerhalb der Mordkommission unter Verschluss gehalten. Auch in meinen Berichten steht davon nichts.« Sie deutete auf das Bild eines Wollfetzens. »Die Theorie des Nachahmungstäters wurde endgültig begraben, als die Kollegen vom KTI an der Nietenjacke des Opfers ein Stück Wolle vermutlich eines Pullovers gefunden haben. An diesem fanden sich sowohl Hautschuppen als auch ein Haar. Die Analyse ergab eine Übereinstimmung von 99,99 Prozent mit der DNS, welche die Ermittler aus Naus Zimmer in seinem Elternhaus extrahiert haben.«

»Gab es eine persönliche Verbindung zwischen Nau und Volper?«

»Nichts«, erwiderte Alina. »Keine gemeinsame Schule, keine gemeinsamen Freunde, Verwandten oder Sportklubs. Und die Kollegen haben sich wirklich Mühe gegeben.«

»Was hat Nau zu diesem Umschwenken bewegt? Von persönlich motivierten Morden zum Töten von Drogendealern?«

»Darüber haben sich die Experten vom LKA tagelang die Köpfe zerbrochen. Mit deren Theorien könnte man ein Buch füllen, aber nichts davon hat die Ermittlungen weitergebracht. Schließlich hat man die Fahndung nach Nau weiter verstärkt und keinen Gedanken mehr an das Mordmotiv verschwendet.«

»Aber diese Fahndung war nicht erfolgreich, denn Nau hat ein weiteres Mal zugeschlagen.«

Alina ging zum vierten Zeitstrahl. »Jetzt sind wir wieder zurück am Anfang, beim Tod von Dimitrios Floros.« Sie stellte sich zu einem Zettel mit »Opfer«. »Die Unterschiede zwischen Dimitrios und Volper sind offensichtlich. Volper war ein wichtiger Mann im Drogengeschäft, während Dimitrios sich mit kleinen Diebstählen und Hehlereien über Wasser gehalten hat. Eigentlich hatte er auch nie etwas mit Drogen zu tun. Aber an seinen Händen befand sich Kokain und das muss irgendwo hergekommen sein.«

»Da Nau seine Opfer immer ausgespäht hat, können wir einen zufälligen Mord ausschließen«, sagte Elias.

»Es gab keine persönliche Verbindung von Nau zu Dimitrios, und außerdem tue ich mich schwer mit der Hypothese, dass Nau sich bei einem kleinen Fisch wie ihm solche Mühe gegeben hat«, ergänzte Alina. »Wenn Nau das Drogengeschäft oder generell die Kriminalität in Hamburg bekämpfen wollte, fallen mir hundert Leute ein, deren Tod logischer gewesen wäre.«

»Also war Dimitrios kein kleiner Fisch oder hat an etwas Großem gearbeitet.«

»Das legt die Bemerkung von Schweter nahe«, stimmte Alina zu. »Aber wie ich schon erwähnt habe, wenn er keine Details hat, finden wir keinen anderen, der mehr weiß.«

»Womit willst du dann weitermachen?«

»Wir suchen Kevin Nau«, erwiderte sie lächelnd. »Und dann fragen wir ihn selbst.«

Elias lachte. »Ich bewundere dich und dein strukturiertes Vorgehen bei der Fallaufarbeitung, aber ganz Hamburg sucht seit Monaten nach ihm. Was wissen wir, was das LKA nicht weiß?«

»Die Kollegen haben sich meiner Meinung nach zu wenig Mühe mit seinem Versteck auf dem Dachboden des Elternhauses gegeben.«

»Mit wenig Mühe meinst du die Durchsuchung des Verstecks?«

»Der Raum wurde bis auf den letzten Millimeter abgesucht und jede noch so winzige Spur gesichert. Es fanden sich Bücher, Comics, Brettspiele und selbst gebrannte Musik-CDs. Das interessiert mich nicht.« Alina nahm einen Stapel Fotos vom Tisch und reichte sie Elias. »Ich will mir die Zeichnungen genauer ansehen. Nau hat sie an die Wände gekritzelt.«

Elias blätterte durch die Aufnahmen. Darauf waren mit schwarzem Filzstift skizzierte Bäume, Büsche und eine Art Graslandschaft. Sie wirkten hart und abgehackt, als hätte Nau mit Wut gemalt und nicht mit Hingabe. »Hat man das einem Psychologen gezeigt?«

»Die haben auch nichts Erhellendes beitragen können«, sagte Alina. »Aber siehst du die Symbole zwischen den Zeichnungen?«

»Was ist das für eine Schrift?«, fragte er verwundert. »Eine alte Form von Chinesisch?« Er drehte die Aufnahme und versuchte, etwas zu erkennen.

»Die Bilder wurden allen bekannten Dolmetschern gezeigt und niemand hat nur einen Buchstaben identifizieren können.«

»Wenn es Buchstaben sind«, sagte Elias. »Für mich sieht das wie wildes Gekrakel aus.«

»Dafür habe ich es am Anfang auch gehalten, aber es gibt Symbole, die sich wiederholen.« Sie deutete auf ein Bild. »Es kommt immer wieder eine versetzte *1* vor und auch ein kleines *z*, das um 90 Grad gedreht wurde. Und eine Wiederholung ergibt nur Sinn, wenn es eine Sprache ist. Wildes Gekrakel wiederholt sich nicht.«

»Und welche Sprache soll das sein?«

»Ich weiß es noch nicht, aber ich vermute eine Art Code dahinter.«

»Also jedes Symbol steht für einen Buchstaben?«

»Oder etwas anderes«, stimmte sie zu. »Leider sind die Worte zusammengeschrieben, daher müssen wir erst die Symbole trennen, bevor wir den Code entschlüsseln können.«

»Na dann, viel Spaß.« Elias breitete die Fotos auf dem Tisch aus. »Sosehr ich deinen Worten glauben möchte, die Kritzeleien ergeben für mich keinen Sinn.«

»Die Aufnahmen des Verstecks sind nicht vollständig, außerdem verzerrt die Perspektive zu sehr wegen der

Dachschräge«, sagte Alina. »Daher muss ich in das Haus einbrechen und dabei könnte ich deine Hilfe gebrauchen.«

KAPITEL 9

Alina stand neben einem Altglascontainer und beobachtete das Haus von Kevin Naus Vater mit einem Fernglas. Sie waren schon seit dem frühen Abend hier und hatten keine Aktivitäten gesehen. Niemand ging hinein, die Rollläden waren unverändert unten und nirgends schien Licht durch die Ritzen.

Es war drei Uhr in der Nacht und die Gegend wie ausgestorben. Keine Autos, keine Spaziergänger oder Schlaflose, die mit ihrem Hund unterwegs waren. Einzig die Straßenlaternen spendeten etwas Licht. Wahrscheinlich hätte sich Alina auf die Fahrbahn legen können und niemandem wäre es aufgefallen.

Dann spürte sie eine Veränderung der Umgebung, als wäre etwas dazugekommen, das es vorher hier noch nicht gegeben hatte. Weniger ein Geräusch, mehr ein feiner Windhauch.

»Ich weiß, dass du da bist«, sagte sie und nahm ihr Fernglas herunter.

»Beeindruckend«, erwiderte Elias. »Nur die wenigsten bemerken mich.«

»Es wäre dir auch beinahe gelungen, aber bei Einsätzen sind meine Sinne immer angespannt«, sagte Alina. »Wo hast du das gelernt?«

»Wenn man einen Einsatz im Dschungel der Elfenbeinküste überleben will, sollte man schleichen können.« Elias stellte sich neben sie. Er trug eine schwarze Hose, einen dunklen Rollkragenpullover und eine Wollmütze auf dem Kopf, die er bis zu den Augenbrauen heruntergezogen hatte. »Das Haus hat keine Alarmanlage und nur einen Bewegungsmelder am Eingang. Wenn du am Rand des Grundstücks über den hüfthohen Zaun gehst und dich rechts hältst, kommst du an eine große Weiße Rispenspiere, die direkt am Zaun zum Nachbargrundstück gepflanzt ist.«

Alina hatte keine Ahnung, wie eine Rispenspiere aussieht, aber so viele große Pflanzen würden in dem Garten nicht stehen.

»Der Busch gibt dir Sichtschutz, falls bei den Nachbarn wider Erwarten jemand wach sein sollte«, fuhr er fort. »Dort ist ein schmales Kellerfenster, dessen Glas ich herausgetrennt habe und durch das du in das Haus gelangst.«

»Wie hast du das Glas herausgetrennt?«

Elias zog ein langes Skalpell mit einer dicken Klinge heraus. »Mit meinem Glasschneider.«

»Wer hat denn einen Glasschneider zu Hause?«

»Man muss auf alles vorbereitet sein«, erwiderte er lächelnd.

Er steckte das Skalpell wieder ein und deutete auf das Haus. »Unter dem Fenster steht eine Waschmaschine, über die du dich leicht in den Keller ablassen kannst.«

»Hoffentlich ist die Waschküche nicht verschlossen.«

»War sie nicht«, erwiderte Elias. »Und wenn, wäre es auch kein Problem gewesen.«

»Du warst schon in dem Haus?«

Elias nickte. »Es ist niemand drin.«

Sie sah auf die Uhr. »Du warst doch höchstens fünf Minuten weg.«

»Vier Minuten und sechzehn Sekunden«, korrigierte er.

Sie schüttelte den Kopf.

»Du hast mich um Hilfe gebeten«, sagte Elias. »Also beschwer dich nicht.«

»Ist ja gut«, erwiderte Alina. »Ich muss mich erst noch an meine kriminelle Karriere gewöhnen.«

»Rufe mich mit deinem Handy an und stelle es auf Lautsprecher«, sagte Elias. »Ich schalte meines auf lautlos, so empfängst du keine Geräusche, aber ich höre alles, was bei dir los ist. Nur falls der Hausbesitzer plötzlich aus einem Kleiderschrank springt.«

»In Ordnung.« Alina wählte seine Nummer. Nachdem sie das Handy wieder eingesteckt hatte, ging sie vorsichtig aus der Deckung hinter dem Glascontainer hervor und sah die Straße entlang.

»Aufgeregt?«, fragte Elias.

»Ich bin noch nie irgendwo eingebrochen.«

»Man gewöhnt sich dran.«

»Das befürchte ich auch«, murmelte sie, während sie sich Handschuhe überzog. Dann lief sie über die Straße und sprang über den Zaun.

Der Dachboden erzeugte einen unangenehmen Schauer bei Alina. Dies war Kevin Naus Lieblingsplatz gewesen. Hier hatte er die Morde geplant und sich vor der Polizei versteckt.

Sie hielt die Taschenlampe gesenkt, ging zu dem kleinen Dachfenster und klebte mit Industrieband eine dünne Wolldecke davor, damit der Lichtschein draußen nicht zu sehen war.

Die Zeichnungen und Schriftzeichen wirkten in dem Raum noch verrückter als auf den Fotos. Sie betrachtete einen großen Baum mit schwarzem Stamm, dessen Wurzeln tief ins Erdreich gingen und dessen Äste mit unnatürlich spitzen Ausprägungen an Lanzen erinnerten. Der Baum wirkte feindselig, ohne Anmut. Es gab keine Rundungen, keine Blätter oder Früchte. Er sah aus wie eine Pflanze des Zorns.

In einer Ecke stand ein Regal mit Büchern und Comics. Alina erkannte Neil Gaimans »Sandmann«, Alan Moores »From Hell« und Garth Ennis' »Preacher«. Dazwischen Mangas und ein Lexikon von Marvel.

Alina richtete den Lichtstrahl auf die Bücher. Die meisten waren Sachbücher zu Themen aus Technik, Physik und Chemie. Außerdem noch ein Buch von Hawking, eine Einstein-Biografie und ein dicker Band über die Werke Leonardo da Vincis. Nichts Verdächtiges.

Sie drehte sich zu einer Wand mit Schriftzeichen. Aus der Nähe betrachtet wirkten sie nicht so chaotisch wie die Zeichnungen, was ihre Vermutung bestätigte, dass Nau sie bewusst genau so geschrieben hatte. Vielleicht war es wirklich ein Code.

Sie ging Zeichen für Zeichen durch, aber sie erkannte kaum Muster. Ab und zu die gleiche umgedrehte *1*, dann das gespiegelte kleine *z*. Auffällig waren die vielen Verschnörkelungen und Bogen, welche die Zeichen zu verbinden schienen.

Sie setzte sich auf den Boden und ließ den Lichtkegel ihrer Lampe umherkreisen, auf die Zeichnungen, die Schriftzeichen und das Bücherregal.

»Einstein, Hawking und Leonardo da Vinci«, murmelte sie. Dann hatte sie eine Idee. Sie sprang auf und rannte zum Bücherregal. Dort zog sie den Band über da Vinci heraus und blätterte ihn durch.

»Das ist es!«, rief sie laut.

»Ist alles in Ordnung?«, klang Elias' Stimme durch das Handy.

»Leonardo da Vinci ist die Lösung«, sagte sie begeistert.

»Die Lösung für was?«

»Für die Schriftzeichen.«

»Ich verstehe gar nichts.«

»Leonardo da Vinci war Linkshänder«, erklärte sie. »Daher hat er viele seiner Werke spiegelverkehrt und entgegen der Leserichtung von rechts nach links geschrieben. Bei einer Klassenfahrt nach London waren wir in einem Museum, in dem der ›Codex Forster‹ ausgestellt war. Dort hat unser Lehrer uns die Aufgabe gestellt, einen Satz von da Vinci richtig aufzuschreiben und aus dem Italienischen zu übersetzen.«

»Aber spiegelverkehrt hätte man es trotzdem lesen können.«

»Wenn das Alphabet nicht in Schreibschrift geschrieben wäre«, sagte Alina.

»Welche Schreibschrift?«

»Kannst du dich an die *1* und das *z* erinnern, das ich erwähnt habe?«

Elias bejahte.

»Die vermeintliche *1* ist ein kleines *s*, und das, was wie ein gespiegeltes kleines *z* aussieht, ein in Sütterlin geschriebenes kleines *c*«, fuhr sie fort. »Meine Großmutter hat mir die alte Schreibschrift einmal gezeigt, als ich noch in der Grundschule war.« Alina startete die Browser-App auf ihrem Handy. »Wenn ich den Text spiegle, das Sütterlin-Alphabet verwende und ihn von rechts nach links lese, müsste es klappen.« Sie ging in die rechte Ecke und betrachtete das erste Wort.

»A h o r n   m i t   s e c h s   S t ä m m e n«, buchstabierte sie. »Und die krakelige Zeichnung des Baums daneben passt dazu.«

»Mein Gott«, sagte Elias fasziniert. »Du hast Naus Code geknackt.«

»Dann nimm dein Handy und schreibe mit, denn ich will bis zum Sonnenaufgang hier raus sein«, sagte Alina. »Vielleicht führt uns das zu seinem Versteck.«

* * *

Seit sie am Mittag die Wulmstorfer Heide erreicht hatten, war Elias im Alarmmodus. Er trug eine für das kalte Wetter zu dünne Jacke, deren Reißverschluss bis zur Hälfte offen war, damit er die Pistole im Holster schnell ziehen konnte. Jeder Spaziergänger wurde von ihm kritisch beäugt, als könnte er Kevin Nau sein.

Während Elias das kalte, trockene Wetter nichts auszumachen schien, verhielt es sich bei Alina genau entgegengesetzt. Die eisige Luft schmerzte auf ihrem Gesicht, weshalb sie ihren Schal bis über den Mund gezogen hatte. Selbst die weichen Lederhandschuhe konnten ihre Finger kaum wärmen, und nach ihren kalten Zehen zu schließen, waren zwei Paar Socken nicht genug.

»Nicht, dass ich nach den Vorgängen der letzten Tage ein Freund der Polizei geworden bin«, begann er. »Aber wollen wir deine Kollegen nicht darüber informieren, was wir gefunden haben?«

»Auch wenn Hamburg in Sichtweite ist, befinden wir uns hier in Niedersachsen«, sagte Alina. »Hätten wir eine sichere Spur zu Nau, würde ich das Risiko, allein herzukommen, nicht eingehen, aber wir haben nur Stichworte und Vermutungen. Das nimmt mir niemand ab.« Sie sah auf ihre Liste mit den aufgeschriebenen Sätzen. »Wenn wir die richtige Reihenfolge haben, suchen wir erst einmal einen sechsstämmigen Ahorn.«

»Laut Internet gibt es so einen auf dem Wanderweg, auf dem wir uns gerade befinden.«

»Wie lang ist der Weg?«

»Elf Kilometer«, sagte Elias. »Und die Hälfte haben wir schon.«

Es dauerte weitere zehn Minuten, dann fanden sie den gesuchten Ahorn inmitten einer weiten Grünfläche, auf der nur alle zwanzig Meter ein Baum stand.

»Die erste Spur haben wir«, sagte Elias. »Wie geht es weiter?«

»Im Wald bei der Fichte«, las Alina vor. »Aber nach der Zeichnung daneben zu schließen, ist diese schon tot. Sie liegt abgebrochen auf der Seite.«

»Der Wald ist in nordwestlicher Richtung.« Elias sah zum Himmel. »Und ausgerechnet jetzt zieht der Himmel zu.«

»Viel kälter kann es nicht mehr werden.« Sie rieb mit den trotz der Handschuhe klammen Fingern über die Ärmel ihrer Winterjacke und zog den Schal enger.

»Ich sorge mich um die schlechte Sicht.« Er betrachtete die grauen Wolken. »Im Wald werden wir bei dem Wetter nicht viel sehen können.«

»Kann sich Nau bei dieser Kälte überhaupt so lange im Freien verstecken?« Das Gras unter ihren Füßen knirschte und überall waren gefrorene Pfützen. »Im Wald gibt es keine Heizung und er kann nicht ständig ein Feuer brennen haben. Das wäre den Arbeitern, die für die Wulmstorfer Heide zuständig sind, sicherlich aufgefallen.«

»Rauch lässt sich leicht zerstreuen«, sagte Elias. »Einzig der Geruch ist schwierig zu verbergen.« Er drehte sich einmal um die eigene Achse. »Aber um diese Jahreszeit ist kaum jemand unterwegs und zu pflegen gibt es auch wenig. Ein Versteck findet sich schnell.«

Eine Viertelstunde später hatten sie den Wald erreicht, Elias ging voran, Alina folgte mit zwei Metern Abstand. Er setzte jeden seiner Schritte überlegt und verursachte fast keine Geräusche, ganz im Gegensatz zu ihr, die ständig auf Äste oder gefrorene Blätter trat. Gerade als Alina glaubte, dass sie falsch liefen, entdeckten sie eine umgeknickte Kiefer.

»Es ist wirklich eine Wegbeschreibung«, sagte Elias. »Warum hat er das gemacht?«

»Vielleicht hatte er Angst, den Weg zu vergessen«, antwortete Alina. »Oder vielleicht wollte er die Kripo auf die Probe stellen.«

Nach hundert Metern kamen sie an einen schmalen, baumfreien Streifen mit einem neuwertigen Metallzaun dahinter, der unabsehbar weit in beide Richtungen reichte.

»Das hätte ich hier nicht erwartet«, sagte Elias.

»Wir sind auf einem ehemaligen militärischen Übungsgelände«, erklärte Alina. »Vielleicht ist das zum Schutz, weil hier noch Munition in der Erde liegt.« Sie zeigte ihm ein Bild, das sie auf dem Dachboden gemacht hatte, auf dem ein grob gekritzelter Zaun zu sehen war.

»Ein gutes Versteck, denn in ein umzäuntes Areal verirren sich keine Wanderer oder Spaziergänger.« Er erklomm den Zaun und sprang auf die andere Seite. Alina folgte ihm weniger anmutig, aber ebenso schnell.

»Und jetzt?«, fragte er.

»Jetzt gibt es keine Bilder mehr«, sagte sie. »Wir haben nur noch ein Wort: Zuflucht.«

Elias überprüfte den Sitz seiner Waffe. »Also muss Naus Versteck in der Nähe sein.«

Alina öffnete den Reißverschluss ihrer Jacke. Sie hatte Gerwalds Pistole mitgenommen. Außerdem noch Handschellen und Pfefferspray. Sie hoffte, dass sie zumindest die Glock nicht einsetzen musste.

Elias ging geduckt voran. Sein Kopf drehte sich ununterbrochen von rechts nach links, als wollte er seine Umgebung lückenlos erfassen. Alina drehte sich um und deckte ihnen den Rücken. So gingen sie weiter. Langsam.

Der Wald wurde wieder dichter und die Äste der Nadelbäume ließen kaum mehr Licht durch. Ihre Schritte klangen viel zu laut auf dem Boden, aber sie konnten nicht mehr zurück.

Sie waren fünfzig Meter weit gegangen, als Elias seine Hand auf ihre Schulter legte. Er deutete auf eine kleine Kuhle, die wie ein Bombenkrater aussah. Diese war etwa knöcheltief mit Wasser gefüllt, dessen Oberfläche gefroren war. Um den Krater lagen Äste, wuchsen kleine Bäume und Unkraut.

»Was ist damit?«, fragte sie leise.

»Siehst du es nicht?«, flüsterte er.

Sie betrachtete noch einmal jedes Element des Kraters, aber ihr fiel nichts Ungewöhnliches auf. Elias nahm seine Taschenlampe aus der Jacke und leuchtete auf einen großen abgebrochenen Ast. Eine Handbreit rechts davon schimmerte etwas rostig Metallisches.

»Vielleicht eine Tür«, sagte er. Er steckte die Taschenlampe wieder ein und ging um den Krater herum, bis er den großen Ast erreicht hatte, der das Metall bedeckte. Alina folgte ihm, so leise es ihre groben Stiefel zuließen.

Er brach einen armlangen Stock von einem Baum und schob damit die Zweige vor der Metallplatte fort, bis ein Türgriff zu sehen war. Dann ließ er sich am Rand des Kraters auf den Bauch hinunter. Er betrachtete den Boden und tippte mit einem Stock auf die dünne Eisschicht.

»Vor dem Ast sind keine frischen Fußspuren und auch das Eis ist unbeschädigt«, flüsterte er. »Hier war schon länger niemand mehr. Entweder ist Nau schon eine Zeit lang drin oder er hat das Versteck länger nicht mehr besucht.«

»Finden wir es heraus.« Alina stellte sich hinter den Ast und zog ihn mit aller Kraft aus dem Krater. Er war schwer und die kleinen Zweige knirschten laut, als sie brachen, aber schließlich bekam sie ihn herausgezogen.

Elias hatte die ganze Zeit die Metallplatte im Blick, die Hand auf seiner Pistole. »Das gehört zu einem alten Bunker oder einem alten Lager.«

Die Tür war massiv, hatte ein kleines verschweißtes Guckloch und eine große Klinke mit einem groben Schloss.

»Das ist mindestens fünfzig Jahre alt«, bemerkte sie.

Elias ging zur Tür und legte seine Hand auf die Klinke. Alina zog ihre Pistole und stellte sich einen Schritt vom Eingang weg. Sollte Nau dahinter warten, wäre sie aus der Schusslinie.

Elias nickte ihr zu, drückte die Klinke nach unten und zog fest daran. Es quietschte laut, und die rostigen Scharniere knirschten, aber die Tür öffnete sich.

Ein ekelhafter Gestank schlug ihnen entgegen. Alina wandte den Kopf ab und hatte Mühe, sich nicht zu übergeben.

»Das habe ich in meinem Leben schon zu oft gerochen.« Elias leuchtete mit seiner Taschenlampe in den Bunker. »Und ich habe mich immer noch nicht daran gewöhnt.« Im Schein des Lichts sahen sie eine stark verweste, aufgedunsene Leiche, gefesselt auf einem Stuhl, mit einem großen Loch in der Stirn.

»Wer immer das ist, er ist schon Monate tot«, sagte Alina und hielt sich die Hand vor die Nase. »Und wenn es sich um Kevin Nau handelt, kann er unmöglich der Mörder von Dimitrios sein.«

KAPITEL 10

Wieder im Gästezimmer zurück, betrachtete Alina die Fotos, die sie mit dem Handy gemacht hatte. Die Leiche saß auf einem Klappstuhl, die Handgelenke an die Lehnen gefesselt. Der Körper war stark aufgedunsen, die Haut hatte eine gräulich-lila Färbung und das Gesicht war lederartig vertrocknet. Um den Mund hatte sich dunkelrote Fäulnisflüssigkeit gebildet, die längst getrocknet war. In dem Loch in der Stirn waren zahlreiche Puppenhülsen von Fliegen, die als Eier darin abgelegt worden waren. Strohige blonde Haare standen vom weit nach hinten gelegten Kopf ab. Die Lippen waren weggefressen und gelbliche Zähne entblößt, wie bei einem grotesken Grinsen.

Im Gegensatz zu diesem Anblick war das Versteck nahezu heimelig eingerichtet, als hätte sich Kevin eine Zuflucht schaffen wollen, weg von der Stadt und seinem einsamen Elternhaus. Ein schwarz lackierter Ofen stand an der Wand, an der Brennholz fein säuberlich aufgestapelt war. Davor lag ein breiter, dunkler Teppich, der an einer braunen Schlafcouch mit zwei weißen Kissen endete. An einem Regal hingen zwei Pfannen, auf dem Regalbrett selbst standen vier Teller, darunter ein Fass mit Wasser und sechs leere Colakästen. Neben einem Kleiderschrank verzierten Bilder von Superhelden die sonst kahlen Wände. Alina erkannte Thor, Iron Man und Doctor Strange. Die meisten anderen waren ihr unbekannt. Über jedem Bild war eine batteriebetriebene Halogenlampe angebracht, mit der das jeweilige Idol gebührend zu beleuchten war. Neben einem Sessel stand eine Lampe mit einem Solarpanel auf einem Stapel mit Büchern.

Alina sah auf die Uhr neben ihrem Fernseher. Sie hatten das LKA vor zwei Stunden anonym über den Fund der Leiche informiert, aber schon jetzt konnte sie die Ungeduld kaum noch zügeln. »Wir müssen die Obduktion abwarten, aber ich bin mir sehr sicher, dass es sich bei dem Toten um Kevin Nau handelt.«

»So aufgedunsen, wie die Leiche ist, könnte es jeder sein«, sagte Elias. »Einzig die blonden Haare sprechen für Nau.«

»Und die Kleidung.« Sie deutete auf den braunen Pullover, der sich über den Bauch der Leiche spannte. »Kannst du dich an die Faser erinnern, die an der Jacke des dritten Toten gefunden wurde?«

Elias nickte.

»Das war braun gefärbtes Polyester mit Elasthan«, sagte Alina. »Die gleiche Kunstfaser wie der Pullover.«

»Wenn es Nau ist, beantwortet es einige unserer Fragen«, sagte Elias. »So konnte er monatelang untertauchen, ohne dass die Mordkommission eine Spur von ihm gefunden hat.«

»Jetzt ist auch klar, warum Nau von persönlichen Morden zu Drogendealern umgeschwenkt sein soll«, ergänzte Alina. »Tatsächlich hat er weder Götz Volper noch Dimitrios getötet.«

»Das war Naus Mörder«, stimmte Elias zu. »Er hat Nau erschossen und sein selbst geschmiedetes Messer an sich genommen.«

»Dazu noch die Zeitung, das Papier und den Kleber, den Nau für seine Botschaften verwendet hat. Dadurch gab es später keine Zweifel mehr an dessen Beteiligung. Und die wenigen Skeptiker wurden durch die Faser samt Hautschuppen und Haar am dritten Mordopfer überzeugt.«

Elias schüttelte den Kopf. »Ein Wahnsinnsplan. Ebenso genial wie durchtrieben.«

»Aber wie wurde Nau von seinem Mörder gefunden?«, fragte Alina. »Er war ein Einzelgänger. Nicht einmal sein Vater wusste, wo er abgeblieben war.«

»Angeblich«, sagte Elias.

»Warum sollte Sebastian Nau seinen Sohn erschießen?«, fragte Alina. »Und selbst wenn er es getan hat, warum ersticht er dann Götz Volper und Dimitrios?« Sie stand von der Couch auf und betrachtete ihre Unterlagen, die noch immer überall verteilt waren. »Einen Spaziergänger oder auch Mitarbeiter des Grünflächenamtes können wir ausschließen. Die hätten Nau sicher nicht verfolgt, ihn erschossen und dann mit seinem Messer Drogendealer in Hamburg ermordet.«

»Also hat der Täter Nau bewusst gesucht, weil er die Gelegenheit gesehen hat, Volper und Dimitrios töten zu können, ohne dass der Verdacht auf ihn fällt.«

»Aber dazu hätte er Naus Versteck kennen müssen«, sagte Alina. »Und bis wir den Code geknackt haben, wusste nicht einmal das LKA davon.«

»Der Mörder hat seine eigene Suche gestartet und war offensichtlich erfolgreicher als die Mordkommission«, vermutete Elias. »In dem Versteck befanden sich Lebensmittel eines großen Supermarkts. Mit genug Spitzeln auf der Straße könnte Nau beim Einkaufen bemerkt worden sein.«

»Du vermutest jemanden mit kriminellem Hintergrund?«

Elias nickte. »Jemand, dem Volper und Dimitrios im Weg standen.«

»Und wieder sind wir am Anfang«, sagte Alina frustriert. »Volper war eine große Nummer im Hamburger Kokaingeschäft. Er wird zahllose Feinde gehabt haben. Aber warum gibt man sich mit Dimitrios so viel Mühe?«

»Lass uns die Ermittlungen des LKA abwarten«, schlug Elias vor. »Vielleicht finden sich in Naus Versteck neue Spuren.«

»So akribisch, wie dessen Mörder bisher vorgegangen ist, wird er keinen Fehler gemacht haben«, widersprach Alina. »Falls doch, wäre es wirklich großes Glück.«

»Aber beim Motiv für Dimitrios' Ermordung kommen wir auch nicht weiter, und die Ermittlungen zu Gerwalds Tod stocken.«

»Dann lass uns diesen Janko suchen und ihn fragen, warum er mich töten wollte«, sagte Alina. »Dafür gab es sicher einen Grund. Jetzt müsste ich nur an PHES rankommen«, murmelte sie.

»PHES?«, fragte Elias.

»Das ist ein Phantombildprogramm, mit dem man leicht Gesichter und Köpfe generieren kann. Mithilfe von Dummies werden Herkunft, Alter und Geschlecht berücksichtigt. Daraus lässt sich alles zusammenstellen, bis man ein Bild für die Fahndung hat.«

»Ich habe Kontakt zu einem Computerfreak, der angeblich alle Programme herunterladen und hacken kann«, sagte er. »In zwei Tagen habe ich alles.«

»Das dauert zu lange«, erwiderte Alina. »Aber ich kenne eine begnadete Zeichnerin, die fotorealistische Gesichter anfertigen kann.« Sie zog ihr Handy aus der Tasche. »Vielleicht hat sie morgen früh für uns Zeit.«

* * *

Elias betrachtete fasziniert das Bild der Zeichnerin. »Wie deine Bekannte deine Beschreibungen umgesetzt hat, ist wirklich beeindruckend.«

»Das war eine Bekannte meines Onkels, die ich auf einer Ausstellung kennengelernt habe«, sagte Alina. »Als ich ihre Bilder gesehen habe, dachte ich erst, dass sie Fotografin sei.«

Elias deutete auf einen Kaffeeladen und stellte sich ans Ende der Warteschlange. »Was willst du damit anfangen? Es durch ein Gesichtserkennungsprogramm laufen lassen?«

»Ich bin immer noch suspendiert«, erinnerte sie ihn. »Und die Ermittler glauben unverändert, dass es kein Hinterhalt auf mich als Polizistin war, sondern ein Streit unter Dealern. Daran wird sich erst einmal nichts ändern.«

»Vielleicht kennt dein Freund Schweter den Angreifer?«

»Auch wenn wir uns respektieren, sind wir keine Freunde«, sagte Alina. »Außerdem bin ich für die Szene am Hansaplatz nach wie vor die Polizistin und keine von ihnen, daher würde das Herumfragen Janko eher warnen.«

»Ich verfüge noch über ein paar Mittel«, sagte Elias. »Wir könnten einen Detektiv engagieren.«

»Ich habe mir die ganze Nacht den Kopf darüber zerbrochen, wer uns bei der Suche nach Janko helfen könnte. Am Ende ist nur ein Name übrig geblieben: Lennart Dewald.«

»Muss ich ihn kennen?«

»Lennart ist ein cleverer Mistkerl, der schon zu Schulzeiten krumme Dinger gedreht hat. Er sieht aus wie die personifizierte Unschuld und kann diese Rolle auch perfekt spielen, hat aber einiges am Laufen, das ihm ein nettes Einkommen beschert. Er hält sich aus den groben Sachen heraus, also keine Drogen, kein Menschenhandel und nichts mit Waffen, aber wenn irgendwo ein ahnungsloser Anleger um sein Geld betrogen wurde oder eine ältere Witwe auf einen Heiratsschwindler hereingefallen ist, kann man Lennart auf die Liste der Verdächtigen setzen.«

»Klingt nach den Leuten, mit denen wir in den letzten Tagen zu tun hatten.«

»Eigentlich müsste ich genau darüber beunruhigt sein, aber wenn ich Hilfe von Lennart benötige, ist sowieso nichts mehr zu retten.«

»Wie gut kennst du ihn?«

»Wir waren in derselben Klasse«, sagte sie seufzend, als schämte sie sich für diese Vergangenheit. »Von daher besser, als es mir lieb ist.«

»Du steckst voller Überraschungen«, bemerkte Elias mit einem Seitenblick. »Hast du noch seine Adresse?«

»Das ist das Problem«, erklärte Alina. »Einer seiner Partner hat Mist gebaut und eine Lieferung geschmuggelte Zigaretten wurde vom Zoll beschlagnahmt. Besagter Partner hat gestanden und Lennart mit reingezogen. Momentan wird er mit Haftbefehl gesucht, also treibt er sich nicht bei seiner alten Adresse herum.«

»Das macht es schwieriger.« Elias bestellte zwei Kaffee und wandte sich wieder Alina zu. »Aber du hast sicherlich schon eine Idee, wie wir ihn trotzdem finden können.«

»Natürlich«, erwiderte sie lächelnd. »Und wenn du kein Langschläfer bist, darfst du morgen früh mit mir auf den Fischmarkt gehen. Mal sehen, wen wir dort treffen werden.«

* * *

»Ich weiß, dass es Januar ist und wir hier in Hamburg sind, aber etwas weniger kalt und weniger nebelig wäre zur Abwechslung auch schön«, murrte Alina, als sie das Elbufer entlangschlenderten. Die Sonne war aufgegangen, aber der Nebel war so dicht, dass man nicht einmal das andere Ufer sehen konnte.

Sie hatte ihren dicken Anorak angezogen, eine Mütze auf dem Kopf und einen Schal um den Hals. Außerdem hatte sie eine Brille mit Plastikgestell und dicken Gläsern aufgesetzt.

»Die Brille steht dir nicht«, bemerkte Elias mit kritischem Blick. Er trug Jeans, Sneakers und eine Lederjacke, die Alina selbst im Sommer zu frisch gewesen wäre. Wie schon bei ihrer Wanderung durch die Wulmstorfer Heide, schien ihm die Kälte nichts auszumachen.

»Das ist ein Faschingsartikel«, rechtfertigte sie sich. »Lennart weiß, dass ich bei der Polizei bin und dass ich ihn trotz meiner Suspendierung sofort auf die nächste Dienststelle bringen würde. Wenn er mich sieht, rennt er weg, und wenn er etwas kann, außer Leute aufs Kreuz zu legen, dann rennen.«

Sie gingen an einer Gruppe Touristen vor Aal-Kai vorbei und Elias kaufte zwei Bananen bei Bananen-Fred. Eine davon reichte er Alina. »Wie sieht Lennart aus?«

»Etwa eins fünfundachtzig groß, mit lockigen blonden Haaren und einem fast knabenhaften Gesicht, obwohl er in meinem Alter ist«, erklärte Alina. »Schlank, gut gekleidet, aber nicht protzig oder auffällig. Er hat ein charmantes Lächeln und ist immer freundlich, aber er ist ein cleverer Bursche, den man nicht unterschätzen sollte.«

»Er wird mit Haftbefehl gesucht und treibt sich ausgerechnet auf dem Fischmarkt herum?«, fragte Elias kauend.

»Hier ist sein bevorzugtes Publikum«, erklärte Alina. »Touristen und Nachtschwärmer. Ihnen gegenüber tritt er als Fremdenführer, verwirrter Pflegeheimbesucher, Reisender in Notlage oder Angestellter des Ordnungsamtes auf.« Alina schälte die Banane. »Er hat mehr Verkleidungen als Hamburg Brücken, und er spielt jede dieser Rollen perfekt. Wäre er nicht kriminell, könnte er im Thalia-Theater Karriere machen.«

»Was für eine Rolle spielt er heute?«

»Weiß ich nicht, aber Lennart macht unbewusst Gesten, die ihn verraten«, erklärte sie. »Wenn er jemanden Interessantes sieht, kneift er die Augen zusammen, als wollte er diese Person intensiv fixieren. Dabei rümpft er die Nase und klimpert mit seinen Fingern.« Sie bewegte die ihren wie ein Klavierspieler. »Wahrscheinlich ist ihm dieser Tick nicht bewusst, aber das hat er schon zu Schulzeiten gemacht.«

Elias sah zu einer Gruppe chinesischer Touristen, die vom Parkplatz zum Fischmarkt strömten. »Wie willst du ihn suchen?«

»Bleib du einfach stehen, denn hier kommt quasi jeder Besucher vorbei. Wenn du jemanden siehst, der diese Gesten macht, dann rufe mich an. Ich gehe das Ufer nach links entlang und suche ihn. Anschließend nehme ich mir die andere Richtung vor.«

»Sollen wir uns wirklich trennen?«

»Aus körperlicher Sicht müssen wir uns keine Sorgen machen«, sagte sie. »Lennart ist nicht gewalttätig und kein Gegner für mich. Aber er ist schnell und wendig, daher wirst du ihn gut festhalten müssen, wenn du ihn hast.«

Sie nickte Elias zu und schob sich durch die Stände nach links am Bootsmuseum vorbei. Sie liebte diesen Ort, wenn das Leben am frühen Morgen pulsierte, und die viele frische Ware, die hier angeboten wurde. Sie war viel zu lange nicht mehr hier gewesen. Alina hätte sich gern treiben lassen, Fischbrötchen gegessen, einen Korb Pasta bei Nudel-Olli gekauft oder einen neuen Rosenstock beim holländischen Blumenkönig erstanden, stattdessen konzentrierte sie sich auf die Besucher, auf die Art, wie sie gingen, wie sie sprachen, in der Hoffnung, ihren alten Schulkameraden in seiner Verkleidung zu bemerken.

Am Ende des Fischmarktes angekommen, hielt sie kurz an einem Kaffeestand, kaufte einen Latte macchiato und schlenderte wieder zurück. Mit ihrer Brille kam sie sich unverändert dämlich vor, aber heute war kein Platz für Eitelkeiten. Sie folgte einem Tross Jugendlicher, die gerade aus einem Klub zu kommen schienen. Sie waren gut gekleidet, laut und wirkten angetrunken. Sie nippte an ihrem Latte macchiato, als ihr ein älterer Mann auffiel, der die Jugendlichen fixierte. Im ersten Moment dachte sie, dem Mann missfalle das Gehabe der Gruppe, aber dann kniff er nachdenklich die Augen zusammen und rümpfte die Nase. Alina versteckte sich neben einem Ausstellerwagen und beobachtete den Mann genauer. Er hatte weiße Haare, einen ebenso weißen Bart und trug einen alten Wollmantel. Obwohl er einen Stock in der Hand hatte, war seine Haltung zu entspannt für einen Gehbehinderten. Erst als er seinen Weg fortsetzte, schien er sich seiner Schmerzen im rechten Bein bewusst zu werden und humpelte der Gruppe Jugendlicher hinterher.

Alina folgte ihm in sicherem Abstand. Für einen alten Mann war er erstaunlich wendig. Wegen der gebückten Haltung und des Stockes wäre es einem zufälligen Beobachter nicht aufgefallen, aber Alina bemerkte die kleinen Unregelmäßigkeiten. Sie hielt Abstand und ließ ihn noch eine Weile weitergehen, bis sie fast an ihrem Ausgangspunkt anlangten. Elias lehnte an einer Laterne und beobachtete die Passanten. Alina winkte ihm und deutete auf den Alten. Augenblicklich verließ Elias seinen Posten und ging auf den Mann zu.

Spätestens jetzt wusste Alina, dass sie Lennart gefunden hatten, denn ihr ehemaliger Klassenkamerad hatte ein perfektes Gespür für Ärger und reagierte in solchen Situationen sofort. Er schien zu spüren, dass Elias auf ihn zukam. Er drehte sich um und wollte in einer Gruppe Schaulustiger vor einem Wurststand untertauchen, doch Alina trat vor ihn und legte ihm die Hand auf die Schulter.

»Guten Morgen, Lennart«, sagte sie lächelnd. »Nett, dich zu sehen. Hast du Zeit für einen Plausch?«

Der Körper des Alten spannte sich an, wie ein Sprinter kurz vor dem Start.

»Lass es, mein Freund«, sagte Elias und stellte sich hinter ihn.

Die Anspannung des Mannes löste sich und er richtete sich auf. »Schön, dich zu sehen, Alina«, begrüßte Lennart sie lächelnd. »Für dich habe ich immer Zeit.«

* * *

Sie saßen in einem kleinen Café, von wo aus sie das Treiben des Fischmarkts beobachten konnten. Alina und Elias hatten Lennart zwischen sich genommen, sodass er an einem von ihnen vorbei musste, sollte er zu fliehen versuchen.

»Ich wusste nicht, dass du wieder im Dienst bist.« Lennart biss in einen Doppelkeks, auf dessen Oberseite mit Zuckerguss ein Anker aufgespritzt war.

»Ich bin immer noch suspendiert«, antwortete Alina. »Dieses Treffen ist privat.«

Lennart hörte einen Moment mit dem Kauen auf, als ließe er sich diese Information durch den Kopf gehen. Dann sah er zum Ausgang.

»Lass es«, sagte Elias wieder, der seine Gedanken zu erraten schien.

»Stellst du mich deinem Freund vor?«, wandte sich Lennart an seine ehemalige Klassenkameradin.

»Das ist Elias«, sagte sie.

»Ein paar mehr Details wären …«

»Ich schlage dir einen Deal vor«, unterbrach Alina. »Du hilfst uns bei einem Fall, dafür sagen wir der Polizei nicht, wo du dich bevorzugt herumtreibst.«

»Frau Polizeiobermeisterin«, erwiderte er grinsend. »Erfüllt Ihr Vorschlag nicht den Tatbestand der Strafvereitelung?«

Sie seufzte leise. Lennart war schon immer ein nerviger Besserwisser gewesen. Und weil sie nicht zugeben wollte, dass er recht hatte, beantwortete sie die Frage nicht mit Worten, sondern trat ihm stattdessen ans Schienbein. Sein unterdrücktes Stöhnen und die im Schmerz aufgerissenen Augen verschafften ihr kurz Befriedigung.

»Immer noch dieselbe Zicke«, sagte er mürrisch und rieb sich über das Bein.

»Knast oder helfen?«, fragte sie. »Was willst du?«

»Helfen bei was?«

»Wir suchen den hier.« Alina zog die Phantomzeichnung aus der Tasche und legte sie auf den Tisch. »Ein gewisser Janko.«

Lennart betrachtete das Bild. »Eine gute Zeichnung«, sagte er anerkennend. »Aber ich kenne nur einen Janko und der hat mit diesem Mann keine Ähnlichkeit.«

»Höre dich um.«

»Du hast doch gute Verbindungen zu den Jungs auf dem Hansaplatz«, sagte Lennart.

»Dann könnte ich die Suche auch gleich in der Zeitung inserieren«, erwiderte Alina. »Ich brauche jemanden, der diskret vorgeht.«

»Das wird aber kosten.«

»Deine Freiheit sollte Bezahlung genug sein.«

»Ich rede nicht von mir, sondern von Bestechungsgeld«, erklärte Lennart.

»Wie viel?«, fragte Elias.

»Kommt darauf an, wie hoch dieser Janko in der Hierarchie steht«, antwortete Lennart. »Zweitausend wären ein Anfang. Dann habe ich entweder mehr Infos oder ich weiß, was diese kosten werden.«

»Geht in Ordnung«, sagte Elias.

»Mit deinem Freund kann man gut Geschäfte machen«, wandte er sich an Alina.

»Du kriegst zwölfhundert«, sagte sie. »Und ich will eine Liste, wem du wie viel bezahlt hast.«

»Brauchst du das für die Steuer?«

»Nein, weil ich dir nicht traue«, antwortete sie.

Er legte die Hand aufs Herz und machte ein unschuldiges Gesicht.

»Wenn du mit dem Geld abhaust, finde ich dich. Dann wirst du mehr humpeln als der Alte, den du gerade am Fischmarkt gespielt hast.«

»Ist ja gut«, sagte Lennart besänftigend. »Kannst du mir auch erklären, was du von diesem Janko willst?«

Sie gab der Bedienung ein Zeichen und bestellte drei Kaffee. Dann begann sie zu erzählen.

* * *

Da sich Alina noch mit ihrer Anwältin treffen wollte, fuhr Elias allein nach Hause. Er war noch nicht weit vom Fischmarkt entfernt, als sein Handy klingelte. Das Display zeigte eine unterdrückte Nummer. Einen Moment überlegte er, ob er das Gespräch wegdrücken sollte, aber mitten in den Ermittlungen wollte er es nicht riskieren, einen wichtigen Anruf zu verpassen.

»Hallo?«, meldete er sich.

»Guten Morgen, Elias«, hörte er die warme Stimme einer Frau.

Elias hätte vor Schreck beinahe eine rote Ampel übersehen. Er trat im letzten Moment auf die Bremse, was ihm den bösen Blick eines Spaziergängers einbrachte.

»Woher hast du meine Nummer?«, fragte er.

»Du kennst meine Verbindungen«, antwortete sie. »Glaubst du wirklich, dass du dich mir entziehen kannst?«

Die Ampel sprang auf Grün. Nach einem kurzen Stück fuhr Elias auf den Seitenstreifen. »Was willst du, Nadja?«, fragte er zornig.

»Behandelt man so eine alte Freundin?«

»Wir sind keine Freunde.«

»Ich hatte mich schon auf ein Wiedersehen gefreut.«

»Verzichte.«

»Dann lass uns per Telefon übers Geschäft reden.«

»Mit ›verzichte‹ meine ich alles, was mit dir zu tun hat«, sagte er. »Vor allem das Geschäftliche.«

»Komm schon, Elias«, säuselte Nadja. »Lass mich nicht zu Erpressungen greifen.«

175

»Meine Akte ist sauber«, antwortete er. »Ich habe in den letzten fünf Jahren nicht einmal einen Strafzettel für zu schnelles Fahren bekommen.«

»Deine Akte ist alles andere als sauber«, erwiderte sie. »Was du in den Jahren vor deinem Job bei Gerwald Arentz gemacht hast, reicht für mehrere Leben.«

Er wollte sie fragen, woher sie von seiner Anstellung bei Gerwald wusste, aber Nadja war schon immer gut informiert gewesen. Den Triumph, ihn damit überrascht zu haben, gönnte er ihr nicht, also ging er kommentarlos darüber hinweg. »Meine Vergangenheit? Damit willst du mich erpressen?« Er lachte verächtlich. »Dafür habe ich gebüßt.«

»Da wären manche Leute an der Elfenbeinküste anderer Meinung«, sagte sie. »Und nicht nur dort.«

»Dieser Mensch bin ich nicht mehr.«

»Mach dir nichts vor, das wilde Tier in dir schläft nur«, widersprach sie. »Ich gebe dir ein Messer und einen Feind, dann wacht es auf, und selbst die stärkste Leine kann es nicht mehr halten. Ich habe es gesehen, Elias«, sagte sie eindringlich. »Ich habe es mit eigenen Augen gesehen.«

»Du täuschst dich«, entgegnete er.

Sie lachte. Es war ein kaltes, abfälliges Lachen, wie es von einem seelenlosen Monster wie Nadja zu erwarten war. »Du täuschst *dich*, wenn du dein wahres Wesen leugnest.«

»Ich habe keine Zeit für Schreckensgeschichten aus der Vergangenheit.«

»Weiß die kleine Polizistin davon?«, fragte sie ihn. »Von deinen Schreckensgeschichten? Und von deiner Vergangenheit?«

Elias krallte die Hände um das Lenkrad, bis es ihm wehtat. »Ich warne dich. Wenn du sie nur …«

»Die Kleine interessiert mich nicht«, kam sie einer Drohung zuvor. »Nur deine Talente. Gib mir dein Wort für unsere Zusammenarbeit und deine Freundin bekommt mich nie zu Gesicht.«

»Was hast du vor?«

»Es ist noch zu früh für Details.«

»Und warum rufst du mich dann an?«

»Ich will wissen, ob du dabei bist. Sonst muss ich meine Pläne ändern. Das würde mich viel Zeit und noch mehr Geld kosten.«

»Ich werde dir nicht blind mein Wort geben.«

»Doch das wirst du, denn mit deiner neuen Mitbewohnerin habe ich deine Schwäche gefunden und du kennst mich.« Ihre Stimme wurde schärfer. »Ich bekomme alles, was ich will. Also gib mir eine Zusage oder das Mädchen hat kein schönes Leben mehr.«

Er schlug auf das Lenkrad. »Es wird eine Zeit kommen, in der dich deine einflussreichen Freunde nicht mehr schützen werden«, sagte er mit unterdrückter Wut. »Und an dem Tag werde ich vor deiner Tür stehen.«

»An dem Tag bin ich entweder tot oder alt, wobei Letzteres schlimmer ist. Und bis dahin wirst du kommen, wenn ich pfeife.«

»Du hast mein Wort«, sagte er schließlich, auch wenn es ihm schwerfiel, das auszusprechen.

»Das wollte ich hören.« Er konnte Nadjas Lächeln spüren. »Ich melde mich, wenn es losgeht.«

Dann legte sie auf.

KAPITEL 11

In der kleinen Kneipe war alles mit dunklem Holz vertäfelt, die Wände, die Decke, die Theke und auch die Sitzbänke. Die Dekoration bestand aus Schiffsminiaturen, Steuerrädern, Rettungsringen und anderen Dingen, die an die Seefahrt erinnerten. Es war eng und laut, aber gemütlich. Das Bier wurde frisch gezapft und der Duft von Schweinebraten zog durch die Gaststube.

Alina sah unruhig auf die Uhr. Es war zwölf durch und Lennart war noch nicht erschienen. Sie war verwundert gewesen, dass sich ihr ehemaliger Klassenkamerad schon vierundzwanzig Stunden nach ihrem Treffen auf dem Fischmarkt gemeldet hatte, aber je schneller sie Informationen zu ihrem Angreifer bekam, umso schneller konnte sie weiterermitteln.

Elias saß auf einem Stuhl, ein Bier in der Hand, und beobachtete aus müden Augen die Gäste der Kneipe. Er wirkte abwesend und war ungewöhnlich schweigsam.

»Alles in Ordnung bei dir?«, fragte Alina.

Er zuckte zusammen, als sie ihn aus seinen Überlegungen riss. »Ja. Was soll sein?« Hastig trank er einen Schluck Bier. »Pünktlichkeit scheint nicht Lennarts Sache zu sein«, sagte er mit Blick auf die Uhr.

»Er war schon zu Schulzeiten immer zu spät, hatte aber jedes Mal eine fantasievolle Ausrede parat«, erklärte Alina. »Die Lehrer haben es ihm in der Regel abgenommen.«

»Vertraust du ihm?«

»Soweit man einem Mann, der mit Haftbefehl gesucht wird, vertrauen kann«, sagte Alina. »Er wird alles versuchen, aus dieser Sache herauszukommen, und jede Gelegenheit nutzen, etwas für sich rauszuschlagen, aber er weiß jetzt, dass ich ihn finden kann, und das wird ihn an mich binden. Vorerst«, fügte sie noch hinzu, als sich ein Mann an ihren Tisch setzte. Er hatte einen gräulichen Zottelbart und seine langen schwarzen Haare waren im Nacken zusammengebunden. Er trug eine Sonnenbrille mit gespiegelten Gläsern, die man eher auf einer Karibikinsel als im winterkalten Hamburg erwartet hätte. »Der Verkehr wird auch immer übler«, bemerkte der Mann mit Lennarts Stimme. »Aber wenigstens kann man hier gut essen.«

Die Bedienung kam an ihren Tisch. »Dreimal Schweinebraten mit Knödel«, bestellte Lennart bei ihr und deutete auf sie drei.

»Ich bin Vegetarierin«, lehnte Alina ab.

»Und ich habe keinen Hunger«, ergänzte Elias.

»Dann nur die drei Schweinebraten mit Knödel«, sagte Lennart. Die Frau nickte und ging wortlos wieder zur Theke zurück.

Alina wollte fragen, wie ein normal gebauter Mann wie Lennart drei Portionen Schweinebraten mit Knödel essen konnte, entschloss sich aber, das Thema nicht anzusprechen.

»Ich bin zwar zwölfhundert Euro ärmer, aber habe interessante Informationen dafür bekommen.« Lennart griff nach Alinas halb vollem Wasserglas und leerte es in einem Zug. »Sehr interessante Informationen.« Er wischte sich mit dem Handrücken über den Mund.

»Wir lauschen gespannt.« Elias zog sein Bierglas näher an sich heran.

»Dein Freund Janko heißt in Wirklichkeit Jacek Marth und ist ein ehemaliger Polizist. Er wurde als V-Mann in die Drogenszene eingeschleust, hat aber nach zwei Jahren angeblich die Seiten gewechselt. Das war Mitte 2019.«

»Niemals«, sagte Alina. »Jacek Marth wiegt 120 Kilo, hat lange, ungepflegte Haare, eine Zahnlücke und eine Riesennase, die seit einem Motorradunfall schief ist.« Sie deutete auf das Bild. »Das ist nicht Janko.«

»Offensichtlich hat er abgenommen und sich die Nase richten lassen«, erwiderte Lennart. »Was erklären dürfte, warum er vom Radar des LKA verschwunden ist.«

»Wenn er gesucht wird, können wir das denen überlassen«, schlug Elias vor. »Ein kleiner Tipp über seine Verwandlung würde genügen.«

»Offiziell hat er bei der Hamburger Polizei gekündigt«, sagte Alina. »Es ist nicht bekannt, was er jetzt arbeitet, und er hat sich auch keiner Straftat schuldig gemacht, aber alle glauben, dass er die Finger im Drogengeschäft hat. Jetzt haben wir die Bestätigung.«

»Jacek scheint sein Wissen als Polizist und V-Mann zu nutzen, um einen Verteilerring für Koks zu organisieren.« Lennart sah zu Elias' Bierglas, das aber zu weit für einen schnellen Griff entfernt war. »Er selbst fasst weder Geld noch Ware an, daher kann er auch nicht belangt werden. Wenn ihr etwas von ihm wollt, werdet ihr euch selbst darum kümmern müssen. Ohne LKA.«

»Wie hoch steht er in der Hierarchie?«, fragte Alina.

»Nicht ganz oben«, sagte Lennart. »Er arbeitet für jemanden.«

»Gibt es Vermutungen, für wen?«

»Da wurden meine Kontakte zurückhaltend. Wenn ich raten müsste, würde mir ein neuer einflussreicher Spieler in Hamburg einfallen.«

»Von einem solchen Kaliber hätte das LKA gehört«, sagte Alina.

»Vielleicht hat es das auch, aber es hält die Information unter Verschluss«, vermutete Lennart.

»Wie finden wir diesen Janko oder Jacek?«, wollte Elias wissen.

»Das wird aus zwei Gründen schwierig«, fuhr Lennart fort. »Erstens hat niemand eine Ahnung, wo Jacek wohnt. Er taucht

180

nur irgendwann auf und verschwindet wieder. Zweitens scheint Alina ihn mit einer Kugel im Gesicht getroffen zu haben, was wohl eine längere Behandlung nach sich gezogen hat, daher wurde er auch schon länger nicht mehr gesehen.«

»Daran kann ich mich kaum erinnern«, sagte Alina. »Ich weiß nur, dass ich in die Richtung geschossen habe, in der ich die Angreifer vermutet habe.«

»Ganz offensichtlich mit Erfolg.« Lennart grinste. »Wie dem auch sei, Jacek wird es sich künftig gut überlegen, ob er dich angreift.«

»Ich würde ihm gern die Gelegenheit zu einem weiteren Versuch geben«, erwiderte Alina grimmig.

»Wie finden wir sein Versteck?«, wollte Elias wissen. »Brauchst du mehr Geld?«

Lennart sah nachdenklich zur Decke. »Also, wenn du mich so fragst, dann würden tausend Euro mehr …«

Alina trat ihm wieder an sein Schienbein, was ihren ehemaligen Schulkameraden abrupt zum Schweigen brachte.

»Wenn du uns weiterhin hilfst, werde ich mich erkenntlich zeigen«, versprach Elias.

»Und ich liefere dich nicht im Gefängnis ab«, ergänzte Alina.

»Die meisten wissen wirklich nicht, wo er ist«, sagte Lennart und rieb sich das Schienbein. »Und der Rest würde Jacek nicht verraten, egal was ich ihnen biete.«

»Also, dann zurück zur Ochsentour«, erklärte Alina. »Herumlaufen, das Bild zeigen und nach ihm Ausschau halten.«

»Es gibt vielleicht eine andere Möglichkeit«, sagte Lennart zögerlich. »Aber die ist nicht ohne Risiko.«

»Als ob mich das noch abschrecken würde, nach allem, was wir die letzten Tage erlebt haben«, warf Alina ein.

»Ein Kontakt hat mir von einem Verteiler erzählt, der noch Kuriere sucht«, fuhr Lennart fort. »Besagter Verteiler namens

Isaak Hemmer hat früher für Volper gearbeitet und soll zu Jacek gehören.«

»Du schlägst vor, dass wir Koks verkaufen?«, fragte Elias.

»Nicht wir, nur Alina.«

»Das ist nicht dein Ernst«, sagte Elias.

»Koks wird auch in den gehobenen Kreisen geschnupft«, erwiderte Lennart. »Wenn wir Alina als reiche, verwöhnte Göre verkleiden, die von ihrem Papa kein Geld mehr bekommt, nimmt sie Isaak mit Kusshand.«

»Du weißt, dass Alina suspendiert wurde, weil sie angeblich mit Kokain gehandelt hat?«, fragte Elias. »Wenn sie bei einer solchen Aktion hochgenommen wird, ist es endgültig vorbei.«

»Was man so hört, gibt es keine Fortschritte bei dieser Sache«, erwiderte Lennart. »Wenn Alina nicht selbst ihre Unschuld beweisen kann, bleibt sie ohnehin suspendiert.«

»Ich mache es«, sagte sie nach einem Moment des Überlegens.

»Das ist Irrsinn.«

»Deine Fürsorge ehrt mich.« Sie lächelte Elias an. »Aber Lennart hat recht. Es gibt in meinem Fall keine neuen Beweise, die mich entlasten. Einen der Männer zu finden, die mich angegriffen haben, ist eine Chance.«

»Du weißt besser als ich, was für eine Strafe auf Drogenhandel steht«, warnte Elias.

Alina nickte. »Und genau diese Strafe werde ich bekommen, wenn ich meine Unschuld nicht beweise.«

Elias seufzte. »Aber du machst keinen Schritt, ohne dass ich in der Nähe bin.« Sie wollte etwas darauf erwidern, aber er schnitt ihr sofort das Wort ab. »Ja, du kannst alleine auf dich aufpassen, trotzdem bin ich hinter dir.«

Einen Moment fühlte sie sich an Bilal erinnert und verschränkte missmutig die Arme.

»Dann sind wir uns ja einig«, sagte Lennart zufrieden.

»Wie lerne ich diesen Isaak kennen?«, fragte Alina.

»Das erkläre ich dir beim Schweinebraten.« Lennart deutete auf die Bedienung, die mit drei Tellern zum Tisch kam. »Zuerst müssen wir uns einen Hintergrund für deine Rolle als verwöhnte Tussi ausdenken«, fing er an und griff nach dem Besteck.

* * *

»Da vorne ist es.« Elias fuhr das Auto in eine Parklücke.

»Wenn das mal nicht idyllisch ist.« Vor der Kneipe blockierten mehrere Harleys den Gehweg. Ein Lamborghini parkte in zweiter Reihe, mit offenem Verdeck, als wäre es nicht Ende Januar. Drei junge Frauen, die kaum volljährig sein konnten, standen am Straßenrand und sahen den vorbeifahrenden Autos nach in der Hoffnung auf einen Kunden. Sie waren ähnlich wie Alina gekleidet und froren offensichtlich. Hinter ihnen unterhielt sich lautstark eine Gruppe von Bikern mit Bierflaschen in der Hand. Auf der Straße lagen zerbrochenes Glas und der Inhalt einer umgetretenen Papiertonne. Die Birnen der Straßenlaternen waren kaputt, als würden sich die Besucher im Dämmerlicht der Kneipe wohler fühlen.

Alina klappte die Sonnenblende über dem Beifahrersitz herunter und zog sich mithilfe des dort befindlichen Spiegels die rot geschminkten Lippen nach. Sie kontrollierte ihre künstlichen Wimpern und tupfte noch etwas mehr Rouge auf ihre Wangen.

»Die blonden Haare, die Dauerwellen und die rosa Extensions sind die perfekte Tarnung«, sagte Lennart. »Und das Kleid steht dir wirklich gut, wenn mir die Bemerkung erlaubt ist«, fügte er noch augenzwinkernd hinzu.

»Ich habe Geschirrhandtücher mit mehr Stoff.« Alina deutete auf ihren weiten Ausschnitt. »Und mit so einem kurzen Rock gehe ich nicht mal im Hochsommer an den Strand.«

»Und draußen sind fünf Grad unter null«, ergänzte Elias.

»Du gehst ja nicht auf den Straßenstrich anschaffen, sondern in eine Kneipe in Wandsbek«, bemerkte Lennart.

»Das ist keine Kneipe, sondern ein Loch, in dem sich eigenartige Menschen treffen«, sagte Elias, ohne den Blick von der Straße zu nehmen.

»Menschen wie Isaak Hemmer.« Lennart lachte. »Hast du geglaubt, dass wir ihm im Hamburger Golfklub begegnen?«

»Aber zwischen Golfklub und der Absteige ist noch einiges dazwischen.«

»Ich mache die Regeln nicht«, sagte Lennart.

»Spielen wir es noch einmal durch«, schlug Elias vor.

»Wir gehen in die Kneipe und Lennart stellt mich dem Dealer vor.«

»Du bist Eleonore«, erklärte er. »Eine Tochter aus gutem Haus, die von ihrem Papi kein Geld mehr bekommt. Da du keine Lust auf Arbeiten hast, willst du deinen reichen Freunden aus der Hamburger High Society Kokain verkaufen. Laut meinen Informationen hat Isaak keine Verbindungen zu diesen Kreisen.«

»Ich bin bei der Kneipe, wenn ihr reingeht, und warte, bis ihr wieder herauskommt«, sagte Elias. »Falls es Ärger gibt, dann schreit.«

»Wenn Isaak anbeißt, wird er dir ein paar Päckchen geben«, fuhr Lennart fort. »Vielleicht zwanzig Stück. Wenn wir die bis morgen Abend verkauft haben, sind wir seine besten Freunde und du bekommst mehr. Und wenn wir auch die zu Geld machen, wird dich Isaak hoffentlich den Leuten über ihm vorstellen.«

»Zu denen Jacek gehört«, sagte Elias.

»Das ist der Plan«, stimmte Lennart zu.

»Und wie komme ich an das Geld, das ich angeblich beim Drogenverkauf eingenommen habe?«, fragte Alina. »Denn ich werde das Gift direkt in den Abfluss schütten, sobald ich wieder zu Hause bin.«

»Lass das meine Sorge sein«, sagte Elias.

»Das kann ich nicht von dir verlangen«, erwiderte Alina.

»Musst du nicht. Ich mache es, ohne dass du es verlangst.«
Auch wenn es ihr schwerfiel, so viel Geld anzunehmen,
wusste sie, dass es die einzige Möglichkeit war. Sie hatte kaum
hundert Euro auf dem Konto. »Ich weiß noch nicht, wie, aber
ich werde das zurückzahlen«, sagte sie dankbar.

»Ein Schritt nach dem anderen«, erwiderte Elias. »Jetzt
müssen wir dich erst einmal lebend in dieses Loch bringen und
lebend wieder rausholen. Bist du ausreichend bewaffnet?«

»Machst du Witze?« Sie deutete auf ihr kurzes, eng
anliegendes Kleid.

»Es gibt sehr kleine Pistolen«, sagte Lennart. »Und als Frau
hat man den anatomischen Vorteil …«

»Halt die Klappe, Lennart«, unterbrach ihn Alina.

»Ich habe kein gutes Gefühl bei der Sache«, knurrte Elias
mit Blick auf die Gruppe Biker.

»Das wird schon klappen.« Alina versuchte, ihre Stimme
überzeugt klingen zu lassen. Im Dienst als Streifenpolizistin hätte sie mindestens zehn Mann Verstärkung geholt, um überhaupt
vor der Kneipe zu parken. Sie wäre niemals hineingegangen.

Als sie ausstiegen, bekreuzigte sich Lennart.

»Ich wusste nicht, dass du religiös bist«, sagte Alina.

»Bin ich nicht«, erwiderte er. »Aber bei der Nummer
brauche ich alle Unterstützung, die ich bekommen kann.«

* * *

Sie waren fast unbehelligt durch die Gruppe vor dem Wirtshaus
gekommen. Ein paar sexistische Sprüche, noch mehr unflätige
Gesten und ein Klaps auf den Hintern waren unter diesen
Umständen ein akzeptables Opfer. Alina verfluchte die hohen
Stöckelschuhe, die ihre ganze Konzentration beanspruchten

und die bei einer Auseinandersetzung ein großer Nachteil gewesen wären, aber sie hoffte, dass es nicht dazu kommen würde. Also konzentrierte sie sich auf ihre Rolle als reiche, verwöhnte Göre, nagte an ihrem Zeigefinger und sah sich unsicher um, als wäre sie noch nie in einer solchen Gegend gewesen. »Eleonore«, murmelte sie leise vor sich hin, damit sie sich vor Aufregung nicht als Alina vorstellen würde. Lennart stieß die Tür auf und ging mit einem Winken zum Türsteher hinein.

Der Gestank nach Schweiß und abgestandenem Bier raubte Alina fast den Atem. Es war heiß und stickig und die Musik viel zu laut. Die Kneipe war innen noch heruntergekommener, als es von draußen den Eindruck machte. Das Linoleum war klebrig und auf dem Boden schwammen aufgequollene Reste von Salzstangen in kleinen Bierpfützen. Die Tische waren schmutzig, als wären sie seit dem ersten Tag nicht mehr sauber gemacht worden, und die Stühle wirkten wie beim letzten Sperrmüll zusammengesucht. Anscheinend hatten die Gäste auch keine Lust darauf, Platz zu nehmen, denn sie sammelten sich alle um eine große Couch an der hinteren Wand. Manche standen davor, andere lehnten an der Wand, aber nur eine Person saß darauf. Auch ohne dass Lennart etwas sagte, wusste Alina, dass sie Isaak Hemmer gefunden hatte. Der Dealer entsprach allen Klischees. Dreitagebart, Goldkette, protzige Rolex und ein schmieriges Grinsen. In der rechten Hand hielt er eine Flasche Champagner und in der Linken ein Handy.

Als er Lennart sah, trank er einen Schluck Champagner, stellte die Flasche ab und schnippte mit dem Finger. Die Musik ging aus. Die Gespräche verstummten und alle wandten sich den neuen Besuchern zu. »Wenn das nicht die Kanalratte Lennart ist«, sagte Isaak.

»Guten Abend«, grüßte Lennart höflich, ohne auf die Beleidigung einzugehen.

»Bist ein Stück vom Fischmarkt entfernt«, erwiderte Isaak mit drohendem Unterton.

»Ich will nicht lange stören, aber ich habe jemanden, der dir beim Verkaufen helfen kann.« Er deutete auf Alina.

»Ich hab schon genug Nutten, die für mich anschaffen. Und die haben größere Titten.«

Alina reagierte nicht auf diese Bemerkung, aber insgeheim war sie erleichtert, nicht Isaaks Typ zu sein.

»Ich rede von deinem anderen Geschäft«, fuhr Lennart unbeirrt fort. »Die Familie dieser attraktiven Frau gehört zur besseren Gesellschaft in Hamburg. Normalerweise würde Eleonore hier nicht einmal ihren Müll abladen, aber ihr Papa hat ihr den Geldhahn abgedreht, daher sucht sie nach einer neuen Einkommensquelle.«

Isaak stand auf und stellte sich vor Alina. Er betrachtete sie wie ein Stück Ware, das es zu ersteigern galt, umrundete sie und starrte ihr in den Ausschnitt. Alina hätte ihm die Nase gebrochen, aber Eleonore ließ es geschehen und behielt ihre ängstliche Rolle bei.

»Eleonore besucht die Oper, geht ins Theater und ist Mitglied in einem Golfklub«, pries Lennart ihre Vorteile an.

»Die reiche, verwöhnte Bitch hat sich noch nie im Leben die Finger schmutzig gemacht«, sagte Isaak. »Die hat wahrscheinlich einen Diener, der ihr den Arsch abwischt.«

»Jetzt nicht mehr«, sagte Lennart. »Jetzt braucht sie Geld und das möglichst schnell.«

»Was hat die kleine Ratte von mir erzählt?«, wandte sich Isaak an sie.

»Dass Sie Kokain haben«, antwortete Alina. »Und dass Sie jemanden suchen, der es in meinen Kreisen verkauft.«

»Oh, in deinen Kreisen.« Isaak trat einen Schritt zurück und verneigte sich spöttisch. »Was sind denn deine Kreise? Sind die was Besseres als wir hier …?«

»Lass den Scheiß, Isaak«, unterbrach Lennart. »Die Hälfte von Eleonores Freundeskreis kokst und die andere Hälfte könnte es bald, wenn du sie mit Stoff versorgst. Das ist eine sichere Einnahmequelle, weil die alle nach Geld stinken.«

Isaak ging zu Lennart und packte ihn am Kragen. »Ich kann es nicht leiden, wenn man mich unterbricht.« Er zog ein Messer aus der Tasche und ließ es geräuschvoll aufklappen.

Lennart schien mit dieser Art von Machogehabe Erfahrung zu haben, denn er blinzelte nicht einmal, als Isaak ihm das Messer vors Gesicht hielt. »Ich dachte, du bist Geschäftsmann«, sagte er ruhig. »Wenn du die Kleine nicht willst, gehe ich weiter, und du schaust, wie du deine Quote erfüllst.«

Isaak presste zornig die Lippen aufeinander und schwieg einen Moment, als wäge er ab, ob er zustechen sollte. Alina hätte ihn mit einem harten Hieb in die Niere außer Gefecht setzen und ihm das Messer abnehmen können, aber allein um die Couch standen noch fünf weitere Schläger, die sich sofort auf sie gestürzt hätten. Die Voraussetzungen für eine erfolgreiche Auseinandersetzung waren denkbar ungünstig, daher ballte sie nur die Fäuste und mahnte sich zur Ruhe. Schließlich steckte Isaak das Messer weg und schnipste wieder mit den Fingern. Ein junger Mann lief aus dem Raum, ging durch eine Tür neben der Theke und kam gleich darauf mit einer kleinen Tüte wieder zurück.

»Das sind zwanzig Päckchen hochwertiger Koks.« Isaak nahm die Tüte und reichte sie Lennart. »Ich will siebzig Euro das Stück. Alles darüber kannst du behalten.« Er packte ihn am Arm. »Und verarsche mich nicht, Lennart, sonst finden sie dich und die Nutte aus besseren Kreisen klein geschnitten im Fluss.«

* * *

188

Alina hatte sich auf der Couch im Gästezimmer ausgestreckt und war froh, aus dem engen Kleid wieder heraus zu sein, aber ihre Füße schmerzten noch immer von den hohen Schuhen. Sie nippte an einem Bier, das Elias ihr gebracht hatte.

»Ich dachte, es ist aus, als Isaak sein Messer gezogen hat«, sagte sie. »Aber Lennart ist erstaunlich ruhig geblieben, sogar als er die Klinge direkt vor seinem Auge gehabt hat.«

»Auch wenn ich ihm immer noch nicht traue, hat er uns doch weitergebracht.« Elias hatte auf einem Sessel neben der Couch Platz genommen. »Einzig das macht mich nervös.« Er deutete auf die zwanzig Päckchen Kokain, die auf dem Tisch lagen.

»Das Zeug entsorgen wir gleich in die Toilette«, beruhigte Alina ihn.

»Und die vierzehnhundert Euro hole ich morgen aus dem Automaten«, sagte Elias. »Dann gehe ich noch ein paar Sachen einkaufen, damit die Scheine mit Wechselgeld durchmischt werden, für den Fall, dass die Bank die Seriennummern der Scheine hat.« Er hob die Hand, bevor Alina etwas sagen konnte. »Gerwald war sehr großzügig zu mir, daher brauchst du dir um meine Finanzen keine Sorgen zu machen.«

Sie trank einen Schluck Bier. Sie wusste, dass sie das Geld von Elias brauchte, aber sie fühlte sich trotzdem nicht gut dabei. »Bei Dimitrios machen sie Fortschritte, aber was ich so höre, sind die Ermittlungen bei Gerwalds Ermordung seit deiner Aussage kaum weitergekommen«, sagte Alina. »Die Mordkommission ist jetzt der Meinung, dass Gerwald die Mörder selbst hineingelassen hat, wie wir vorher auch schon vermutet haben. Es gibt jedoch keine Spuren außer von Gerwald, dir und den anderen Angestellten.«

»Wenn das Opfer seine Mörder selbst hereinlässt, ist das meiste für die Täter schon geschafft«, sagte Elias. »Spuren hinterlassen dann nur noch Amateure.«

»Wir finden den Mörder«, sagte Alina.

Elias nickte, klopfte auf den Tisch und stand auf. »Es ist schon Mitternacht durch und wir müssen morgen Abend wieder zu Isaak«, fuhr er fort. »Ein paar Stunden Schlaf werden uns guttun.«

Sie streckte sich gähnend. »Keine schlechte Idee.«

»Gute Nacht, Alina.« Er lächelte, als er sich verabschiedete.

»Eine gute Nacht auch dir«, sagte sie und ging ins Schlafzimmer.

Obwohl sie allein schon den Gedanken daran hasste, wieder das enge Kleid und die hohen Schuhe anziehen zu müssen, so war dies doch der einzige Weg, an Jacek heranzukommen. Und dafür war es ein geringer Preis.

* * *

Im ersten Moment hatte Elias die drei Tütchen mit Pralinen auf seinem Kopfkissen nicht bemerkt. Es sah aus wie der Gruß eines Hotelangestellten, der das Bett für die Nacht aufbereitet hatte. Doch die Putzfrau war heute nicht gekommen und die drei Schlüssel zum Haus waren in seinem Besitz.

Elias ging zur Kommode und zog eine Pistole heraus. Er musste in der Überwachungszentrale neben der Küche kontrollieren, ob die Sicherheitsvorkehrungen noch aktiv waren. Gerade als er das Zimmer verlassen wollte, klingelte sein Handy. Es war eine ihm unbekannte Nummer.

Elias nahm das Gespräch an, ohne etwas zu sagen.

»Hast du meinen süßen Gruß bekommen?«, fragte Nadja.

»Was soll der Mist?«, erwiderte er zornig. »Du sollst dich aus meinem Leben heraushalten.«

»Das war eine Erinnerung, zu was meine Leute in der Lage sind«, erklärte Nadja. »Selbst deine Sicherheitsanlage ist kein Hindernis für sie, daher gelangen sie auch leicht in eine Wohnung eines Mehrfamilienhauses. Und statt Pralinen können sie auch etwas anderes hinterlassen. Weiß, pulvrig und nicht so legal.«

»Du hast mein Wort«, sagte er mit unterdrückter Wut. »Also lass Alina aus dem Spiel.«

»Ich will mir nur deiner Loyalität sicher sein, denn der Auftrag kommt von sehr weit oben und wir können uns keinen Fehler erlauben.«

»*Du* kannst dir keinen Fehler erlauben.«

»Meine Auftraggeber sind sehr gründliche Menschen«, erwiderte Nadja. »Wenn es schiefgeht, löschen sie alle Spuren aus. Nicht nur mich oder dich, sondern alle Leute aus unserem Umfeld, und du weißt, was das für deine kleine Polizistin bedeutet.« Sie schien etwas zu trinken. »Die Zielperson kommt Samstagnacht an«, fuhr sie fort. »Wenn wir wissen, wo sie abgestiegen ist, musst du sie ausschalten.«

»Um wen handelt es sich?«

»Für den Auftrag unbedeutend.«

»Es ist immer hilfreich, seinen Gegner zu kennen.«

»Du wirst Hunderte Meter entfernt sein«, sagte Nadja. »Was spielt das für eine Rolle?«

»Gibst du mir jetzt Ratschläge, wie ich zu arbeiten habe?«

»Du bekommst gleich eine SMS mit der Beschreibung der Zielperson«, ignorierte Nadja Elias' Bitte. »Unter deinem Bett ist dein bevorzugtes G22A-Gewehr mit sechs Schuss Kaliber 300 Winchester hinterlegt. Aber ich würde dir empfehlen, gleich beim ersten Schuss zu treffen. Einen zweiten Versuch werden wir nicht bekommen. Und die Folgen eines Versagens habe ich beschrieben.«

»War es jemals anders?«, fragte Elias.

»War es nicht«, antwortete sie. »Also enttäusche mich nicht, sonst ist unser schönes Leben vorbei.«

* * *

Die Kneipe stank noch wie am Tag zuvor. Der Boden war unverändert klebrig, die Salzstangen hatten sich in den Bierpfützen aufgelöst und die Musik war auch nicht leiser geworden. Statt einer Flasche Champagner hatte Isaak nur ein Bier in der Hand, aber die Leute um ihn herum spurten noch genauso schnell wie gestern. Ein Fingerschnippen und die Musik erstarb.

Lennart ging zu Isaak und gab ihm den Umschlag mit dem Geld. Ohne ihn zu öffnen, reichte der Dealer ihn an eine Frau hinter ihm weiter, die sofort die Scheine herausnahm und zählte. Wahrscheinlich war alles über zehn zu anspruchsvoll für Isaak.

Es dauerte nicht lange, bis sich die Frau zu Isaak hinunterbeugte und ihm etwas ins Ohr flüsterte.

»Zwanzig Päckchen in nur einem Tag«, sagte er anerkennend zu Lennart. »Deine Bitch aus besserem Haus ist doch zu etwas zu gebrauchen.«

Er drehte sich zu einem jungen Mann, der kaum älter als sechzehn war, packte ihn an der Jacke und zog ihn zu sich herunter. »Siehst du das, du kleiner Stricher?« Er deutete auf den Umschlag mit Geld. »Selbst eine dumme Nutte setzt mehr um als du.« Isaak stieß ihn unsanft zu Boden. »Und jetzt verpiss dich, bis du deinen Kram verkauft hast.«

Der junge Mann stand auf, richtete hastig seine Jacke und rannte zum Hinterausgang hinaus.

Isaak erhob sich und deutete auf einen Tisch. »Dann lasst uns mal über das Geschäft reden.«

Er nickte der Frau hinter der Theke zu, als es plötzlich laut knallte und die Frontscheibe der Kneipe explodierte. Blitzschnell zog Isaak eine Pistole aus seinem Gürtel und sprang hinter die Couch. Seine Freunde suchten hektisch Schutz hinter Tischen, andere flohen durch die Hintertür.

Alina warf den Tisch um, packte Lennart am Kragen und riss ihn in Deckung. »Das war ein Schuss aus einer Schrotflinte«, sagte sie.

Weitere Schüsse folgten. Ein Seitenfenster ging zu Bruch und zwei muskulöse Männer in Overalls und mit Skimasken sprangen durch die Öffnung. Sie hatten Pistolen in der Hand und eröffneten sofort das Feuer in Richtung Isaak, der vorsichtig den Kopf über die Lehne gehoben hatte. Die Schüsse der Pistolen donnerten laut.

»Verdammte Scheiße!«, schrie Lennart und schlang die Arme um den Kopf.

»Das sind 45er«, rief Alina über den Lärm. »Die durchschlagen unseren Tisch wie Papier. Wir müssen uns eine bessere Deckung suchen.« Sie entledigte sich ihrer hochhackigen Schuhe.

Glücklicherweise waren die Angreifer auf Isaak konzentriert, der das Feuer erwiderte, sodass die Männer auf ihn fixiert blieben und hinter zwei Säulen Schutz suchen mussten.

»Jetzt schnell!« Alina packte Lennart erneut am Kragen und zog ihn mit sich. Sie sprinteten vom Tisch zur Theke und sprangen darüber. Glücklicherweise standen weder Flaschen noch Gläser darauf. Im selben Moment donnerte die Schrotflinte vor der Tür wieder los. Holzstücke flogen in den Raum. Irgendjemand erwiderte das Feuer.

»Das ist ein verdammter Krieg!«, schrie Lennart.

Die beiden Maskierten hinter der Säule bekamen Verstärkung. Ein weiterer Vermummter sprang durch das kaputte Fenster und schoss mit einer Uzi. Die Couch wurde in Fetzen gerissen, aber die Rückwand blieb unverändert stabil. Wahrscheinlich hatte Isaak für genau diesen Fall eine Metallplatte angeschraubt.

Das Feuer der Maschinenpistole nutzend, rannte einer der Angreifer zur Theke, um Isaak auch von hier aus beschießen zu können. Er sprang darüber und landete direkt auf Lennart. Der Angreifer war einen Moment ebenso überrascht wie Lennart. Dieser versuchte, von dem Mann wegzukommen, aber der

Schütze hatte seinen Schreck schneller überwunden, hob die Pistole und zielte auf Lennarts Kopf.

»Ich gehöre nicht zu …«, begann Lennart, als dem Mann eine Whiskyflasche auf den Hinterkopf geschlagen wurde. Das Glas zerbarst und der Mann brach zusammen. Er zuckte noch einmal und lag dann still.

Alina kroch zu ihm, nahm seine Pistole und überprüfte die Munition. »Jetzt bin ich wieder im Spiel«, sagte sie zufrieden.

Lennart schob den ohnmächtigen Mann von sich herunter. »Da-danke«, stammelte er leichenblass.

»Du kannst mir danken, wenn wir lebend hier raus sind.« Sie sah an der Theke vorbei. »Das wird nicht leicht.« Isaak musste hinter der kugelsicheren Couch Munition und weitere Pistolen gelagert haben, denn er schoss ohne Unterlass, sodass die beiden Angreifer weiter hinter der Säule Schutz suchen mussten.

Alina legte sich auf den Boden und nahm einen der Schützen ins Visier. Er war auch zu ihrer Seite hin gut verborgen, aber sie konnte einen Schuh sehen und schoss. Der Mann sank schreiend auf die Knie und ließ seine Uzi fallen. Er verlor die Deckung durch die Säule, sodass Isaak ihn in den Kopf traf. Teile der Stirn wurden weggerissen und das Blut spritzte bis zur Wand.

»Da war es nur noch einer«, murmelte Alina.

Ein weiterer Mann kam durch das Fenster gesprungen, nur war es kein Vermummter, sondern Elias. Er hob seine Waffe und schoss dem verbliebenen Angreifer eine Kugel ins Knie. Der Mann sank brüllend zu Boden und wälzte sich vor Schmerz. Elias lief zu ihm und versetzte dem Vermummten einen harten Hieb ins Gesicht, der ihn zum Schweigen brachte.

Als Elias Alina am Boden liegen sah, die Waffe im Anschlag, nickte er ihr zu. Sie hob den Daumen.

Auf den Moment Feuerpause schien Isaak gewartet zu haben, denn er erhob sich und hastete zum Hinterausgang.

Alina fluchte und stand auf. »Er ist unsere Fahrkarte zu Jacek«, sagte sie zu Elias. »Wir brauchen ihn.«

»Kannst du ohne Schuhe laufen?« Er deutete auf ihre nackten Füße.

»Versuchen wir es«, antwortete sie und rannte zur Tür hinaus.

KAPITEL 12

Isaak sprintete durch eine Gasse auf eine Nebenstraße in westliche Richtung, auf der um diese Zeit keine Autos mehr fuhren. Glücklicherweise lag auf der Straße wenig Unrat, sodass Alina dem Dealer barfuß folgen konnte. Aber eine Scherbe oder ein Nagel hätte ihre Jagd abrupt beendet.

»Wir brauchen ihn lebend!«, rief sie Elias zu, als dieser die Pistole auf Isaak anlegte.

»Erst mal müssen wir selbst am Leben bleiben!«, rief er zurück. »Unser Freund ist bewaffnet und hat keine Skrupel, Leute zu erschießen.«

Die Kälte schmerzte auf ihren Sohlen, aber Alina biss die Zähne zusammen und konzentrierte sich nur auf Isaak.

»Der Mistkerl ist schnell«, fluchte sie. Sie waren schon hundert Meter gelaufen und hatten kein Stück aufgeholt. Isaak rannte weiter, ohne müde zu werden. Er hatte einen Rucksack über der Schulter, in dem wahrscheinlich Kokain und Geld waren.

»Was ist da draußen passiert?«, fragte Alina. »Wer waren die Typen?«

»Ich habe mich in der Nähe der Kneipe aufgehalten, als ein SUV angerauscht kam.« Elias sah kurz nach rechts, als sie über eine kleine Kreuzung liefen. »Bevor er richtig zum Stehen gekommen ist, sind zwei Typen mit Schrotflinten rausgesprungen und haben losgeschossen. Einen Biker hat es erwischt, der Rest ist in Deckung gesprungen. Drei weitere Vermummte aus dem Auto sind zum Seitenfenster rein.« Ein Auto hupte, als es ihretwegen die Spur wechseln musste. »Als die Biker das Feuer

196

erwidert haben, ist der eine Typ mit der Schrotflinte wegge-
rannt und die Biker hinterher. Das habe ich genutzt, um durch
das Fenster zu springen.«

»Wir sind in eine Schießerei zwischen Drogengangs geraten«, sagte Alina keuchend. »Die waren hinter dem Koks und
dem Geld her.«

Isaak wechselte die Straßenseite und rannte zu einer Tank-
stelle, bei der ein älterer Herr gerade die Frontscheibe seines roten Mazda säuberte. Der Dealer kam von der Seite und rammte
ihn mit der Schulter vom Auto weg. Dann sprang er auf den
Fahrersitz, startete das Auto und fuhr los. Den Wischer in der
Hand, sah ihm der Besitzer fassungslos hinterher.

»Verdammt«, fluchte Alina und wurde langsamer. Zu Fuß
hätten sie den Mazda nur bei dichtem Berufsverkehr einholen
können, aber es waren kaum Autos auf der Straße. Um diese
späte Abendzeit konnte Isaak in wenigen Minuten überall sein.

Es brummte laut, als sich von hinten eine Harley näherte.
Alina und Elias wirbelten herum und legten auf den Fahrer an,
den sie im nächsten Moment erkannten. Lennart hatte zwar
Probleme, die Maschine gerade zu halten, aber an seinem breiten Grinsen erkannte Alina, dass er offensichtlich Spaß hatte.

»Braucht ihr eine Mitfahrgelegenheit?«, fragte er und hielt
neben den beiden an. »Die stand einfach so rum.«

»Kannst du das Ding fahren?«, wandte sich Elias an Alina.

Noch im Nicken sprang sie vor Lennart auf das Motorrad.
Während ihr Elias seine Jacke um die Schultern legte, rutschte
ihr alter Schulkamerad nach hinten.

»Ruf an, wenn ihr ihn gefunden habt«, sagte Elias und
steckte ihr das Handy in die Jacke. »Ich komme sofort nach.«
Er rannte zurück zur Kneipe.

»Dann mal los.« Lennart schlang die Arme um ihre Taille
und gemeinsam nahmen sie die Verfolgung des Mazda auf.

* * *

Isaak schien seine Angst noch nicht abgelegt zu haben. Er raste mit dem Mazda dahin, ohne auf andere Verkehrsteilnehmer zu achten. Trotz der Jacke ließ der kalte Fahrtwind Alina frösteln, aber die Aussicht, Jacek zu finden, ließ sie den Schmerz vergessen. Sie konzentrierte sich auf das leuchtend rote Auto vor ihnen. Isaak überquerte die Walddörferstraße mit über siebzig Stundenkilometern, überholte einen Bus und schoss auf den Friedrich-Ebert-Damm, ohne auf die rote Ampel zu achten. Er war fast auf der anderen Seite, als er von einem Lkw gerammt wurde, der von rechts gefahren kam. Der Mazda überschlug sich, prallte an einen Baum auf dem Mittelstreifen und blieb auf der Gegenfahrspur liegen.

Alina bremste die Harley ab und sprang mit Lennart vom Motorrad.

»Ich hatte Grün«, stammelte der Lkw-Fahrer mit bleichem Gesicht und lief zu dem Auto.

»Rufen Sie einen Krankenwagen«, sagte Alina.

Der Mann nickte und holte mit zittrigen Fingern das Handy aus der Hosentasche.

Das Auto hatte Totalschaden. Alina erkannte Blut an der zersprungenen Frontscheibe und zog an der Fahrertür, aber das Blech war zu sehr verbogen, als dass es sich öffnen ließ.

»Zur Seite«, hörte sie Lennart. Er hatte einen losen Pflasterstein aufgehoben und schlug das Seitenfenster ein.

Isaak war bewusstlos, Blut lief über sein Gesicht. An seiner Stirn klaffte eine große Platzwunde und die Nase schien gebrochen zu sein. Sein rechtes Bein war verdreht und sein linker Arm hing schlaff hinunter.

»Das Benzin läuft aus«, warnte Lennart.

»Wir müssen ihn rausholen.« Alina griff mit beiden Armen unter die Achselhöhlen des Verletzten, schob seinen linken Arm auf den Bauch und zog ihn daran aus dem Fahrzeug.

Lennart griff unbeholfen nach dessen Hemdkragen und zog mit. »Mann, ist der schwer«, stöhnte er, aber schließlich gelang es ihnen gemeinsam, Isaak aus dem Mazda zu befreien und auf dem Gehweg abzulegen. Weitere Autos hatten angehalten und ein Mann mit einem Verbandskasten kam zu ihnen gelaufen.

Alina wollte Isaaks Wunden genauer ansehen, aber Lennart zog sie weg. »Der Krankenwagen wird gleich kommen, und hier sind genug Leute, die sich um ihn kümmern«, flüsterte er ihr zu. »Wir müssen weiter.«

Alina deutete auf den ohnmächtigen Isaak. »Wir haben keine Ahnung, wo er hinwollte.«

Lennart holte unauffällig ein Handy aus seiner Tasche. »Doch, wissen wir.« Er zeigte ihr eine Navigations-App, die immer noch aktiv war.

»Du hast sein Handy genommen?«

»Und seinen Rucksack.« Er deutete unter seine Jacke.

Alina hob den Finger und wollte etwas sagen, aber Lennart kam ihr zuvor. »Vergiss für einen Augenblick, dass du Polizistin bist, und denke an das große Ganze«, sagte er. »Wir haben nur diese Chance, Jacek zu finden. Wenn du die Krankenschwester spielst, verlieren wir ihn.«

Alina sah zu dem verletzten Dealer zurück. Der Mann mit dem Verbandskasten hatte sich neben ihn gekniet und hielt ein steriles Tuch auf die blutende Stirnwunde. Im Hintergrund hörte sie die Sirenen eines Krankenwagens. »Also gut«, sagte sie schließlich und riss sich von dem Anblick los. »Suchen wir Jacek.«

* * *

»Sie haben Ihr Ziel erreicht«, sagte die Frauenstimme und Alina lenkte die Harley an den Straßenrand. Sie standen vor einem unauffälligen Mehrfamilienhaus in einer Wohngegend, nicht weit vom Friedrich-Ebert-Damm. Es war ruhig. Niemand war auf der Straße und nichts deutete auf einen möglichen Unterschlupf eines Dealers hin.

»Vielleicht wohnt Jacek hier«, vermutete Alina.

»Das wäre ausgesprochen dumm, mit Drogen und Bargeld dorthin zu fahren«, sagte Lennart. »Es wird eher ein Treffpunkt sein.« Er zeigte Alina eine Nachricht auf Isaaks Handy. **Bin unterwegs**, stand dort.

»Die hat er kurz nach dem Klau des Mazda geschrieben.« Lennart scrollte nach oben. **Sind aufgeflogen**, konnte man lesen.

»Wer immer die beiden Nachrichten erhalten hat, hat nicht geantwortet, aber der Status ist auf ›Gelesen‹«, sagte Alina.

»Wir müssen uns gedulden«, sagte Lennart. »Irgendjemand wird kommen.«

Alina nahm ihr Handy und gab die Adresse per SMS an Elias durch. »Kennst du diese Gegend?«, fragte sie ihren alten Schulkameraden.

»Hier war ich noch nie, und ich habe auch keine Ahnung, was hier sein soll.« Er drehte sich einmal um die eigene Achse. »Hier leben keine mir bekannten Hehler, herrscht keine Gang oder treiben sich andere dubiose Gestalten herum.«

»Genau deshalb ist es ein guter Treffpunkt«, sagte Alina. Sie rieb sich die nackten Beine und lief auf der Stelle, um sich aufzuwärmen.

Es dauerte fünf Minuten, bis Elias angefahren kam. Zitternd rannte sie zum Kofferraum des Wagens, gab Elias seine Jacke zurück und zog eine Hose und einen Pullover über das Kleid. Nachdem sie in ihre Jacke, Socken und Schuhe geschlüpft war, seufzte sie zufrieden. Noch eine Minute länger und sie wäre erfroren. Wahrscheinlich würde sie die nächsten Tage im Bett verbringen, aber wie es aussah, hatten sie den geheimen

Treffpunkt von Isaaks Lieferanten gefunden, daher war es dieses Opfer wert gewesen.

Alina hatte gerade Elias von dem Unfall erzählt, als sie den lauten Motor eines Sportwagens vernahmen. Gerade noch rechtzeitig sprangen sie hinter ein Auto, bevor ein getunter Mustang die Straße heranfuhr und nahe der Harley hielt. Zwei Männer stiegen aus dem Auto und gingen um das Gebäude in den Hof.

»Jacek.« Alina ballte die Fäuste, als sie den Beifahrer erkannte. Er wirkte nicht mehr so ruhig und hilfsbereit, wie sie ihn kennengelernt hatte, eher wütend und grimmig, als hätte ihn jemand geweckt oder bei etwas Wichtigem gestört. Wie gern hätte sie den verhängnisvollen Kampf in Dimitrios' angeblichem Versteck unter faireren Bedingungen wiederholt, aber beide Männer trugen Pistolen im Hosenbund und waren wahrscheinlich ähnlich schießwütig wie Isaak. Einzig die frische fingerlange Narbe an seiner Wange besänftigte ihre Wut. Also hatte sie wirklich etwas getroffen, als sie in dem düsteren Raum um sich geschossen hatte.

Als die Männer außer Sicht waren, erhoben die drei sich aus ihrer Deckung.

»Was sollen wir machen?«, fragte Lennart. »Die beiden sind bewaffnet.«

»Mit dem Moment der Überraschung bekommen wir sie überwältigt«, sagte Elias.

»Wir haben keinerlei offizielle Befugnis«, erinnerte ihn Alina. »Wir können nicht irgendwo hineingehen, rumballern und hoffen, dass Jacek ein Geständnis zu meinen Gunsten ablegt. Wir brauchen handfeste Beweise, auf die wir die Polizei stoßen können. Und die sollten wir möglichst legal gefunden haben.«

»Wie willst du das anstellen?«, fragte Elias. »Reden werden die beiden nicht mit uns. Und es wird nicht lange dauern, bis sie merken, dass Isaak nicht kommen wird.«

»Wir müssen hören, was sie zu besprechen haben«, sagte Alina. »Dann verfolgen wir Jacek zu seinem Unterschlupf. Zusammen mit der Aussage von Bilal kriegen wir ihn wegen des Überfalls auf mich dran. Falls er in seiner Wohnung noch Kokain und Drogengeld aufbewahrt, wird er vielleicht kooperativer und erzählt, warum er mich angegriffen hat.«

»Und wenn er in den Bau marschiert und nichts sagt, haben wir zwar einen deiner Angreifer gefasst, stehen aber weiter ohne Hinweise da«, sagte Elias. »Wir müssen ihn erst selbst befragen«, beharrte er. »Danach können wir ihn immer noch der Polizei ausliefern.«

Alina kratzte sich nachdenklich am Kopf. »Erst müssen wir Jaceks Unterschlupf finden, daher solltest du dich ins Auto setzen und ihn verfolgen, wenn er wegfährt«, wandte sie sich an Elias.

»Es gibt eine bessere Methode.« Lennart nahm sein Handy aus der Tasche. »Wir aktivieren hier die GPS-Ortung und spielen auf Elias' Handy eine Such-App auf. Sobald wir die für meine Nummer freischalten, funktioniert das Handy wie eine Wanze und wir können auf Abstand bleiben.«

»Und wenn er das Telefon findet, kann er es zu dir zurückverfolgen«, warnte Alina.

»Also bitte«, sagte Lennart. »Du glaubst doch nicht wirklich, dass der Vertrag auf mich läuft.«

»Ich habe Industrieband im Auto.« Elias reichte Lennart sein Handy und ging zu seinem Wagen.

»Während ihr das Auto verwanzt, schleiche ich mich nach hinten und versuche, etwas herauszufinden. Vielleicht plaudern die beiden über etwas Interessantes.« Bevor Lennart etwas erwidern konnte, lief Alina schon in gebeugter Haltung zu dem Haus und folgte den Männern in den Hof.

Jacek und der Unbekannte standen vor einer Kellertreppe, die mit einem Gitter versperrt war. Alina verbarg sich hinter einem Müllcontainer und beobachtete die beiden. In der

Rechten hielt Jacek ein Handy mit eingeschalteter Taschenlampenfunktion und mit der Linken werkelte er fluchend an einem Zahlenschloss. Das Licht flackerte, als würde seine Hand zittern. Schließlich schien Jacek die richtige Kombination eingestellt zu haben, denn er riss das Schloss von der Kette und warf es wütend in den Hof. Er drehte sich noch einmal um, bevor er die Stufen nach unten lief, bemerkte Alina in ihrem Versteck aber nicht. Sein Fahrer folgte ihm mit gezogener Pistole.

Alina hörte eine Tür sich quietschend öffnen und wieder schließen. Sie schlich näher zu dem Abgang und erblickte eine massive Metalltür. Davor lag allerlei Unrat, als würde dieser Unterschlupf nicht oft benutzt werden. Es schien sich nicht um eine Wohnung, sondern eher um einen Abstellraum zu handeln. Lautlos drückte sich Alina an der Hauswand entlang in der Hoffnung, ein Kellerfenster zu finden, durch das sie die Männer belauschen konnte.

»Wo bleibt dieser Penner?«, hörte sie Jacek laut rufen. Der andere Mann antwortete etwas, sprach aber zu leise, als dass sie es verstehen konnte. Eine Minute später wurde die Tür aufgerissen und die beiden rannten die Treppe wieder nach oben. Sie knallten das Gitter zu und ließen das Vorhängeschloss auf dem Boden liegen.

Alina trat tiefer in die Schatten und unterdrückte einen Fluch. Hoffentlich hatten Lennart und Elias schnell gearbeitet. Sonst würden sie Jacek und seinem Fahrer direkt in die Arme laufen.

* * *

»Verdammt, war das knapp«, sagte Lennart, als sie dem Signal auf Elias' Handy folgten. »Ich hatte gerade den letzten Streifen Industrieband befestigt, als Jacek aus dem Hof gelaufen kam. Glücklicherweise war der SUV dahinter hoch genug, dass ich mich darunter verstecken konnte, sonst hätten die mich entdeckt.«

»Was ist da drin passiert?«, fragte Elias.

»Nichts«, erwiderte Alina. »Die beiden haben kurz gewartet und sind dann wieder hoch.«

»Dem Fahrweg nach hätte Isaak längst auf sie warten müssen«, sagte Lennart. »Sie sind sicher misstrauisch geworden.«

»Wie kann ein Polizist so abrutschen?«, fragte Alina. »Vom V-Mann zum Kokaindealer und Beinahemörder einer Polizistin.«

»Du hast gesehen, was man mit Drogen verdienen kann«, antwortete Lennart. »Isaak wird am Tag mehr Umsatz gemacht haben, als du im Monat verdienst. Was glaubst du, woher er das Geld für den Lamborghini hatte?«

»Man geht nicht zur Polizei, wenn man nicht einen grundsätzlichen Glauben an Richtig und Falsch hat«, sagte Alina.

»Jacek war kein Streifenpolizist wie du«, sagte Lennart. »Als V-Mann wird er gesehen haben, wie das Leben als Drogendealer ist.«

»Das ist mir zu einfach«, sagte Alina. »Wenn schon wir erfahren haben, dass Jacek in die Szene eingeschleust wurde, wussten es auch die harten Jungs auf der Straße. Niemand traut einem ehemaligen Polizisten, auch wenn er hundert Mal beteuert, dass er nicht mehr für die Behörde arbeitet. Ich wundere mich, dass ihm nicht schon jemand eine Kugel in den Kopf geschossen hat.«

»Vielleicht hatte er keine Wahl«, sagte Elias.

Alina sah fragend zu ihm.

»Ein ranghoher Dealer hat herausgefunden, dass Jacek ein V-Mann ist, und ließ ihn entscheiden«, sagte Elias. »Entweder tot oder er wechselt die Seiten und gibt all sein Wissen über das LKA preis.«

»Dann hätte er aber bei der Polizei bleiben können.«

»Vielleicht hat die auch von seinem Wechsel erfahren«, schlug Lennart vor.

Alina atmete hörbar aus. »Spekulationen helfen uns nicht weiter. Wir müssen Jacek persönlich befragen.«

»Noch ist er in Bewegung«, sagte Lennart. »Wir warten, bis er zu Hause ist.« Sie fuhren an Dulsberg und am Bundeswehrkrankenhaus vorbei und über die Bramfelder Chaussee bis nach Steilshoop.

»Tritt aufs Gas«, sagte Lennart.

»Was ist los?«, fragte Elias und beschleunigte das Auto.

»Er fährt zum Gropiusring«, erklärte Lennart. »Wenn er zwischen den Hochhäusern sein Auto abstellt, finden wir ihn nie.« Er reichte Elias das Handy.

Sie kamen an einem Einkaufszentrum vorbei, als der Mustang rechts auf einen großen Parkplatz einbog. Elias fuhr an Jacek vorüber zu einem Kreisverkehr am Gropiusring.

»Wir müssen ihm hinterher«, sagte Alina, woraufhin Elias das Auto an den Seitenstreifen lenkte. »Haltet eure Köpfe unten«, sagte sie beim Aussteigen. »Ich bin gleich zurück.«

* * *

Die Gegend um die Hochhäuser war schlecht beleuchtet, was es Alina leichter machte, sich zu verstecken. Auf einem Spielplatz in der Nähe lärmte eine Gruppe Jugendlicher, sonst war niemand auf der Straße. Sie sah Jacek und den zweiten Mann in der Nähe des Parkplatzes in ein Gespräch vertieft. Die beiden wirkten ruhig und entspannt. Dann nickte Jacek dem Mann zu und ging zu einem Wohnblock, während der andere zum Mustang zurückkehrte.

Alina stellte sich neben einen Baum und beobachtete Jacek aus sicherer Distanz. Ihr Angreifer war auf sein Handy fixiert, als er zum Haus spazierte, abwesend einen Schlüssel aus der Tasche zog und die Tür öffnete. Die Beleuchtung im Treppenhaus ging an. Alina stellte sich vor den Häuserblock, damit sie alle Wohnungen im Blick behalten konnte. Es dauerte eine Minute, dann wurde es im siebten Stock hell.

Sie machte noch ein Foto mit dem Handy und ging zurück zum Auto. Jetzt wussten sie, wo Jacek wohnte.

* * *

»Wie gut kennst du dich mit dem Knacken von Schlössern aus?«, wandte sich Alina an Lennart, als sie zurück im Auto war.

»Meine Stärken liegen woanders, aber für einen solchen Wohnblock genügt es.«

»Ins Haus zu gelangen, ist kein Problem«, sagte Alina. »Wahrscheinlich auch in seine Wohnung, aber wir müssen Jacek überwältigen und der wird in jedem Schrank eine Pistole haben.«

»Wir nutzen den kommenden Tag zur Vorbereitung und brechen am nächsten Morgen vor Sonnenaufgang ein«, schlug Elias vor. »Typen wie er sind eher nachtaktiv und stehen kaum vor Mittag auf. Gegen fünf Uhr erwischen wir ihn vielleicht in seiner Tiefschlafphase und im Haus ist noch nichts los.«

»Wenn wir ihm Handschellen anlegen können, ist der Kampf schon gewonnen«, erklärte Lennart.

»Ich würde eine subtilere Methode vorschlagen«, warf Alina ein. »Wir schleichen uns hinein und betäuben ihn mit Chloroform.«

»Auch eine Möglichkeit«, sagte Elias. »Aber von dem Moment, in dem ihm der Lappen aufs Gesicht gepresst wird, bis zum Einsetzen der Wirkung dauert es ein paar Sekunden und das könnte schwierig werden.«

»Nicht, wie ich es mache«, erwiderte sie.

»Und nach der Befragung sollten wir ihm Benzodiazepine einflößen«, ergänzte Lennart.

* * *

»K.o.-Tropfen?«, wunderte sich Alina. »Sobald er vom Chloroform betäubt ist, fesseln wir ihn. Dann braucht es das nicht mehr.«

»Ich meine das nicht, um ihn zu betäuben, sondern um seinen Widerstand zu brechen. Zusätzlich hat dieses Zeug die Nebenwirkung, dass das Opfer die Vorfälle vollständig vergisst. Jacek wird sich an unseren Besuch nicht mehr erinnern.«

»Und wo willst du K.-o.-Tropfen herbekommen?«, fragte Alina.

»Da kenne ich genug Typen.« Lennart winkte ab. »Die haben auch Chloroform im Angebot. Du solltest dir eher überlegen, wie wir die Wahrheit aus Jacek herausbekommen.«

»Das ist nur eine Frage der Schmerzgrenze«, sagte Elias.

»Wir werden ihm nicht die Knochen brechen«, widersprach Alina. »Erstens widerstrebt mir so etwas, und zweitens zeigt die Erfahrung, dass Menschen unter Folter alles zugeben. Wir benötigen die Wahrheit, und das muss nicht das sein, was wir hören wollen.«

»Auch wenn ich deinen Einwand verstehe, fällt mir keine andere Methode ein, etwas aus einem Schläger wie Jacek herauszubekommen«, sagte Lennart.

»Ich bin im Geiste hundert Mal den Überfall durchgegangen in der Hoffnung, den zweiten Angreifer identifizieren zu können. Dabei habe ich mich an eine Sache von Jacek erinnert, als wir nach oben gegangen sind.« Sie lächelte Elias an. »Und wenn ich recht behalte, wird er uns alles erzählen, was wir wissen wollen, ohne dass wir ihm ein Haar krümmen müssen.«

KAPITEL 13

Elias war dankbar, dass sie bis so spät in der Nacht aktiv gewesen waren; so konnte er sicher sein, dass Alina lange und tief schlafen würde. Er konnte das Grundstück verlassen, ohne dass er sie anlügen musste. Das hätte alles noch schwerer gemacht.

Es war immer noch kalt, aber Elias machte der Frost nichts aus. Er war ihm lieber als die Schwüle des Dschungels oder die sengende Hitze in den Wüsten. Am Horizont konnte er die Sonne aufgehen sehen, in einem warmen Rot, wie die Aussicht auf einen schönen Tag.

Als er zum Gästehaus sah, hoffte er, dass es nicht sein letzter Morgen sein würde. Das Leben schien ihm gerade wieder etwas Hoffnung geschenkt zu haben, doch die schwere Tasche in der Hand erinnerte ihn an seine Aufgabe.

»Es tut mir leid«, sagte er bedauernd in Richtung von Alinas Schlafzimmer. Dann drehte er sich vom Gästehaus weg und ging zum Auto.

* * *

Als Alina in die Küche kam, drang vom Fitnessraum das markante Geräusch auf den Sandsack einschlagender Fäuste zu ihr herüber. Sie bewunderte Elias für seine Disziplin, denn sie fühlte sich noch immer müde von ihrer gestrigen Jagd. Ihre Füße schmerzten, ihr Hals war rau und trotz der Stunden im warmen Bett fror sie noch immer.

Sie schaltete den Fernseher an und schenkte sich ein Glas Milch ein. Das laufende Programm war von einer

Sondersendung unterbrochen. Die Kamera eines Hubschraubers war auf eine Villa irgendwo an der Binnenalster gerichtet. Die Gegend war großräumig abgesperrt und sie erkannte die Männer von der Kriminaltechnik an ihren weißen Overalls. Ein Text lief unter dem Bild: »Georgischer Diplomat in Hamburg erschossen!«

Sie verfolgte die Sendung eine Minute, als Elias hereinkam. Er war nass geschwitzt und wischte sich das Gesicht mit einem Handtuch ab. »Guten Morgen«, sagte er freundlich.

»Nicht nur bei uns war etwas los.« Sie deutete auf den Fernseher.

»Wahrscheinlich wieder ein Streit der Geheimdienste, der in Deutschland ausgetragen wird.« Er winkte ab und schaltete das Gerät aus. »Wir sollten uns nicht ablenken lassen und uns auf den Einbruch morgen früh konzentrieren«, sagte er ungewöhnlich ernst.

»Lass mich erst frühstücken und duschen«, erwiderte Alina. »Dann bin ich zu allem bereit.«

»Duschen ist eine gute Idee.« Elias ging aus der Küche. »Wir sehen uns gleich.«

Einen Moment überlegte Alina noch, ob sie die Sondersendung weiter ansehen sollte. Dann zuckte sie die Achseln und schlenderte zurück ins Gästehaus. Elias hatte recht.

Morgen früh um fünf durfte nichts schiefgehen oder all ihre Mühen waren umsonst gewesen.

* * *

Das Schloss am Eingang zum Wohnblock hatte Lennart in wenigen Sekunden geknackt. Alina wunderte sich, wie leicht man in ein solches Gebäude gelangen konnte. Einbruchssichere Schlösser waren keine teure Investition mehr, aber heute war sie dankbar, dass die Wohnungsbaugesellschaft nachlässig gewesen war.

Unter den Briefkästen lagen Werbebroschüren auf dem Boden, ansonsten vermittelte der Eingangsbereich einen sauberen Eindruck. Die Wände wirkten frisch gestrichen, der Fahrstuhl war intakt und es roch nach dem künstlichen Zitronenduft eines Bodenreinigers.

Die drei wirkten wie normale Bewohner, einzig die Skimasken in ihren Taschen passten nicht dazu. Alina hatte außerdem ihren Schlagstock und zwei Paar Handschellen eingesteckt. Elias trug für alle Fälle eine Pistole unter der Jacke. Lennart hatte einen Beutel mit dem Chloroform, den K.-o.-Tropfen und einem Elektropicker in der rechten Hand und eine abgedeckte Holzkiste in der Größe eines Schuhkartons in der anderen.

Die Straßenlaternen spendeten genug Licht, dass sie die Beleuchtung des Treppenhauses nicht anschalten mussten. Obwohl sie ohne Eile die Stufen hochgingen, begegnete ihnen zu dieser frühen Stunde niemand. Im siebten Stock hielten sie an.

Alina schritt zu einer Holztür ohne Namensschild. Sie verglich die Lage der Wohnung mit dem Foto, das sie in der Nacht vor dem Haus geschossen hatte. »Hier müsste es sein«, flüsterte sie.

Lennart ging in die Hocke und beleuchtete das Schloss mit der Taschenlampe seines Handys. Nach einem Moment hob er den Daumen und holte seinen Elektropicker aus dem Beutel. Das Gerät erinnerte äußerlich an eine Klebepistole, nur war an seiner Spitze ein Draht angebracht, der durch einen Motor in starke Vibration gesetzt wurde, damit die Stifte im Schloss nach oben getrieben wurden. Wenn man zugleich einen Spanner einführte, konnte man diesen wie einen Schlüssel drehen.

Lennart zog seine Jacke aus, führte den Draht ins Türschloss und legte die Jacke über das Gerät, um jeglichen Lärm zu vermeiden. Er drehte sich zu Alina um, die ihm mit einem Heben der Hand anzeigte zu warten.

211

Sie legte ihr Ohr an die Tür und schloss die Augen. Es war still in der Wohnung. Kein angeschalteter Fernseher, keine Musik oder fließendes Wasser.

Alina trat von der Tür weg und zog ihren Schlagstock. Sie wollte es eigentlich nicht auf eine Prügelei ankommen lassen, aber die Waffe gab ihr Sicherheit, schließlich drangen sie in die Wohnung eines bewaffneten Drogendealers ein, der beinahe auch sie getötet hätte.

Elias legte ihr die Hand auf die Schulter und deutete mit dem Finger auf ihr Gesicht. Sie holte die Skimaske aus der Jackentasche und zog sie über. Lennart und Elias taten es ihr gleich.

Dann nickte sie.

Der Elektropicker war leise, dennoch hätte Jacek das Rattern des Drahtes in der Wohnung hören können, falls er nicht eingeschlafen war. Es dauerte zehn ewig anmutende Sekunden, bis Lennart den Spanner drehen konnte und sich die Tür einen Spaltbreit öffnete. Er zog das Gerät vorsichtig aus dem Schloss heraus und schlüpfte wieder in die Jacke.

Die drei verharrten einen Moment, aber es blieb ruhig. Keine Schritte, keine Stimmen. Lennart stieß die Tür vollständig auf. Es war dunkel, daher schaltete er die Taschenlampe seines Handys wieder an. An einer Garderobe hingen drei Jacken, Schuhe waren auf dem Boden verteilt und ein leerer Bierkasten stand neben einer Kommode. Alles wirkte normal, bis sie das Holster mit einer Pistole auf der Kommode liegen sahen. Daneben eine halb volle Schachtel Munition.

Elias hob den Daumen. Wenn es nicht noch mehr schießwütige Bewohner in diesem Häuserblock gab, schienen sie Jaceks Wohnung gefunden zu haben. Er stieg vorsichtig über die Schuhe hinweg und deutete nach rechts zu einem Raum, dessen Tür angelehnt war. Alina vernahm leises Schnarchen.

Vorsichtig zog sie ihren Schlagstock aus, lehnte ihn neben sich an die Wand und nahm Lennart den Beutel ab. Sie träufelte

212

etwas von dem Chloroform auf einen Stoffffetzen, wobei sie die Flüssigkeit weit von sich weghielt, um nichts davon einzuatmen. Sie legte den Stoff auf die Spitze des Schlagstocks und öffnete behutsam die Tür.

Elias zog seine Waffe und stellte sich daneben, während Lennart in das Zimmer leuchtete.

Jacek lag auf dem Bett. Er trug nur eine zerschlissene schwarze Unterhose und hielt eine leere Bierflasche in der Hand. Seine Augen waren geschlossen und er schnarchte leise.

Alina trat zwei Schritte näher und streckte den Schlagstock nach vorne, bis das Stofftuch eine Handbreit über Jaceks Gesicht war, ohne es zu berühren. Der Mann rümpfte die Nase, wachte aber nicht auf. Es dauerte nicht lange, bis das Schnarchen aufhörte und der Kopf zur Seite fiel.

Alina zog den Schlagstock zurück. »Er ist bewusstlos«, sagte sie erleichtert und nahm ihre Handschellen. »Gleich werden wir ihn aus seinem Tiefschlaf holen, und er wird nicht erfreut sein, uns zu sehen.«

* * *

Eine Ladung kalten Wassers holte Jacek jäh aus dem Schlaf. Er fuhr mit einem Aufschrei von dem nassen Kissen hoch, aber seine Handgelenke waren an den Bettpfosten gefesselt und seine Beine mit einem Tuch zusammengebunden. Das Licht im Schlafzimmer war angeschaltet und drei Gestalten mit Skimasken standen vor ihm.

Er fühlte sich wie benebelt und schüttelte den Kopf. »Was soll der Scheiß, ihr Wichser?«, fuhr er auf und zog an den Handschellen.

Eine der Gestalten hielt eine Pistole auf ihn gerichtet und legte den Finger an den Mund. »Bitte nicht herumschreien«, sagte der kräftig gebaute Mann. »Wir wollen nicht die Nachbarn wecken.«

Jacek kannte die Stimme nicht. »Zu wem gehört ihr?«, sprach er leiser weiter. Er musste Zeit gewinnen, um aus einer der Handschellen herauszukommen. Im Nachttisch lag eine geladene P8. Die würde für alle drei reichen.

»Wir verfolgen unsere eigenen Interessen«, sagte eine Frau mit kratziger Stimme und stellte sich neben ihn an das Kopfende. »Aber wir haben nicht viel Zeit, daher fange ich gleich mit der ersten Frage an: Wer hat dir befohlen, die Polizistin Alina Grimm in eine Falle zu locken?«

»Fick dich.« Jacek spuckte in Richtung der Frau. »Glaubst du, jemand hält mir eine Knarre vors Gesicht und ich fange an zu erzählen?« Er lachte. »Drück doch ab«, sagte er zu dem Mann mit der Pistole. »Wenn du die Eier hast.«

Der Mann zuckte die Achseln, steckte die Waffe ein und hob eine Holzkiste vom Boden. Jaceks Grinsen wich Unsicherheit, als er sie der Frau reichte.

Sie nahm den Deckel von der Holzkiste und hob eine Ratte heraus, die ein leises Quieken von sich gab.

Jacek stemmte sich mit aller Kraft gegen die Handschellen, bis das Gestell knirschte. Er strampelte mit den Beinen und schrie. Die Frau setzte sich neben ihn auf das Bett und strich der Ratte sanft über das dunkle Fell.

»Ich habe sie und ihren Freund in der Kiste noch nicht gefüttert«, sagte die Frau ruhig. »Entweder bekommen sie von mir ein saftiges Stück Schweinelende oder ich lasse sie in dem Bett herumkrabbeln und nach Nahrung suchen.« Sie stellte die Ratte auf die Matratze, hielt sie aber noch mit der Hand fest. Das Tier schnüffelte, als wittere es Futter.

»Nein!«, brüllte Jacek in Panik. Erneut kämpfte er gegen die Fesseln an, aber der Mann mit der Pistole setzte ein Knie auf seine Brust und hielt ihm mit der behandschuhten Hand den Mund zu.

Die Frau stand mit der Ratte auf. »Wie sieht es aus, Jacek?«, fragte sie. »Willst du doch mit uns reden?«

Er nickte. Schweiß lief ihm in die Augen, und er zitterte am ganzen Körper, als der Mann die Hand von seinem Mund nahm und sein Knie wegzog.

»Wer hat dir befohlen, die Polizistin Alina Grimm in eine Falle zu locken?«, wiederholte die Frau die Frage.

»Das war Wedde. Marius Wedde«, antwortete er schnell.

Die Frau schien von der Antwort überrascht, denn sie hörte mit dem Streicheln auf. »Marius Wedde, der Kripobeamte?«

Er nickte, dass die Schweißtropfen von seinem Gesicht spritzten.

»Wieso befiehlt er einen Angriff auf eine Kollegin?«

»Weiß ich nicht«, sagte er. »Ich schwöre, ich weiß es nicht«, wiederholte er ängstlich. »Wedde hat mir gesagt, wo Grimm auf Streife ist, und hat mir befohlen, sie plattzumachen. Währenddessen wollte er ihr Drogen in die Wohnung schmuggeln und den Bullen einen Tipp geben, damit es wie ein Streit unter Dealern aussieht. Dann habe ich meinen Kumpel Karl gebeten, mir zu helfen, und wir haben Grimm eine Falle in dem verlassenen Bürogebäude gestellt. Wenn die Alte nicht herumgeballert hätte, wäre sie jetzt hin.« Er sprach so hastig, dass er kaum zu verstehen war.

»Was hast du dafür bekommen?«

»Wedde hat mir ein Pfund Koks versprochen, wenn ich Grimm kille, aber da sie noch lebt, gab es nur die Hälfte.«

»Wedde ist im Kokainhandel?«, fragte die Frau konsterniert.

»Nur zwei oder drei Kilo die Woche, aber da kommt einiges an Kohle bei rum.« Er hustete heiser.

Die Frau drehte sich zu dem dritten Mann um. »Bring ihm bitte etwas zu trinken«, sagte sie.

Der Mann nickte und kam einen Augenblick später mit einem Glas Wasser zurück, das Jacek gierig trank.

»Wo bekommt Wedde das Kokain her?«

»Keine Ahnung«, sagte Jacek. »Er liefert mir die Päckchen und ich gebe sie an Isaak weiter, der das Zeug auf den Straßen verteilt.«

»Und warum warst du heute mit deinem Kumpel im Keller des Mehrfamilienhauses?«

»Das ist unser Treffpunkt, wenn es Schwierigkeiten gibt«, sagte er. »Aber der Penner Isaak ist selbst zum Autofahren zu dumm. Jetzt liegt er im Krankenhaus und das Koks haben die Bullen.«

»Wie schlimm trifft das Wedde?«

»Gar nicht.« Er wurde ruhiger. »Isaak kennt nur mich. Und die paar Kilo fehlen uns nicht. Wedde hat irgendetwas Großes vor. Er hat die Lieferung erst einmal gestoppt.«

»Was hat er vor?«

»Keine Ahnung. Wedde ist ein misstrauischer Typ. Der sagt nur das Nötigste. Auch mir.«

»Wo finde ich ihn?«

»Er kommt zu mir«, antwortete er. »Oder er schreibt mir eine SMS.« Er spürte Müdigkeit, und die Fragen störten ihn, sich einfach fallen zu lassen.

»Wo ist das Handy?«, fragte die Frau weiter.

Er deutete mit dem Kopf auf den Nachttisch.

»Die Tropfen wirken«, hörte er den Mann sagen, der ihm das Glas gebracht hatte. Er hatte die Stimme irgendwo schon einmal gehört.

»Wo wir bei Typen sind. War dein Fahrer Karl?«

»Karl Milic. Mein alter Kumpel«, sagte er, plötzlich sentimental. »Wohnt nur einen Block weiter.« Er schloss die Augen. Es war gemütlich im Bett. Er wollte noch etwas schlafen.

»Habt ihr beiden auch Gerwald Arentz getötet?«, wollte die Frau wissen.

»Wen?« Er öffnete mühsam die Augen.

»Einen reichen Industriellen, der in seiner Villa in Ohlstedt ermordet wurde.«

216

»Ich bin nicht für jeden Toten in Hamburg verantwortlich«, sagte er leise. »Den kenne ich nicht.«

Dann glitt er in den Schlaf.

* * *

Alina, Elias und Lennart beobachteten vom Auto aus die Ankunft der Polizei, die mit Blaulicht angefahren kam. Zwei Kollegen stiegen aus dem Dienstwagen und liefen zu dem Haus, in dem Jacek wohnte. Einen Moment spürte Alina einen Stich von Neid, sehnte sie sich doch zu ihrer alten Tätigkeit zurück.

Lennart saß auf der Rückbank und streichelte die Ratten, die auf seinen Schultern umherturnten und die Zärtlichkeiten sichtlich genossen. »Die sind ja allerliebst«, sagte er. »Wo hast du sie her?«

»Die gehören meiner Nachbarin, einer in die Jahre gekommenen Punkerin, die seit ihrer Kindheit Ratten um sich hat«, sagte sie. »Wenn sie mal wieder länger auf eine Demo fährt, passe ich auf die Tiere auf.«

Alina hob die Kiste aus dem Fußraum hoch und stellte sie auf die Mittelkonsole. Piepsend sprangen die beiden Ratten hinein und kuschelten sich in das warme Tuch darin.

»Um Jacek brauchen wir uns nach dem anonymen Tipp keine Sorgen mehr zu machen.« Lennart grinste. »Die Tür zu seiner Wohnung ist offen, sodass die Beamten keinen Durchsuchungsbefehl benötigen, und die Hinweise darin genügen, damit ihn die Polizei mitnimmt.«

»Mit den Benzodiazepinen im Blut wird sein Kopf erst auf der Dienststelle wieder klar werden, und er wird keine Ahnung haben, was passiert ist«, sagte Alina. »Ich wäre zu gern dabei, wenn er zu Bewusstsein kommt.«

»Jetzt erzähle uns, wer Marius Wedde ist«, drängte Elias, während ein weiteres Fahrzeug vor Jaceks Haus eintraf. Zwei Beamte in Zivil stiegen aus.

»Wedde ist quasi eine Legende bei der Kripo«, sagte Alina. »Er gehört zum LKA 6, das für organisierte Kriminalität und Rauschgift zuständig ist. Er war Teil des Ermittlerteams, das zusammen mit dem Zollfahndungsamt im Juli 2019 einen Schiffscontainer im Hafen beschlagnahmt hat, in dem viereinhalb Tonnen Kokain versteckt waren.«

»Der Zeitungsartikel, den wir in Dimitrios' Versteck gefunden haben«, stellte Elias fest.

»Offensichtlich hat nicht nur Jacek die Seiten gewechselt«, sagte Lennart.

»Könnte Wedde das Kokain aus der Beschlagnahmung haben?«, fragte Elias.

»In dem Fall vom Juli 2019 waren die Drogen in mehr als zweihundert großen Sporttaschen verpackt und in jeder Tasche waren zwanzig Pakete.«

»Da fällt es nicht auf, wenn eine Tasche fehlt«, folgerte Lennart.

»Außerdem hat der Zoll schon 2018 fast vier Tonnen Kokain aus dem Verkehr gezogen«, ergänzte Alina. »Auch wenn ich mir nicht vorstellen kann, wie Wedde es bei all den Sicherheitsvorkehrungen geschafft haben soll, hat er sich vielleicht schon etwas davon abgezweigt. Bei diesen Mengen fällt das Fehlen von zehn Kilo nicht auf. Oder vielleicht hat er den Stoff gegen einfaches weißes Pulver ausgetauscht.«

»Und das hat Dimitrios herausbekommen«, sagte Elias.

»Was den Teleobjektivaufsatz für sein Handy erklärt«, führte Alina die Überlegung weiter. »Dimitrios hat Wedde bei irgendetwas Verdächtigem aufgenommen und ihn damit erpresst.«

»Daraufhin haben sie sich auf dem Phoenixplatz verabredet und Wedde hat Dimitrios mit Naus selbst geschmiedetem Messer erstochen«, erklärte Elias. »Dann hat er dessen Handy genommen und die Aufnahme gelöscht. Schließlich hat er noch das Versteck in der Schilleroper gefunden, wo er die Kiste mit weiteren Beweisen geknackt und das Teleobjektiv kaputtgetreten hat.«

»Eigentlich der perfekte Mord – bis ich misstrauisch geworden bin«, sagte Alina.

»Als er von Schweter erfahren hat, dass du nach Informationen über Dimitrios suchst, ist Wedde nervös geworden, schließlich hatte er zu dem Zeitpunkt mit dem Mord an Volper schon einen Konkurrenten beseitigt, dessen Kokainverteilernetz er auch übernommen hat«, sagte Lennart. »Deswegen musste er dich aus dem Weg räumen und hat Jacek und Karl beauftragt, dich in eine Falle zu locken. Währenddessen hat er dir das Kokain untergeschoben und seinen Kollegen einen Tipp gegeben.«

»Als Kripobeamter wusste er, wie er keine Spuren hinterlässt und auf was er zu achten hat, damit es glaubhaft wirkt«, ergänzte Elias.

»Was für ein skrupelloser Bastard.« Alina schüttelte den Kopf.

»Aber wie hat er Nau gefunden?«, fragte Lennart. »Das LKA 6 hatte man sicher nicht in die Ermittlungen einbezogen.«

»Er war vor seiner Zeit bei der Rauschgiftkriminalität im LKA 3, dem die ganze Kriminalwissenschaft untersteht«, sagte Alina. »Also der ganze Kram um Spurensicherung, Tatortrekonstruktion und DNS-Analytik.«

»Er hat Naus Buchstabencode geknackt«, vermutete Elias.

»Dazu ist Wedde nicht clever genug, dafür aber sein Partner Niko Banowski.« Alina dachte einen Moment nach. »Banowski ist schon als Kind durch seine Hochbegabung aufgefallen und war Bester seines Jahrgangs auf der Uni. Allerdings hat er starke soziale Defizite, kann nicht gut mit Leuten umgehen und ist auf der Straße überfordert. Eigentlich wäre er im Analyseteam vom LKA 3 gut aufgehoben gewesen, aber als Wedde zur Rauschgiftkriminalität wechselte, ist Banowski mit ihm gegangen. Wo Wedde ist, ist auch Banowski. Wie ein Schoßhund.«

»Und die beiden bereiten zur Zeit einen fetten Deal vor – oder was meinte Jacek mit dem großen Vorhaben?«

»Da kann ich auch nur spekulieren«, erwiderte Alina. »Vielleicht kommt eine große Ladung, die Wedde für sich behalten will. Vielleicht will er sein restliches Kokain auf einmal verkaufen. Oder Jacek hat übertrieben.«

»Das glaube ich nicht«, sagte Lennart. »Mit zwei, drei Kilo hochwertigem Koks macht man locker zweihunderttausend, und wenn man diese Einkommensquelle einfach so schließt, muss man etwas richtig Großes vorhaben.«

»Vielleicht hatte er genug Geld«, überlegte Elias laut.

* * *

»Meiner Erfahrung nach bekommen solche Leute den Hals nicht voll, aber das herauszufinden, ist nicht mehr unser Problem«, sagte Alina. »Die Polizei hat Jacek, wir haben Isaaks Drogenrucksack in den Gang gelegt, direkt neben seine Knarre, für die er sicherlich keinen Waffenschein hat. Außerdem werden Bilal und ich ihn als meinen Angreifer identifizieren.«

»Versuchter Mord und Drogenhandel«, sagte Lennart. »Dafür wird er einsitzen.«

»Vielleicht kann ihn der Staatsanwalt mit dem Versprechen von Strafminderung zu einer Aussage bewegen«, fuhr Alina fort. »Dann wird sich die ganze Geschichte aufklären.«

»Bis auf den Mord an Gerwald«, warf Elias ein.

»Der könnte auch mit deinen Ermittlungen im Fall Dimitrios zu tun haben«, sagte Lennart an Alina gewandt. »Die zwei Männer könnten Wedde und dieser Banowski gewesen sein.«

»Dafür fehlen uns aber die Hinweise, und auch Jaceks Aussage würde nicht helfen«, erwiderte Alina. »Wir müssen warten, bis Wagner aus dem Koma geholt wird und die beiden Männer identifizieren kann, die sie für die Falschaussage bezahlt haben.«

»Wenn sie überhaupt mit der Polizei redet«, sagte Elias.

»Sie ist nur eine miese Kleinkriminelle«, erklärte Alina. »Das wird sie nicht durchhalten.«

»Aber Jaceks Aussage könnte dazu führen, dass die Kripo sich Wedde genauer ansieht«, sagte Elias. »Vielleicht fällt dabei was zum Mord an Gerwald ab.«

Die Tür zum Wohnhaus ging auf.

Als die Polizisten Jacek in Handschellen aus dem Haus führten, lehnte Alina sich auf dem Beifahrersitz erleichtert zurück. Einen Moment drohten sie die Gefühle zu übermannen, aber sie wischte sich über das Gesicht und konnte ihre Tränen zurückhalten. »Geschafft«, sagte sie leise.

Elias legte ihr die Hand auf die Schulter und sie beobachteten, wie die Polizisten den orientierungslosen Jacek auf den Rücksitz des Dienstfahrzeugs setzten und losfuhren. Alina sah dem Auto nach, bis das Blaulicht verschwunden war. Dann drehte sie sich zu Lennart um. »Danke für deine Hilfe«, sagte sie. »Ohne dich hätten wir das nicht geschafft.«

»Ich weiß.« Lennart nickte ihr grinsend zu. »Und jetzt verabschiede ich mich besser, solange deine Suspendierung noch nicht aufgehoben ist.«

Alina streckte ihm die Hand hin. »Lass dich nicht erwischen, Lennart.«

Er schüttelte ihr die Hand. »Wer soll den schnellsten Läufer der 10a fangen können?«, fragte er theatralisch.

Alina lachte. Sie würde ihren alten Schulkameraden vermissen. »Melde dich, wenn du nicht mehr auf der Fahndungsliste stehst«, sagte sie. »Du kennst meine Laufroute.«

»Vielleicht werde ich das«, versprach er. »Und danke, dass du in der Kneipe meinen Hintern gerettet hast.« Er drückte ihr noch einmal fest die Hand. Dann drehte er sich zur Autotür und öffnete diese. Bevor er ausstieg, schlug er Elias noch freundschaftlich auf die Schulter.

»Mach's gut«, rief dieser ihm hinterher.

Dann verschwand Lennart in der Morgendämmerung.

Kapitel 14

Das Erste, was Bilal zu Beginn seiner Schicht gemacht hatte, war, Alina eine SMS zu schreiben, dass sie Janko gefasst hatten. Zwei Stunden später hatte ihre Anwältin ihr einen Terminvorschlag für den nächsten Tag gesandt, da auch sie von der Verhaftung gehört hatte.

Beide Nachrichten hatte Alina erst gelesen, als sie um zehn Uhr aufgestanden war. Die Ereignisse der letzten Tage hatten Spuren hinterlassen, und mit der Verhaftung Jaceks war all die Last von ihr abgefallen, auch wenn der Mord an Gerwald noch nicht aufgeklärt war. Selbst unter der Dusche hatte sie noch gegähnt, doch das Leben hatte sich zum ersten Mal seit Langem wieder gut angefühlt. Sie hatte eine Tasse Kaffee getrunken und war zu ihrem Vater gefahren. Das Pflegeheim roch nach dem bevorstehenden Mittagessen, als sie in sein Zimmer ging und die Blumen in der Vase durch frische ersetzte.

»Hartnäckigkeit zahlt sich aus.« Alina setzte sich neben ihm auf den Stuhl. »Wir haben den Mann, der mich angegriffen hat, und bald wird meine Suspendierung aufgehoben werden.« Sie nahm seine Hand und hielt sie an ihre Wange. »Dann habe ich wieder mehr Zeit für Besuche.«

Den Rest des Mittags erzählte Alina von ihren Ermittlungen, sprach mit der Pflegerin über ihren Vater und freute sich, dass ihr Onkel nicht zu Besuch kam. Heute Abend würde sie Elias anrufen und ihn bitten, ihr die Protokolle von Jaceks Verhör zu besorgen, aber die Zeit bis dahin würde sie nutzen, um den Kopf frei zu bekommen.

Sie stieg in die U-Bahn und fuhr zur Binnenalster, an deren Ufer sich wegen des frostigen Wetters nur wenige Besucher herumtrieben, aber die Kälte war ihr heute egal. Sie schloss ihre Jacke bis zum Kinn, zog die Mütze tiefer ins Gesicht und genoss die eisige Brise, die vom Wasser her in ihr Gesicht wehte. Es hatte etwas Reinigendes und Befreiendes.

Als ihr Handy klingelte, seufzte sie genervt. Einen Augenblick sehnte sie sich in die Zeit zurück, in der es nur Festnetzanschlüsse gegeben hatte, obwohl sie sich kaum daran erinnern konnte. Aber vielleicht war es Elias mit Neuigkeiten. »Alina Grimm.«

»Hier ist Elias«, meldete er sich. »Tut mir leid wegen der Störung.« Er klang aufgeregt.

»Was ist los?«

»Einer von Arentz' Anwälten wollte heute Morgen einen Klienten am Dammtor besuchen, der dort wegen Einbruchs sitzt«, sagte er. »Aber die Untersuchungshaftanstalt ist komplett abgeriegelt. Irgendjemand hat Jacek abgestochen.«

* * *

Alina ging unruhig im Gästehaus umher und beobachtete Elias beim Telefonieren. Er saß auf der Couch, das Handy in der Linken, und machte sich Notizen auf einem Block. Es dauerte zwei lange Minuten, bis er das Gespräch beendet hatte und aufstand. »Die Untersuchungen laufen noch, aber ein paar Informationen habe ich über Gerwalds Kontakte bekommen können.« Er blätterte im Block. »Jacek wurde heute Morgen um neun Uhr ein improvisiertes Messer in den Hals gerammt«, begann er. »Er ist verblutet, noch bevor der Notarzt zu ihm kommen konnte. Der Täter ist ein Insasse namens Jewgeni Schterbaknow.« Er hatte Probleme, den Nachnamen richtig auszusprechen.

»Schtscherbakow«, korrigierte Alina.

»Du kennst ihn?«, fragte Elias.

»Ich wundere mich, dass du noch nicht von ihm gehört hast«, sagte Alina. »Jewgeni ist einer der übelsten Geldeintreiber von Hamburg, mit einer sadistischen Freude an Gewalt. Der hat schon mehr Knochen gebrochen, als ich zählen kann, und ist kaum belangt worden, denn seine schmierigen Anwälte arbeiten mit allen Tricks. Wenn Jewgeni in Untersuchungshaft sitzt, sind die Straßen von St. Pauli sicherer geworden, aber anscheinend kann er im Gefängnis genauso viel Ärger machen wie draußen.«

»Nach ersten Untersuchungen ging der Angriff von Jacek aus«, berichtete Elias mit Blick auf seine Notizen. »In seiner Hand hat man eine Rasierklinge gefunden.«

»Niemals«, sagte Alina. »Jacek war gerade erst von den K.-o.-Tropfen herunter. Der konnte froh sein, wenn er seine Umwelt richtig wahrgenommen hat. Auf Kämpfen wird er keine Lust gehabt haben.«

»Die Geschichte wiederholt sich«, sagte Elias. »Erst der Angriff auf dich, dann die Ermordung von Gerwald und jetzt wird Jacek abgestochen. Und wir sollten Dimitrios nicht vergessen, mit dem die ganze Sache ins Rollen gekommen ist.«

»Was ist das für ein verdammtes Geschäft, das so viele Tote kostet?«, fragte Alina.

»Das sollten wir Wedde fragen«, sagte Elias.

»Das werden wir. Ich kriege seine Anschrift heraus und dann statte ich ihm einen Besuch ab.«

»Zügle dich, Alina«, mahnte Elias. »Wedde ist für mindestens drei Morde verantwortlich. Glaubst du, er knickt ein, wenn du ihn mit den Anschuldigungen konfrontierst? Außerdem ist er noch beim LKA und du bist suspendiert.«

Alina kniff die Augen zusammen und wollte eine zornige Erwiderung geben, aber schließlich presste sie die Lippen aufeinander und wandte den Kopf ab. »Du hast recht«, antwortete sie ruhiger. »Aber ich habe das Verstecken und Beobachten satt.

Es frustriert mich, dass wir dem Drecksack nicht Handschellen anlegen und ihn ins Gefängnis stecken können.«

»Uns fehlt noch immer ein Beweis«, erklärte Elias. »In Naus Versteck fand sich kein Hinweis auf Wedde, ebenso wenig bei Dimitrios' Ermordung, und mit Jacek haben wir einen entscheidenden Zeugen verloren.«

»Dann suchen wir meinen zweiten Angreifer«, sagte Alina. »Diesen Karl Milic.«

»Nach dem Polizeiaufgebot vor Jaceks Wohnung wird Karl über alle Berge sein«, erwiderte Elias. »So was spricht sich schnell herum. Außerdem wissen wir nicht, ob Karl in alles eingeweiht war. Er könnte den Angriff auf dich zugeben, aber vielleicht ist er ein dummer Mitläufer gewesen, der Jaceks Befehle ausgeführt hat, und er kennt nicht einmal den Grund dafür.«

»Also bleibt nur Wedde«, schloss Alina.

Elias nickte. »Wir müssen besonders vorsichtig sein. Wedde ist ein angesehenes Mitglied der Kripo und außer uns hegt niemand Verdacht. Und wenn er glaubt, dass du noch nicht aufgegeben hast, wird er einen zweiten Versuch starten, dich zu beseitigen.«

»Ich passe auf mich auf«, sagte Alina.

Elias zog die Augenbrauen hoch. »Auch wenn wir uns erst vor ein paar Tagen begegnet sind, habe ich dich gut kennenlernen dürfen.« Er schwieg einen Moment. »Wenn du dir etwas in den Kopf gesetzt hast, galoppierst du in voller Geschwindigkeit auf dein Ziel zu. Dabei läufst du Gefahr, die Heckenschützen rechts und links von dir zu übersehen.«

Alina verdrehte die Augen. »So schlimm ist es auch nicht.«

»Doch«, erwiderte Elias.

»Wenn ich ihn nicht direkt konfrontieren soll, was machen wir dann?«, fragte sie genervt.

»Wir beobachten Wedde, bis er uns zu seinem Drogenversteck führt oder bis wir herausgefunden haben, was er als Nächstes plant.«

»Nicht schon wieder beobachten und still sitzen«, stöhnte sie.

»Das ist auch nicht meine Spezialität«, sagte Elias. »Aber wir kennen jemanden, der uns dabei helfen kann.«

* * *

Lennart betrachtete sich zufrieden im Spiegel eines Ausstellerwagens. Seine weißen Haare saßen perfekt, sein Bart juckte zwar, verstärkte aber die Illusion eines alten Mannes. Er hatte sich ein Stück Schnur eng um das rechte Bein gebunden, dessen Druck ihn an das Hinken erinnerte. Zwischen den Fingern seiner Linken ließ er einen Gehstock rotieren, als trainierte er für rhythmische Sportgymnastik, mit der Rechten tippte er sich an den Hut, den er über die Perücke gestülpt hatte.

Wie immer begann er seine Runde beim Parkplatz, an dem die Touristenbusse hielten. Es war nicht so kalt wie in den letzten Tagen und der Himmel strahlte blau. Lennart folgte einer Gruppe Amerikaner, die interessiert den Worten ihres Fremdenführers lauschten. Jeder von ihnen hatte ein Lebkuchenherz mit »Ich liebe Hamburg« umhängen. Ein besonders dicker Mann hatte einen leeren Bierkrug in der Hand, als suchte er nur nach einem Stand, an dem er ihn wieder auffüllen konnte.

Lennart wollte gerade eine attraktive junge Frau aus dieser Gruppe ansprechen und seine Mitleidsnummer durchziehen, als er ein Banner bemerkte, das an einer Wand hinter einem Kleiderstand angebracht war. Es war einen Meter hoch und gut vier Meter breit. In schwarzen Lettern stand darauf:

18 Uhr Treffen in der Kneipe. Alina.

Darunter stand das Datum des heutigen Tags.

Lennart blieb überrascht stehen und kratzte sich verwirrt am Kopf. Er hatte keine Ahnung, was er davon halten sollte. Schließlich bemerkte er, dass die Touristengruppe schon weitergegangen war, und humpelte ihr hinterher.

Nur fünfzig Meter weiter kam er an ein weiteres Banner.

Ja, ich meine dich, Lennart. Sei pünktlich.

Er hätte am liebsten in den Stock gebissen und verfluchte den Tag, an dem er in Alinas Klasse gekommen war. Frustriert humpelte er zum Ende des Fischmarkts zurück. Hinter einem Wagen zupfte er sich den Bart ab, hob den Hut und nahm die Perücke runter. »Hätte sie nicht zu einer Bank gehen oder Ärztin werden können«, murrte Lennart. »Nein, für Frau Grimm musste es die Polizei sein und alle anderen haben darunter zu leiden.«

Schlecht gelaunt machte er sich auf den Weg nach Hause. Geschäfte würde er heute keine mehr machen, dafür wusste er, wer heute Abend den Schweinebraten bezahlen würde. Und es würde nicht bei einer Portion bleiben.

* * *

Lennart saß mit verschränkten Armen am Tisch und starrte auf sein Bier. Wie beim letzten Mal trug er einen gräulichen Zottelbart, schwarze lange Haare und eine Sonnenbrille mit gespiegelten Gläsern. Neben ihm nippte Alina an ihrem Wein. Elias hatte sich ebenfalls ein Bier bestellt.

»Es tut mir leid, dass ich dich wieder belästigen muss, aber es hat sich etwas Neues ergeben«, begann Alina.

Lennart griff nach seinem Glas.

»Heute Morgen wurde Jacek im Gefängnis erstochen.«

Seine Hand erstarrte in der Bewegung. »Das ist schlecht«, murmelte er und trank einen großen Schluck.

»Wir wissen noch nicht, ob Jacek eine Aussage gemacht hat, aber sein Tod wirft uns wieder zurück.«

»Wie ist er gestorben?«

»Offiziell hat er sich mit Jewgeni Schtscherbakow angelegt.«

»Keine gute Idee.« Lennart stellte das Glas ab. »Wenn einem Jewgeni auf der Straße begegnet, sollte man die Stadt wechseln, nicht nur die Seite.«

»Was ich von Jewgeni weiß, ist es zwar möglich, dass es sich nur um einen unglücklichen Zufall handelt, aber ich kann das nach all den Vorfällen der letzten Zeit nicht glauben.«

»Wedde hat seine Finger im Spiel.«

»Das sehe ich genauso, daher müssen wir an ihn ran.«

»Ich fasse das noch mal zusammen«, sagte Lennart. »Wedde hat einen Serienmörder getötet, mit dessen Messer er Dimitrios hat erstechen und Jacek aus dem Weg räumen lassen, bevor der eine Aussage machen konnte. Auch wenn wir den Aspekt vergessen, dass Wedde außerdem ein einflussreicher Mann bei der Kripo ist, sollte man sich von solchen Leuten fernhalten.«

»Wir hatten die Hoffnung, dass Jacek auch Wedde belastet, aber das hat sich nach dem Vorfall in der Haftanstalt erledigt. Wir müssen wieder selbst tätig werden.«

»Wedde wollte dich umbringen lassen und hat dir Drogen untergeschoben«, sagte Lennart. »Außerdem ist er in ein hochgesichertes Haus gelangt, hat deinen ehemaligen Chef ermordet und dich wie den Täter aussehen lassen«, wandte er sich an Elias. »Wedde spielt in der ersten Liga. Wie sollen wir so jemanden besiegen?«

»Er weiß nicht, dass wir an ihm dran sind«, sagte Alina.

»Du vermutest, dass er es nicht weiß«, erwiderte Lennart. »Alles, was Wedde bisher gemacht hat, war klug, durchdacht und skrupellos. Beim geringsten Verdacht wird er sich auf uns stürzen und uns plattmachen.«

»Da wir unseren Gegner jetzt kennen, ist das nicht mehr so leicht«, warf Elias ein.

»Entschuldigung, Leute, aber ich hänge noch sehr an meinem jungen Leben«, sagte Lennart. »Ihr müsst euch einen anderen suchen.«

Die Bedienung brachte den ersten Teller mit Schweinebraten und Knödel. Lennart sog den Duft ein und seufzte zufrieden. »Wenigstens etwas Gutes in dieser Woche, wenn man bedenkt, wie hoch meine Verluste waren.«

»Was für Verluste?«

»Seit ihr mich auf dem Fischmarkt aufgegabelt habt, hatte ich null Euro Einkommen«, erklärte er kauend. »Schließlich war ich bis gestern nur für euch unterwegs.«

»Und wenn wir deinen … geschäftlichen Ausfall kompensieren?«, fragte Elias.

»Wie wollt ihr das anstellen? Das Koks von Wedde verkaufen?«

Elias zog einen Umschlag aus der Tasche und schob ihn unauffällig über den Tisch.

Lennart hörte mit dem Kauen auf, nahm die Gabel und hob vorsichtig die Lasche hoch. Der Umschlag war fast zwei Finger dick mit Hunderteuroscheinen gefüllt.

»Dann will ich mal nicht so sein.« Seine Laune hatte sich schlagartig gebessert. »Schließlich braucht eine alte Klassenkameradin meine Hilfe und da kann ich nicht Nein sagen.«

»Lieb von dir.« Den Hauch Sarkasmus konnte sich Alina nicht verkneifen. »Ich weiß gar nicht, wie ich dir danken soll.«

»So bin ich«, sagte Lennart generös. »Außerdem hast du ja auch mein Leben gerettet.«

»Da ist eine Menge Geld drin.« Elias deutete auf den Umschlag. »Kannst du alles behalten, aber nimm ein paar Scheine, um uns mehr Infos über Wedde zu besorgen.«

»Nichts, was jemanden misstrauisch werden lassen könnte«, ergänzte Alina. »Seine Adresse, seine Autos, Hobbys, Familienstand, solchen Kram eben. Und das Ganze bis morgen Nachmittag, denn dann beginnen wir die Überwachung vor seinem Haus.«

»Sieh es als erledigt an.« Lennart hob die Hand und rief die Bedienung zu sich. »Drei mal Schweinebraten und noch fünf Astra«, sagte er zu der Frau, während er den Umschlag in seine Tasche gleiten ließ.

»Kannst du über ehemalige Kollegen noch Informationen über Wedde einholen?«, wandte sich Elias an sie.

»Mein Vater war mit Weddes erstem Partner befreundet«, erwiderte Alina. »Er ist bereits pensioniert, aber als ich noch ein Kind war, haben wir ihn einmal in seinem Häuschen am Rande von Hamburg besucht. Wenn er dort immer noch wohnt, werde ich morgen früh vor seiner Tür stehen.«

* * *

Es war noch genauso, wie Alina es in Erinnerung hatte. Das kleine Haus stand zwischen zwei ausladenden Buchen, deren Äste bis zum Kamin ragten, aus dem dichter weißer Rauch quoll. Die Blätter am Boden waren gefroren und den Gartenteich neben dem verrosteten Eingangstor bedeckte eine Schicht Eis. Zwei Elstern hoben den Kopf von einer Schüssel mit altem Brot, als sie Alina bemerkten. Sie wollte gerade klingeln, als ein alter Mann aus dem Haus kam. Er trug eine schmutzige Arbeitshose, einen gelben Friesennerz und schlammverspritzte Gummistiefel. Seine Haare waren unter einer schwarzen Wollmütze verborgen. Er stützte sich auf einen Stock, und seine Schritte waren kurz und trippelnd, als könnte er seine Füße nicht richtig anheben. Am Gartentor angekommen, hob er den Kopf und wirkte überrascht, als er Alina erblickte. Er richtete seine Brille und fuhr sich durch das unrasierte Gesicht.

»Was kann ich für Sie tun?«, fragte er mit leiser Stimme. Sein Atem war übel riechend, und Alina hatte Mühe, nicht vor Ekel den Kopf abzuwenden.

»Herr Velt, mein Name ist Alina Grimm«, antwortete sie lächelnd. »Ich bin die Tochter von Berthold Grimm.«

»Mein Gott, Alina«, sagte er freudig. Er öffnete das Tor, umarmte sie steif und gab ihr einen feuchten Kuss auf die Wange. »Du bist groß geworden.« Er tippelte wieder zurück und betrachtete sie von oben bis unten.

Und du bist wirklich alt geworden, dachte Alina. Torben Velt war Anfang siebzig, wirkte aber wie ein alter Tattergreis. Sie zweifelte, ob er sich überhaupt noch an seine lange zurückliegende Zeit mit Wedde erinnern würde.

»Wie geht es Berthold?«, fragte er interessiert. Sein unverändert fröhlicher Gesichtsausdruck zeigte Alina, dass er nicht wusste, was passiert war.

»Gut«, log Alina. »Er lässt Sie grüßen.«

»Das ist schön«, murmelte Velt.

»Störe ich bei irgendetwas?«

»Ich mache meinen täglichen Spaziergang zum kleinen Weiher.« Er deutete mit dem Stock nach Norden. »Mein Arzt hat gesagt, ich solle mich mehr bewegen.«

»Darf ich Sie begleiten?«

»Es wäre mir eine Freude.« Er hakte sich mit der Linken bei Alina unter und stützte sich rechts auf den Stock. »Was führt dich in diese abgelegene Gegend?«

»Ich habe eine Stelle bei der Kripo angeboten bekommen«, sagte Alina. Sie konnte sich nicht vorstellen, dass Velt von ihrer

Suspendierung wusste, wenn er nicht einmal das Schicksal ihres Vaters kannte. »Und mein neuer Vorgesetzter wäre Marius Wedde«, fuhr sie fort. »Können Sie sich noch an ihn erinnern?«

»Ah, Marius«, antwortete er. »Ich war sein erster Partner, als er frisch von der Akademie gekommen ist. Damals war er noch wild und ungestüm. Kaum zu bremsen und voller Energie.«

»Wie lange hatten Sie mit ihm zu tun?«

»Eigentlich bis zu meiner Pensionierung 2011«, sagte Velt. »Nicht als sein Partner, denn unsere Wege hatten sich schon bald wieder getrennt, aber wir haben immer wieder zusammen an Fällen gearbeitet.«

»Was für ein Mensch war er kurz vor Ihrem Weggang von der Kripo?«

»Nicht mehr der gleiche wie zu Beginn«, sagte Velt. »Die Geschichte mit seinem Herzen hat ihn verändert.«

»Was war mit seinem Herzen?«

Velt blieb stehen. »Ich weiß nicht, ob ich das sagen darf. Es ist sehr … privat.«

»Ich möchte Sie zu nichts drängen«, beschwichtigte Alina. »Aber diese Entscheidung ist unumgänglich, daher möchte ich wissen, ob Marius der richtige Vorgesetzte für mich wäre.«

Er drehte sich zu Alina und strich ihr über die Wange. »Du siehst deinem Vater so ähnlich«, sagte er lächelnd und zeigte dabei seine gelb verfärbten Zähne. Dann stützte er sich wieder auf den Stock und ging weiter. »Marius arbeitete an einem schwierigen Fall, der seine Karriere weit nach vorne gebracht hätte. Doch dann hat er einen Herzinfarkt erlitten«, fuhr Velt fort. »Er hatte wieder die Nacht durchgearbeitet und ist auf dem Weg nach Hause in eine Bäckerei gegangen. Dort ist er vor der Theke zusammengebrochen, und wäre eine andere Kundin nicht zufällig Krankenschwester gewesen, wäre er gestorben.«

Er hob kurz den Kopf, als überprüfte er, dass sie auf dem richtigen Weg waren. Dann trippelte er weiter. »Die Sache war wohl kompliziert. Er musste zweimal operiert werden, erhielt einen Herzschrittmacher und war viele Monate in Reha.« Er schüttelte den Kopf. »Ich habe ihn dort einmal besucht, doch statt des agilen Marius saß dort nur noch ein zynischer, frustrierter Mann.«

»Aber er war Beamter«, warf Alina ein. »Er hat doch seinen Job behalten und war gut versorgt.«

»Das war zu diesem Zeitpunkt noch nicht klar«, sagte Velt. »Es stand seine Frühverrentung im Raum, und er hat mir vorgerechnet, wie viel er malocht hat und wie wenig Geld er bekommen würde, schließlich hat er den Herzinfarkt nicht bei der Arbeit bekommen.« Er blieb stehen, als müsste er Atem holen. »Er lag im Bett und konnte kaum richtig gehen. Den Tränen nahe, hat er mir schließlich von Südafrika erzählt. Wusstest du, dass er dort geboren ist?«

Sie schüttelte den Kopf.

»Seine Mutter und ihre Familie stammt von dort. Marius hat davon geträumt, dorthin zurückzukehren, ein Haus am Meer zu kaufen und seine Pension dort zu verprassen.« Velt ging weiter. »Aber die Stelle, für die er sich krumm gemacht hat, war bereits an einen anderen vergeben, und seine Karriere hatte einen Dämpfer bekommen, ohne dass er etwas dafür gekonnt hat. Ich hatte ihn zuvor nie weinen gesehen«, fuhr er leiser fort. »Marius hat auf seine Nachtschüssel gedeutet und von dem Fraß erzählt, den sie mittags in sein kleines, stickiges Zimmer brachten. Seine Kollegen hatten ihm gerade mal eine Karte geschrieben und sein Vorgesetzter war zu beschäftigt, um ihn zu besuchen.«

»Es wird nicht leicht für ihn gewesen sein.«

»Das war es nicht«, stimmte Velt zu. »Die einsamen Monate in der Reha haben ihn verändert. Er war immer noch ein guter Kripobeamter, und was man so hört, ist der sensationelle Drogenfund im Juli 2019 seinen Ermittlungen zu verdanken, aber die Bitterkeit hatte sich in seine Seele gebrannt.« Er wandte sich Alina zu. »Ich weiß nicht, was ich dir raten soll. Den jungen Marius würde ich als Vorgesetzen uneingeschränkt empfehlen, aber wegen der Folgen seines Herzinfarkts solltest du dir das Ganze vielleicht noch einmal überlegen.«

* * *

Auf der Rückfahrt gingen ihr die Worte des pensionierten Velt nicht mehr aus dem Kopf. Obwohl der Spaziergang kurz gewesen war, hatte sie vielleicht mehr über Wedde erfahren als alles, was Lennart zusammentragen konnte. Einen Moment hatte sie sogar Mitleid mit Wedde gehabt. Sie konnte sich vorstellen, wie all seine Träume zerplatzt waren, und doch hatte er sich wieder zur Kripo zurückgekämpft, aber dieses Mal nicht als der Kripobeamte, der das Recht durchsetzen wollte, sondern als Mann, der nur noch nach seinem Vorteil strebte, desillusioniert, ohne Rücksicht oder Gnade. So schwer diese Zeit der Krankheit für Wedde gewesen sein musste, so rechtfertigte sie dennoch weder Mord noch Drogenraub oder das Dealen mit diesem tödlichen Gift.

»Sie haben Ihr Ziel erreicht«, sagte die freundliche Frauenstimme ihres Navis und riss sie aus den Grübeleien. Alina parkte ein, mit zwei Reifen auf dem Bordstein, stieg aus und ging zu Lennart und Elias, die an einer Straßenecke auf sie warteten.

Ihr alter Schulkamerad deutete auf ein Gebäude auf der anderen Seite. »Das ist es.«

Marius Wedde wohnte in einem schicken renovierten Altbau in Ottensen. Die Fassade des Hauses war dunkelgelb gestrichen, mit weißen Stuckarbeiten über den breiten Fenstern. Im Erdgeschoss befand sich ein italienischer Spezialitätenladen und durch die Lage in einer schmalen Seitenstraße gab es kaum Verkehr.

»Jetzt wissen wir, wo Wedde seine Nebeneinkünfte angelegt hat«, sagte Alina beeindruckt.

»Ihn zu überwachen, wird jedoch schwierig«, sagte Lennart. »Man kann von drei Kreuzungen in die Straße einfahren. Dazu kommt, dass es außer dem Spezialitätenladen kein Geschäft gibt, in dem wir ungesehen warten könnten, und vom Auto aus wäre eine Überwachung in dieser ruhigen Gegend zu auffällig.« Er drehte sich einmal um die eigene Achse. »Wir könnten noch Kameras an einer Straßenlaterne anbringen, aber das halte ich für zu riskant. Wir müssten in eine Wohnung gegenüber kommen und sie dort installieren.«

»Ich glaube ohnehin nicht, dass sich eine Überwachung lohnen würde«, erklärte Alina. »Wir haben schon festgestellt, dass Wedde clever ist. In seiner Wohnung wird sich kein Hinweis finden, keine Drogen, kein Geld und auch nicht Naus Messer. Er wird einen anderen Unterschlupf haben und dahin muss er uns führen.«

»Neben dem Altbau geht es in eine abgeschlossene Tiefgarage mit einem Schild ›Nur für Anwohner‹«, sagte Lennart. »Dort wird er sein Auto parken, daher können wir die Nummer mit dem angeklebten Handy vergessen.«

»Also zurück zum klassischen Observieren«, sagte Alina. »Wir platzieren uns an den drei möglichen Ausfahrtstellen und warten, bis Wedde zu seinem Versteck fährt.«

»Wenn wir sein Ziel nicht kennen, müssen wir an seiner Stoßstange kleben – und das könnte ihm auffallen«, warnte Lennart.

»Wir sollten die Überwachung aufteilen«, schlug Elias vor. »Derjenige von uns, bei dem Wedde vorbeifährt, übernimmt nur so weit, bis die anderen beiden aufgeschlossen haben. Dann löst ihn der zweite ein paar Kilometer ab, bevor sich der dritte dranhängt.«

»Könnte funktionieren«, sagte Lennart. »Wenn er nicht eine ähnliche Kamikazenummer abzieht wie Isaak.«

»Was für ein Auto fährt Wedde?«, fragte Alina.

»Laut meinem Kontakt in der Zulassungsstelle besitzt Wedde zwei Wagen. Einen Škoda Octavia und einen Porsche 911.« Lennart tippte etwas auf seinem Handy. »Ich schicke euch die Kennzeichen per SMS.«

»Mit dem Škoda fährt er vermutlich zur Arbeit«, sagte Elias. »Den Porsche nutzt er für seine Geschäfte als Drogendealer.«

»Bleibt zu hoffen, dass er mit dem Škoda zu seinem Unterschlupf fährt, sonst wird es mit meiner Karre schwierig dranzubleiben«, bemerkte Alina. »Hast du ein Auto?«, wandte sie sich an Lennart.

»Ein eigenes nicht, aber ich finde etwas.«

»Nicht nur Betrüger und Schmuggler, jetzt auch noch Autoknacker.« Alina schüttelte den Kopf.

»Als ich mir die Harley von Isaaks Kumpels geliehen habe, hast du dich nicht beschwert«, erwiderte Lennart.

»Das war ein Notfall«, rechtfertigte sie sich.

»Wir können auch ein Auto mieten«, sagte Elias.

»Zu leicht zu erkennen und nachzuverfolgen.« Lennart winkte ab.

»Dann erklären wir Weddes Überwachung auch zu einem Notfall«, beschloss Elias lächelnd. »Wie lange brauchst du?«

»Gib mir zwei Stunden, dann bin ich bereit.«

Elias nickte. »Nimm die Kreuzung hundert Meter nördlich und melde dich, wenn du in Position bist.«

Lennart hob die Hand zum Gruß und ging in Richtung U-Bahn-Station. »Mache ich.«

* * *

Alina nahm gerade ihr belegtes Brötchen aus der Tüte, als ein dunkelblauer Porsche an ihr vorbeifuhr. Sie schaltete den Motor an und legte den ersten Gang ein, fegte dabei aber den Kaffeebecher aus dem Halter, während das Brötchen mit der Butterseite auf den Beifahrersitz fiel. Sie hätte mit ihrem Kavaliersstart beinahe einen Fahrradfahrer übersehen, kam aber trotz aller Widrigkeiten gut hinterher. Glücklicherweise waren an diesem Abend noch viele Autos auf der nahen Hauptstraße unterwegs, sodass der Porsche seinen Geschwindigkeitsvorteil gegenüber Alinas alter Kiste nicht ausspielen konnte. Während sie sich durch den Verkehr fädelte, nahm sie ihr Handy von der Ablage und wählte Elias' Nummer.

»Er fährt auf dem Bahrenfelder Steindamm, nördlich in Richtung B 431«, sagte sie. »Im Porsche. Das Kennzeichen stimmt.«

Sie hörte einen Motor starten. »Hoffentlich biegt er nicht auf die A 7 ab«, erwiderte Elias.

»Ich habe das Handy auf meinem Schoß«, sagte sie. »Informiere Lennart. Dann rufe noch mal bei mir an.« Sie beendete das Gespräch und konzentrierte sich wieder auf Weddes Porsche.

Zwei Minuten später meldete sich Elias.

»Ich bin drei Fahrzeuge hinter dir«, sagte er. »Wenn er geradeaus in Richtung Volkspark fährt, nimm am besten die 431 und fahre eine Schleife. Ich hänge mich dann dran.«

»Was ist mit Lennart?«

»Ich sehe ihn zwar nicht, aber dafür höre ich ihn«, antwortete Elias. »Er hat sich einen Ford Mustang GT besorgt, der mehr Lärm macht als zehn Harleys mit kaputtem Auspuff. Sobald du dich ausgeklinkt hast, koordiniere ich das mit ihm.«

»Lennart wieder«, murmelte sie und beendete das Gespräch.

Aus Angst, Wedde zu verlieren, ließ sie nur ein Auto Abstand zu ihm, aber es war schon dunkel und genug Verkehr, dass sie nicht auffiel. Außerdem hatte sie ihre Mütze aufgelassen und trug noch ihre Jacke, die sie bis oben hin geschlossen hatte.

Als sie die Kreuzung zur 431 erreichten, fuhr Wedde weiter zum Altonaer Volkspark, also bog Alina auf den Autobahnzubringer ab. Sie sah noch den Mercedes von Elias hinter dem Porsche herfahren, musste sich dann aber wieder auf den Verkehr konzentrieren.

Mit etwas Glück war Wedde nicht in eine Kneipe oder ins Kino unterwegs, sondern zu seinem Versteck. Dann würden sie bald wissen, von wo aus er seine Geschäfte steuerte.

KAPITEL 15

Das in die Jahre gekommene Häuschen am Rande von Hamburg war nicht so schick wie die Altbauwohnung, dafür vermutete man sicherlich keinen Drogendealer darin. Einzig der Porsche vor der Tür passte nicht in die alteingesessene bürgerliche Gegend.

Sie saßen in Elias' Mercedes auf der gegenüberliegenden Straßenseite, unter den ausladenden Ästen einer Buche, die ihren Stellplatz gegen das Licht einer Laterne abschirmte. Elias hielt ein hochwertiges Nachtsichtgerät in den Händen und justierte vorsichtig die Linsen.

»Am Klingelschild steht Frida Wedde«, teilte er den beiden anderen mit.

»Das ist seine Mutter«, bemerkte Lennart. »Weddes Vater ist früh gestorben, laut meinen Informationen lebt seine Mutter aber seit zwei Jahren in einem Pflegeheim.« Er kratzte sich nachdenklich am Kopf.

»Das ist gut möglich«, sagte Elias. »Wedde hat das Haus nicht verkauft, sondern nutzt es als Basis. Wenn das Anwesen noch auf seine Mutter läuft, ist es der perfekte Unterschlupf. Die Nachbarn kennen ihn, und solange er keine wilden Partys veranstaltet, interessiert es niemanden, was er dort macht.«

»Das Problem ist leider das gleiche wie in Ottensen«, erklärte Alina. »Heute Nacht sind wir von der Dunkelheit geschützt, aber tagsüber fällt ein Beobachter im Auto auf. Und hier gibt es nicht einmal einen Spezialitätenladen.«

»Was ist denn mit dem Antiquitätenhändler an der Kreuzung da drüben?« Elias deutete zu einem Geschäft auf ihrer Straßenseite.

»Wenn wir Kameras an der äußersten Ecke anbringen könnten, hätten wir Weddes Haus im Blick, aber die zu installieren benötigt seine Zeit«, sagte Lennart nachdenklich. »Eine kurze Ablenkung genügt mir nicht und mit dem Einbrechen wird es nicht so leicht wie bei Jacek gehen. Dazu müsste ich mir den Laden erst genauer ansehen.«

»Von wie viel Zeit reden wir?«, fragte Alina.

»Ich muss die Kameras mit dem WLAN verbinden und dafür muss ich an deren Router«, erklärte Lennart. »Das macht man nicht im Vorbeigehen.«

»Heute Abend hat der Antiquitätenhändler schon geschlossen, aber wir sollten ihm gleich morgen früh einen Besuch abstatten«, sagte Elias. »Vielleicht haben wir vor Ort eine Idee.«

»Oder wir bringen die Besitzer dazu, den Laden zu verlassen, damit wir ungestört arbeiten können«, murmelte Lennart nachdenklich.

»Wie willst du das anstellen?«, fragte Alina.

»Kannst du dir noch mal die Ratten deiner Nachbarin ausleihen?«

Sie nickte.

»Dann treffen wir uns morgen früh um neun in Horn«, erwiderte Lennart grinsend. »Da gibt es ein Bekleidungsgeschäft mit einer exquisiten Auswahl.«

* * *

»Als du von exquisiter Auswahl geredet hast, habe ich nicht an die Arbeitskleidung der Stadt Hamburg gedacht.« Alina deutete auf ihren orangefarbenen Overall.

»Ist zugegebenermaßen nicht deine Farbe.« Lennart betrachtete sie kritisch. »Harmoniert nicht mit deinen blauen Augen, aber wir wollen schließlich einen Drogendealer und Mörder überführen, da muss man Opfer bringen.«

»Und warum bist du in Zivil?« Sie deutete auf seinen dunkelblauen Anzug.

»Ich bin vom Institut für Hygiene und Umwelt.« Er richtete seine Krawatte.

»Können wir mit dem Diskutieren aufhören und die Kameras installieren«, unterbrach Elias ungeduldig. »Ich will nämlich aus dem Müllsack wieder raus.«

»Sprechen wir es noch einmal durch«, sagte Lennart. »Ich gehe hinein, stelle mich vor und ziehe die Aufmerksamkeit auf mich. Währenddessen lässt du die Ratten frei.« Er deutete auf die Kiste vor Alinas Füßen.

»Und dann verlassen die Besitzer einfach so den Laden?«, fragte Alina.

»Überlass das mir und meinen Improvisationsfähigkeiten«, erwiderte Lennart lächelnd. »Ich bin bestens informiert.«

»Wenn das mal nicht schiefgeht«, murmelte sie.

»Hast du alles, was wir für die Überwachung benötigen?«, fragte Elias.

»Die neusten hochauflösenden Kameras mit Zoom.« Lennart deutete auf seine Aktentasche. »Aufgeladen und einsatzbereit.«

Alina hob die Kiste auf und deutete zum Eingang. »Dann mal los.«

Es klingelte, als Lennart die Tür zum Antiquitätenladen öffnete. Passend zu den alten Möbeln, war auch die Luft abgestanden. Die Holzdielen knarrten, als sie zu dritt hineingingen. Zahllose Leuchter und Lampen hingen von der Decke, um einen massiven Eichentisch standen vier Schaukelstühle, daneben eine alte Kommode, ein Sekretär aus Buchenholz, ein

Küchenschrank mit emaillierten Metalltüren und ein Reisekoffer in der Größe eines Bettes.

Alina öffnete die Kiste und ließ die Ratten heraus, während Lennart durch den Laden schlenderte. »Hallo?«, rief er.

»Guten Morgen.« Eine Frau kam aus einem Nebenraum, der durch einen Vorhang abgetrennt war. Alina schätzte sie auf fünfzig, mit streng zurückgekämmten blonden Haaren und einer Brille mit Goldrand. Sie lächelte Lennart mit gelblichen Zähnen an. Ihr folgte ein etwa gleichaltriger Mann, mit einem grauen Lockenkopf und in einen Frack gekleidet. Die beiden wirkten etwas aus der Zeit gefallen, als hätten sie der Herstellung der Möbel in ihrem Laden noch selbst beigewohnt.

»Schulz, vom Institut für Hygiene und Umwelt der Stadt Hamburg.« Lennart zeigte einen Ausweis. »Uns wurde gemeldet, dass es in Ihrem Laden Ratten geben soll.«

»Sie müssen sich irren«, erwiderte die Frau. Sie sah pikiert zu Alina und Elias, als wäre sie empört, dass Arbeiter ihren Laden aufgesucht hatten. »Wir achten sehr auf Sauberkeit, außerdem lagern wir hier keine Lebensmittel, sodass sich Ratten einen anderen Ort suchen würden.«

Wie auf ein Stichwort trippelte eines der Tiere an Lennarts Füßen vorbei und krabbelte in einen offenen Koffer.

»Ratten!«, schrie der Mann und sprang auf einen Stuhl.

»Willibald. Stell dich nicht so an«, herrschte die Frau ihn an. Sie schien sich an dem Anblick des Nagers nicht zu stören.

»Das sind Ratten, Eva!«, rief er mit schriller Stimme und deutete auf den Koffer.

Sie rollte mit den Augen.

»Dann war unsere Information korrekt«, sagte Lennart gestelzt. »Nach der Verordnung über Rattenbekämpfung vom 30. Juli 1963 müssen wir die Tiere entfernen.« Er deutete auf

Alina und Elias. »Sie brauchen sich keine Sorgen zu machen. Meine Mitarbeiter sind erfahrene Schädlingsbekämpfer.«

»Dann machen Sie schnell, damit sich mein Mann wieder beruhigt.« Willibald war vom Stuhl auf eine alte Kommode gestiegen, die unter seinem Gewicht bedenklich knarrte.

»Wir halten Sie nicht lange auf«, versprach Lennart. »In einer halben Stunde können Sie Ihren Laden wieder betreten.« Er deutete auf die Tür.

»Wir sollen rausgehen?«, fragte die Frau verwundert, während sie ihren Mann vergeblich von der Kommode zu ziehen versuchte.

»Aufgrund der Verordnung von Paragraf 13, Absatz 2 des Gesetzes zur Verhütung und Bekämpfung übertragbarer Krankheiten beim Menschen sind wir verpflichtet, das Risiko zu minimieren«, erklärte Lennart sachlich. »Da wir mit Giften arbeiten, die für den Menschen schädlich sein können, müssen wir darauf bestehen.« Er deutete auf den Koffer, in dem die Ratte verschwunden war. »Ich versichere Ihnen, dass Ihre Antiquitäten keinen Schaden davontragen werden.«

»Na dann.« Die Frau sah noch einmal zu Alina und Elias, schien sich aber bereits mit ihrem kurzzeitigen Auszug arrangiert zu haben. Es dauerte zwei Minuten, bis sie ihren hysterischen Mann von der Kommode gezerrt und nach draußen gebracht hatte, aber schließlich waren die drei alleine.

»Ich halte Wache.« Elias stellte sich an die Tür, während Alina die Ratten einfing. Eine von ihnen quiekte protestierend, schien es ihr im Koffer doch besser gefallen zu haben als in der Kiste.

Lennart ging zum Fenster und betrachtete die Lampen darüber. »Eine Kamera kann ich in dem Leuchter verbergen«, sagte er nachdenklich. »Die andere hänge ich an den Rollladenkasten.« Er öffnete seine Aktentasche und holte die Geräte heraus.

Lennart arbeitete schnell und konzentriert, als hätte er das schon öfters gemacht. Er kletterte auf der Fensterbank herum, befestigte die handgroßen Kameras mit einem Industriekleber an der Decke und an der Außenfassade, bevor er die Linse auf das Haus schräg gegenüber ausrichtete. Schließlich nahm er ein Tablet aus der Tasche, startete eine App und ging durch den Laden. »Hier gibt es WLAN«, stellte er zufrieden fest. »Ich muss nur den Router finden.«

Alina ging zum Vorhang und sah dahinter nach. Auf einem antiken Beistelltisch stand eine weiße Box. »Hier ist er.«

»Perfekt, perfekt«, sagte Lennart.

»Wie willst du das Passwort hacken?«

»Muss ich nicht, weil das Standardpasswort auf dem Gerät aufgeklebt ist und nur die allerwenigsten Leute das ändern.« Er hob den Router hoch, betrachtete das Etikett auf der Unterseite und tippte etwas auf dem Tablet, ehe kurz darauf ein *Ping* ertönte. »Das klappt doch super«, sagte er zufrieden. »Jetzt muss ich nur noch die Kameras mit dem Router synchronisieren, und wir können die Bilder an jedem Punkt dieser Welt empfangen, ohne uns vor Mama Weddes Haus setzen zu müssen, denn die Kameras haben einen hochwertigen Zoom, mit dem man sogar Autokennzeichen auf der anderen Straßenseite des Hauses erkennen kann.« Er tippte wieder etwas auf dem Tablet. »Allerdings reicht die Batterie nur für eine Woche.«

»Das genügt«, erwiderte Alina. »Wedde hat den Drogenverkauf gestoppt, daher steht sein großer Deal kurz bevor. In den nächsten Tagen wird sich etwas tun, und ich bin gespannt, was das sein wird.«

* * *

Lennart sah sich fasziniert im Gästehaus um, als hätte er so ein stilvolles Zimmer noch nie gesehen. Vielleicht überlegte er auch, was man von der Einrichtung zu Geld machen konnte.

»Wir haben Wedde drei Tage lang observiert und kaum Erkenntnisse gewonnen«, schreckte ihn Alina aus den Grübeleien. Sie saß auf der Couch, mit einer Tasse Kaffee in der Hand. Die Reste des Frühstücks standen noch auf dem Tisch.

Lennart riss sich vom Anblick des Gästezimmers los. »Immerhin hat Wedde zweimal Besuch bekommen.«

»Einer war sein Partner Niko Banowski.« Sie hielt das Bild eines Mannes um die vierzig hoch. Er hatte bleiche Haut, ein lang gezogenes Gesicht und sah in die Kamera, als hätte er eine Frage nicht richtig verstanden.

»Der sieht nicht wie ein superintelligentes Kerlchen aus«, bemerkte Lennart.

»Ist er aber«, widersprach Alina. »Er redet komisch und hat einen Tick, aber man sollte sich nicht täuschen.«

»Was für einen Tick?«, fragte Elias.

»Er putzt sich ständig die Nase, als hätte er einen chronischen Schnupfen.« Alina schüttelte sich.

»Und wer ist der Zweite?« Elias betrachtete das Bild eines übergewichtigen Riesen, dessen eingedrückte Nase und abstehende Ohren an Schweinchen Dick erinnerten.

»Ronny Gehrke«, sagte Lennart. »Personenschützer und Besitzer einer Sicherheitsfirma.«

»Also könnte es ein legaler Besuch gewesen sein?«, fragte Alina.

»Gehrke ist so fies, wie er aussieht«, erklärte Lennart. »Er ist nicht wählerisch mit seinen Kunden, könnte Wedde aber auch bei der Bewachung seiner Drogen helfen.«

»Kannst du über ihn mehr erfahren?«, fragte Elias.

»Kein Problem, aber wozu?«, fragte Lennart. »Er wird sicherlich nicht herumerzählen, wo Wedde seinen Stoff lagert, wenn er überhaupt das Versteck kennt.«

»Das ist zu wenig für drei Tage Überwachung«, sagte Alina frustriert. »Wir werden bei Wedde einbrechen müssen.«

»Selbst wenn wir die Tatsachen außer Acht lassen, dass er als Kripobeamter weiß, wie man eine Wohnung sichert, und keiner von uns ein professioneller Einbrecher ist«, sagte Lennart, »dann bleibt immer noch das Risiko, dass er ein irrer Mörder ist und uns eine Kugel in den Kopf schießt, wenn er uns erwischt.«

»Wir brauchen irgendetwas«, sagte Alina. »Wenn er das Kokain im Haus lagert, dann lotsen wir die Polizei mit einem anonymen Tipp dorthin.«

»Vielleicht ist auch schon alles über die Bühne gegangen und wir haben es nur nicht mitbekommen«, unkte Lennart.

»Das Versteckspiel betreibt Wedde nicht ohne Grund«, sagte Alina. »Er wartet auf irgendetwas.«

»Was ist mit seinem Laptop?«, fragte Elias.

»Ich habe keinen Computer bei ihm gesehen«, sagte Alina.

Elias nahm das Tablet und startete ein Überwachungsvideo. Er spulte es vor, bis Wedde aus dem Porsche stieg und in das Haus ging. »Die Aufnahme ist vom ersten Abend.« Er hielt den Film an. »Wedde trägt eine schwarze Mappe unter dem Arm.« Er zoomte den Ausschnitt größer. »Diese hat er auch bei sich, wenn er am nächsten Morgen geht und wenn er am Abend wiederkommt.« Er ließ den Film ein Stück weiterlaufen, bis Wedde an der Tür angekommen war und sich zur Seite drehte. »Diese Tasche ist viel zu dünn für irgendetwas anderes als einen Laptop oder ein Tablet.« Er hielt das Bild wieder an.

»Da sehe ich aber ein ähnliches Problem wie beim Einbrechen«, sagte Alina. »Er hat den Computer immer bei sich, also müssten wir ihn holen, wenn er schläft oder wir ihn überfallen.«

»Oder wir leihen ihn uns aus«, schlug Lennart vor. »Einer meiner Kontakte hat von seiner Lieblingskneipe in Fuhlsbüttel erzählt, in der er jeden Mittag sein Schnitzel isst.«

»Das ist aber vom Polizeipräsidium in Alsterdorf ein Stück zu laufen«, wunderte sich Alina.

»Vermutlich ist genau das der Grund«, sagte Elias. »Dort ist er ungestört von seinen Kollegen.«

»Vielleicht sollten wir unsere Überwachung um diese Location erweitern«, sagte Lennart. »Ich kenne die Bedienung vom Schnitzelladen und die ist für ein gutes Trinkgeld zu allem bereit.«

»Mir fehlt die kriminelle Energie, um mir auszumalen, wie wir in einer öffentlichen Kneipe unauffällig an seinen Laptop kommen, selbst wenn man eine Angestellte kennt«, erklärte Alina.

»Keine Sorge.« Lennart deutete mit beiden Händen auf sich. »Dafür hast du ja mich.«

* * *

Bis auf zwei belegte Tische war die Kneipe um die frühe Mittagszeit leer. Die Einrichtung war sauber, aber der Geruch nach frittiertem Fleisch machte es Alina schwer, ruhig am Tisch zu sitzen, ohne sich ständig die Nase zuzuhalten. Wäre sie nicht schon Vegetarierin gewesen, wäre sie es spätestens beim Anblick der fettigen Riesenschnitzel geworden, welche die Bedienung herumtrug. Alina trug eine blonde Perücke, hatte eine getönte Brille auf der Nase und zwei dünne Tampons vor die unteren Zähne gesteckt, was ihre Lippen wulstig nach vorne drückte, als wäre bei ihr eine Schönheitsoperation misslungen. Sie saß seitlich zu Lennart und betrachtete eine kindliche Karikatur eines Schweines an der Wand, die ihr unpassend vorkam. Ihr ehemaliger Schulkamerad hatte sich auf einem Hocker an der Bar niedergelassen und genoss ein Rumpsteak. Mit seinen kurzen roten Haaren, dem Oberlippenbart und der fleckigen Arbeitshose hätte sie ihn beinahe nicht erkannt, aber sein spitzbübisches Grinsen verriet ihn.

Wedde und Banowski saßen in einer Ecke wie ein altes Ehepaar, das sich nichts mehr zu sagen hat. Wedde hatte den Laptop aufgeklappt und tippte etwas, während Banowski in sein Handy vertieft war und sich beim Lesen immer wieder die Nase schnäuzte. Die Bedienung brachte Wedde ein Bier, seinem Partner ein Glas Wasser und stellte einen Korb mit Besteck auf den Tisch. Beim Zurückgehen berührte sie leicht Lennarts Schulter und stellte sich dann wieder hinter den Tresen, wo sie auf die fertigen Gerichte aus der Küche zu warten schien.

Alina versuchte, ihre Anspannung zu verbergen, indem sie lustlos in ihrem Salat herumstocherte. Lennarts Plan hing davon ab, dass alles genau so funktionierte, wie sie es besprochen hatten. Würde nur eine Sache sich verzögern oder verändern, würden sie nicht an Weddes Laptop herankommen.

Alina zog einen Spiegel aus der Handtasche und betrachtete die beiden Männer darin, während sie ihre Lippen nachzog. Es dauerte nur einen Moment, bis Wedde das Gesicht verzog und sich über den Bauch rieb. Er roch an seinem Bier. Erst wollte er mit dem Tippen weitermachen, aber dann stand er auf und rannte zur Toilette.

»Alles in Ordnung?«, fragte Banowski noch, aber sein Partner war schon weg.

Alina erhob sich von ihrem Platz, während Lennart auf sein Handy drückte. Er wählte die Nummer von Elias und gab ihm damit das Zeichen, dass sein Auftritt begann. Sie sah nach draußen, machte einen Schritt auf das Fenster zu und nahm unauffällig die Tampons aus dem Mund. Dann wandte sie sich zu Banowski.

»Entschuldigung.« Sie ließ ihre Stimme höher klingen. »Ist das Ihr weißer Škoda da draußen?«

Banowski sah von seinem Handy auf. »Was ist damit?«

»Da ist so ein komischer Typ und zerkratzt den Lack mit einem Schraubenzieher.«

Banowski sprang auf und eilte zum Fenster. Ein großer Mann mit blauen Haaren in abgerissener Jeans und schwarzer Lederjacke lief am Auto entlang und hinterließ tiefe Furchen im Lack.

»Nieder mit dem Autofaschismus!«, schrie er durch den Schal vor seinem Mund und hob die Faust. »Mehr Platz für Fußgänger.«

Banowski rannte nach draußen. »Bist du verrückt?«, schrie er den Mann an. Wegen seiner schmächtigen Statur und seiner hohen Stimme machte diese Ansage aber wenig Eindruck.

»Ist das deine Karre?«, rief Elias Banowski entgegen.

»Das ist ein Dienstfahrzeug der Kripo.« Er zog seinen Ausweis aus der Tasche und hielt ihn hoch.

»Umso schlimmer.« Elias sprang über die Motorhaube auf die andere Seite des Autos und rammte den Schraubenzieher mit aller Kraft in den Kotflügel.

»Das wird dich teuer zu stehen kommen.« Banowski wollte ihn fassen, aber Elias war zu schnell für ihn. Die beiden rannten um das Auto und beschimpften sich.

In der Kneipe war Lennart schon an Weddes Laptop. Mit behandschuhten Fingern fuhr er über das Mousepad. Alina stellte sich so, dass sie sowohl den Eingang als auch die Toiletten im Blick behalten konnte.

»Zwei Minuten«, sagte Lennart.

Es dauerte nur zwanzig Sekunden, als die Tür zur Toilette wieder aufging. Wedde hielt sich den Bauch, wirkte aber erleichtert. Von seinem Standort konnte er seinen Tisch nicht sehen, aber noch drei Schritte weiter und er würde Lennart bemerken. Alina ging ihm entgegen. Sie durfte ihn nicht in die Gaststube lassen, auch wenn das Risiko bestand, dass er sie trotz Perücke erkannte.

Sie hatte ihn fast erreicht und wollte ihm in die Arme stolpern, als er sich blitzartig umdrehte, zurück in die Toilette rannte und sich dort geräuschvoll übergab.

Alina seufzte erleichtert. Was immer die Bedienung ihm in sein Getränk geschüttet hatte, es würde Wedde noch eine Zeit dort halten. Wie auf ein Stichwort trat die Frau zu Lennart an den Tisch, holte das Glas und tauschte am Tresen das Bier aus, wobei sie genau auf die gleiche Füllhöhe achtete. Als sie es auf den Tisch zurückstellte, warf Lennart ihr einen Luftkuss zu, was sie mit einem koketten Augenklimpern erwiderte.

Vor der Tür versuchte Banowski noch immer, Elias zu fangen, aber er war zu langsam und nicht wendig genug. Die Jagd um das Auto hatte fast etwas von Slapstick.

Schließlich hob Lennart den Daumen, zog den USB-Stick heraus und rückte den Laptop wieder an die gleiche Stelle, an der er vorher gestanden hatte.

Alina ging nach draußen und gab Elias ein Zeichen. Dieser beendete seinen Rundlauf um das Auto und flüchtete die Straße entlang zur U-Bahn. Banowski sah ihm sichtlich außer Atem nach. Schweiß stand auf seiner Stirn und er musste sich am Auto abstützen.

»Ich krieg dich!«, schrie er Elias hinterher. Dann wankte er zurück ins Lokal.

Auf dem Weg zum Auto zog Alina die Perücke vom Kopf, nahm die Brille ab und wischte sich den Lippenstift vom Mund. Sie war gespannt, was Lennart heruntergeladen hatte.

Kapitel 16

Alina sah interessiert über Lennarts Schulter, als er den Stick in seinen Laptop steckte. Elias stand neben ihr und rubbelte sich mit einem Handtuch die Haare trocken. »Blau steht mir nicht«, murmelte er.

»Was hast du kopiert?«, fragte sie ungeduldig.

»Den Kalender und die letzten zwanzig Mails aus seinem Postfach.« Lennart klickte auf die erste Datei. Der Kalender öffnete sich.

»Heilige Scheiße«, sagte er nach einem Moment.

»Was ist?« Obwohl sich Alina so weit wie möglich vorbeugte, konnte sie die kleine Schrift kaum erkennen.

»Sagt dir der Name Tomas González Pérez etwas?«, fragte Lennart.

»Wenn wir bei Drogen sind, kenne ich das Pérez-Kartell aus Honduras«, antwortete Alina.

»Genau genommen ist es kein klassisches Kartell, sondern eine Organisation, die Drogen verschickt«, korrigierte Elias. »Die stellt selbst keine her.«

»Warst du auch in Zentralamerika im Einsatz?«, fragte Alina.

»Willst du nicht wissen«, winkte Elias ab.

»Ich habe keine Ahnung, wo Tomas im Stammbaum der Pérez-Familie steht, nur fällt sein Name immer wieder, wenn es um größere Drogenlieferungen nach Hamburg geht«, erklärte Lennart.

»Wie kommst du auf ihn?«

»Wedde hat einen Termin mit Pérez«, erwiderte Lennart. »Diesen Freitag.«

»Jetzt wissen wir, was für ein großes Ding er plant«, sagte Elias.

»Stehen da irgendwelche Details?«

»Nur die Uhrzeit und die Abkürzung *LH*.«

»Er kommt mit der Lufthansa?«, wunderte sich Alina.

»Solche Leute nutzen Privatjets mit gefälschten Flugnummern«, sagte Elias. »Pérez wird auf irgendeinem kleinen Flughafen runtergehen und den Rest mit dem Auto fahren. Das *LH* hat eine andere Bedeutung.«

»Was plant ein Drogenschmuggler dieser Liga mit Wedde?«, fragte Alina.

»In den letzten beiden Jahren hat der Hamburger Zoll über acht Tonnen Kokain aus dem Verkehr gezogen«, erklärte Elias. »Vielleicht war eine Lieferung von Pérez dabei und Wedde hilft ihm, das Koks zurückzubekommen.«

»Das ist das große Ding, von dem Dimitrios geredet hat«, sagte Alina.

»Ein Kaliber wie Pérez hat Strukturen in Europa, über die er Hunderte Kilo binnen eines Tages verteilen kann«, sagte Elias. »Außerdem verfügt er über genug Kleingeld, um eine solche Menge zu kaufen.«

»Jetzt müssen wir nur herausfinden, wo Wedde das Koks lagert«, folgerte Alina.

»Weder bei sich noch im Haus seiner Mutter«, sagte Lennart. »Sonst hätte er sich nicht die Dienste von Ronny Gehrke gesichert oder der wäre entsprechend dort.«

»Also müssen wir Weddes Freund hinterher und dann finden wir die Drogen.«.

»Gehrke ist nicht mehr im Personenschutz aktiv«, erwiderte Lennart. »Er sitzt den ganzen Tag im Striplub seines

Halbbruders und regelt die Geschäfte von dort. Er wird Leute abgestellt haben.«

»Vielleicht fürchtet sich Gehrke auch vor Ratten«, schlug Elias vor.

»Das ist eine andere Liga als Jacek«, warnte Lennart. »So leicht kommen wir an ihn nicht ran.«

»Was ist mit den Mails?«, fragte Alina. »Ist eine an Pérez gerichtet?«

»An ihn nicht, aber an Gehrke.« Lennart klickte auf die Datei.

»Was steht drin?«

»Nur Zahlen.«

»Welche Zahlen?«

»53107«, las Lennart vor. »In der nächsten Zeile noch mal eine fünfstellige.«

»Das können GPS-Koordinaten sein«, vermutete Elias. »5 Grad, 10 Minuten, 07 Dezimalsekunden Nord. Die zweite Zahl ist die Ostangabe.«

»Und wie findet man dazu einen Ort?«

Elias nahm den Laptop und öffnete eine Suchmaschine. Dort tippte er die Zahlen mit einem hochgestellten *o* und Hochkommata ein. Er drückte auf *Enter* und eine Deutschlandkarte öffnete sich.

»Die Lüneburger Heide«, stellte Alina erstaunt fest, als die Karte aufzoomte.

»LH«, sagte Lennart.

»Viel Platz, wenige Bewohner und noch weniger Polizei«, bemerkte Elias.

»Wo kann man dort sein Koks verstecken?«, wunderte sich Lennart. »Hat er es vergraben?«

»Finden wir es heraus«, sagte Elias. »Schließlich haben wir die Koordinaten.«

* * *

Inmitten der Lüneburger Heide hatte Alinas Handy kaum noch Empfang, aber es war deutlich zu sehen, dass hier in den letzten Tagen etwas passiert war. Von einem Feldweg führten tiefe Reifenspuren weiter in Richtung Wald. Alina hatte keine Idee, wo diese enden würden, gab es doch weit und breit keine Ansiedlung.

»Was ist das hier?« Lennart deutete auf ein im Boden befestigtes Schild mit einem Totenkopf-Aufkleber, auf dem »Toxic« stand.

»Eine Warnung vor Resten chemischer Waffen«, erklärte Elias.

»In der Lüneburger Heide?«, fragte Lennart verwundert.

»In dieser Region dürfte eigentlich nichts sein«, sagte Elias. »Die wirklich üblen Sachen sind weiter östlich.«

»Definiere üble Sachen.« Lennart blieb stehen.

»Phosgenbomben, Senfgas- und Kampfstoffgranaten.«

Lennart gab ein undefinierbares Quieken von sich.

»Das war jetzt keine vertrauensbildende Maßnahme.« Alina blieb ebenfalls stehen.

»Habt ihr noch nie vom Dethlinger Teich gehört?«

Lennart schüttelte den Kopf und Alina zuckte die Achseln.

»Der Dethlinger Teich ist eigentlich eine vollgelaufene Kieselgrube«, begann Elias. »Nicht weit davon befand sich zur Zeit des Zweiten Weltkriegs eine Munitionsanstalt der Luftwaffe mit über hundert Gebäuden. Dort wurden Brandbomben und Chemiewaffen hergestellt. Das dabei abfallende Abwasser hat man in besagtem Teich entsorgt.«

»Also kein Ort für einen Angelausflug«, stellte Lennart fest.

»Nach dem Zweiten Weltkrieg haben die Briten alle nicht transportfähige Munition in den Teich verklappt«, fuhr Elias fort.

»Was die Umweltverträglichkeit nicht erhöht haben dürfte«, sagte Alina.

»1952 wurde der Teich schließlich zugeschüttet, bis man 2014 gemerkt hat, was für eine Zeitbombe dort tickt.«

»Ein Hoch auf die Geschwindigkeit der Behörden«, sagte Lennart.

»Ich habe keine Ahnung, wie der momentane Status ist, aber wir sind ein gutes Stück weg vom Dethlinger Teich«, erklärte Elias. »Und das ist auch gut so.«

»Und warum stehen dann hier die Warnschilder herum?« Lennart schien nicht überzeugt zu sein.

»Um seine Ruhe zu haben, falls man etwas verstecken will.« Elias zwinkerte ihm zu.

»Das hat Wedde aufgestellt?«, fragte Alina.

»Ich würde es so machen«, sagte Elias. »In dieser Region ist man bezüglich chemischer Überbleibsel des Zweiten Weltkriegs sensibilisiert und sucht sich einen anderen Weg.«

»Und wenn es nicht Wedde war?«, fragte Lennart.

»Dann solltest du darauf achten, wohin du trittst.«

Elias sah wieder auf sein Handy. »Fünfhundert Meter in diese Richtung«, sagte er und ging weiter.

»Ich mache die Nachhut.« Lennart wartete, bis Elias und Alina weitergegangen waren. Dann ging er vorsichtig hinterher, wobei er darauf achtete, genau in Elias' Fußstapfen zu treten.

Einen Moment war Alina neidisch auf Elias. Sie spazierten in einem Gebiet mit vielleicht tödlichen Weltkriegsresten und waren auf dem Weg zu einem möglicherweise gut bewachten Drogenversteck, aber Elias wirkte wie bei einem Ausflug zum Pilzesammeln. Er war konzentriert und behielt die Umgebung genau im Blick, aber er machte in keiner Weise einen angespannten Eindruck. Wahrscheinlich hatte er schon viel schlimmere Dinge erlebt, sodass ihn eine alte Senfgasgranate und Sicherheitsleute nicht mehr schrecken konnten.

Sie gingen tiefer in den Wald hinein, parallel zu den tiefen Reifenfurchen, bis Elias die Hand hob und sich hinter einer großen Fichte verbarg.

Während Alina vorsichtig zu ihm aufschloss, nahm er sein Fernglas heraus und schien etwas zu beobachten.

»Was ist los?«, flüsterte sie.

Er deutete nach vorne und gab ihr das Fernglas. In gut hundert Meter Entfernung lag der Eingang eines Bunkers. Die Betonwand war drei Meter hoch und ebenso breit. Das Gebäude war außer an der Front von Pflanzen überwachsen, als wäre der Bunker in die Erde getrieben worden. Die Eingangstür war aus massivem Eisen und geschlossen. Davor befanden sich zwei Männer. Einer saß vor der Tür auf einem Gartenstuhl und starrte auf sein Handy. Der zweite lief vor dem Bunker hin und her.

Lennart stellte sich neben Alina und zog sein Fernglas heraus. »Einen von den Typen kenne ich«, raunte er. »Der gehört zu Gehrke.«

»Dann wissen wir auch, was er in Weddes Auftrag bewacht«, erwiderte Alina leise.

Elias sah auf sein Handy. »Die Koordinaten stimmen mit der Mail überein. Darin wird Wedde sein Kokain lagern.«

»Dann müssen wir nur die beiden Wächter ausschalten und nachsehen, ob Elias recht hat«, schlug Lennart vor.

»Das wird nicht so leicht«, sagte Alina.

»Bitte?«, wunderte sich Lennart. »Auf die Entfernung würde sogar ich mit einem Gewehr treffen. Und ich benutze Waffen nur auf dem Jahrmarkt.«

»Lassen wir die Tatsache außer Acht, dass du gerade von schwerer Körperverletzung oder Mord redest«, sagte Alina. »Du solltest vielleicht den Eingang des Bunkers noch mal genauer inspizieren, dann wirst du eine Kamera über dem Eingang entdecken. Und die stammt nicht aus dem Zweiten Weltkrieg.«

Lennart sah noch einmal durch das Fernglas. »Oh«, sagte er nach einem Moment.

»Außerdem ist der Eingang geschlossen und zusätzlich mit einer schweren Kette gesichert«, ergänzte Elias. »Ich kann mir nicht vorstellen, dass die Wächter den Schlüssel dazu haben. Und um diese Tür zu öffnen, benötigen wir eine riesige Flex.«

»Oder Sprengstoff«, sagte Lennart.

»Die Scharniere der Tür sind innen«, sagte Elias. »Man müsste erst Teile des Stahlbetons wegsprengen, um da ranzukommen. Die Tür selbst zu sprengen, könnte Teile des Bunkers beschädigen, und wenn die ganze Konstruktion zusammenkracht, ist uns auch nicht geholfen. Wir wissen nicht, wie groß das Bauwerk ist und was uns drinnen erwartet.«

»Dann lass uns die Polizei einschalten«, erwiderte Lennart. »Soll sich das SEK darum kümmern.«

»Erstens würde Wedde das mitbekommen«, sagte Alina. »Und zweitens haben wir außer zwei Wächtern vor einem Bunker nichts, was wir dem LKA anbieten können.«

»Wir müssen entweder sehr leise oder sehr schnell da rein, und ohne dass alles zusammenbricht«, sagte Elias. »Bis wir uns da durchgefräst hätten, wäre Gehrke oder Wedde längst von Hamburg hierhergekommen. Womöglich sind sogar noch mehr Wächter in der Nähe.«

»Vielleicht gibt es ja eine starke Säure, die sich durch alles durchfressen kann«, überlegte Alina. »Allerdings war Chemie nicht gerade mein bestes Fach …«

»Ich kenne da vielleicht jemanden«, setzte Lennart zögerlich an.

»Und wieso nur vielleicht?«, fragte Alina.

»Er ist gewöhnungsbedürftig und hat … Eigenarten.«

»Das schreckt mich nicht«, sagte Alina. »Meinst du, er käme in den Bunker hinein?«

»Nun, er hat einen Doktor in Chemie und einen in Physik. Bis 2016 hat er an der Uni Hamburg Vorlesungen gehalten.«

»Klingt doch gut«, erwiderte Elias. »Wer ist der Typ?«

»Dr. Norbert Zinnecker«, sagte Lennart.

»Moment. Hast du Norbert Zinnecker gesagt?«, fragte Alina. »Du meinst doch nicht Napalm-Norbert?«

»Der Name wird ihm nicht gerecht.«

»Bist du völlig verblödet?«, fuhr Alina leise auf.

»Wer ist denn dieser Napalm?«, fragte Elias.

»Dr. Zinnecker hat Chemie an der Uni gelehrt, bis er in einer Vorlesung Napalm hergestellt hat«, erklärte Alina. »Dabei gab es zahlreiche Verletzte und das ganze Gebäude ist abgebrannt. Am Ende musste sogar die Feuerwehr aus Niedersachsen zu Hilfe gerufen werden, um das unter Kontrolle zu bringen.«

»Kleine Missgeschicke passieren«, sagte Lennart.

»Das kleine Missgeschick hat einen Schaden von elf Millionen erzeugt.«

»Das außer Acht gelassen, scheint er aber genau der Mann zu sein, den wir suchen«, sagte Elias.

»Vielleicht noch ein paar Details zu Napalm-Norbert«, begann Alina. »Nach diesem Vorfall wurde bei ihm eine schizophrene Psychose diagnostiziert. Außerdem ist er Kleptomane und drogensüchtig.«

»Das macht es zugegebenermaßen schwieriger«, räumte Elias ein.

»Gegen seine Psychosen nimmt er Medikamente, und wenn man ihn in kein Geschäft lässt, ist das mit dem Klauen auch kein Problem«, verteidigte Lennart den ehemaligen Dozenten.

»Wir reden hier von hochaktiven Säuren oder Sprengstoff«, sagte Alina. »Und das willst du einen drogensüchtigen Schizo zusammenmischen lassen?«

»Vielleicht hat er ja einen lichten Moment …«

»Ein Fehler und unsere Körperteile fliegen bis in die Nordsee«, unterbrach Alina.

»Ich finde, du dramatisierst«, sagte Lennart.

»Wir sollten ihn uns wenigstens mal ansehen«, schlug Elias vor.

»Bin ich hier von Irren umgeben?«, wandte sich Alina an ihn. »Was genau hast du nicht verstanden? Das mit den Drogen oder das mit den Stimmen, mit denen er spricht?«

»Uns fehlen die Alternativen«, rechtfertigte sich Elias. »Ich komme an Waffen ran, aber nicht an Sprengstoff, und wenn, dann nur in solch kleinen Mengen, dass es nicht mal den Haselbusch daneben wegsprengt.«

»Dann holen wir uns den Schlüssel von Wedde«, sagte Alina. »An seinen Laptop sind wir auch rangekommen.«

»So dumm wird Wedde nicht sein, dass man nur seinen Schlüssel klauen muss und man ist drin«, sagte Elias. »Wenn da wirklich so viel Kokain lagert, dass sich jemand vom Pérez-Kartell dafür interessiert, erwarten uns noch andere Überraschungen.«

Alina schüttelte den Kopf. »Das ist doch Wahnsinn.«

»Lasst uns diesem Norbert einen Besuch abstatten«, schlug Elias erneut vor. »Wenn er wirklich so durchgedreht ist, wie du sagst, finden wir einen anderen Weg.«

Sie schloss die Augen und seufzte hörbar. »Und wo finden wir den irren Doc?«

»Seit seinem misslungenen Experiment hat er Hamburg den Rücken gekehrt und ist nach Elmshorn gezogen.«

»Hier können wir sowieso nichts mehr ausrichten und bis Freitag ist noch Zeit«, sagte Elias. »Dann ab nach Elmshorn.«

»Wenn ich das mal nicht bereue«, murmelte Alina auf dem Weg zurück zu ihrem Auto.

* * *

Das Gebäude war vierstöckig, aus rotem Gestein mit zahllosen Fenstern, die alle eingeworfen oder gesprungen waren. Es stank nach einer Mischung aus Abwasser, Chemie und Schimmel. Der Boden war glitschig von Moos. Als Lennart mit einem Brecheisen die Tür des verlassenen Gebäudes aufstemmte, schüttelte Alina den Kopf. »Vielleicht hättest du uns vorher sagen können, dass Zinnecker in einem abgesperrten, verlassenen und einsturzgefährdeten Industriekomplex haust, mit einem großen ›Betreten verboten‹-Schild am Eingang.«

»Das hätte nur zu Diskussionen geführt.« Lennart winkte ab. »Manchmal ist es besser, den Menschen die Wahrheit zu verschweigen.«

Alina sah zu Elias, aber der zuckte nur die Achseln und ging mit Lennart hinein.

»Was waren das für Zeiten auf Streife«, murmelte Alina, als sie den beiden Männern folgte. »Den ganzen Tag durch St. Georg kurven. Mit Junkies, Taschendieben und Sexualstraftätern diskutieren und mittags ein paar fettige Pommes. Herrlich.«

Das Innere schien eine Produktionshalle gewesen zu sein. Alina konnte Schienen am Boden erkennen. Große Stahlträger waren zwischen den mit Graffiti beschmierten Wänden befestigt. Eine verrostete Werkbank stand vor einem wackeligen Holzregal, das fast die ganze Halle durchzog.

Lennart ging bis zum Ende des Gebäudes, wo er vor einer Metalltür zum Stehen kam. Er hob ein armlanges Rohr auf und schlug damit gegen einen Stahlträger. Das Geräusch hallte laut durch den weiten Raum. Nach dem dritten Schlag warf Lennart das Rohr wieder auf den Boden und wischte sich die Hände sauber.

Eine Zeit lang passierte nichts. Dann öffnete sich die Metalltür quietschend. Nur einen Spaltbreit. Alina erkannte nur einen Schemen.

»Moin, Norbert«, sagte Lennart. »Ich habe hier zwei Freunde, die deine Hilfe gebrauchen könnten.« Er deutete auf Alina und Elias.

Der Mann streckte den Kopf heraus, als wollte er sie genauer inspizieren. Er hatte einen ungekämmten Wuschelkopf mit grauen Haaren, denen eine Spülung gutgetan hätte. Auf seiner Knollennase trug er eine Schutzbrille, die ihm fast bis zur Oberlippe hinunter und weit über die Augenbrauen reichte. Sein bleiches Gesicht war unrasiert. Die Haare unterhalb des Kinns schienen weggebrannt zu sein und die Haut war stark gerötet. »Sehen aus wie Bullen«, murmelte er.

»Ich würde dir niemals so etwas ins Haus bringen.« Lennart legte wie bei einem Schwur die Hand aufs Herz. »Sieht so eine Polizistin aus.« Er deutete mit strahlendem Gesichtsausdruck auf Alina. »Die beiden sind harmlos und sie zahlen gut«, fuhr er fort.

Norbert atmete hörbar durch die Nase ein, als wollte er Alina und Elias nicht nur inspizieren, sondern auch ihren Geruch aufnehmen. »Was sagst du?«, schien er sich selbst zu fragen. »Das weiß ich«, antwortete er nach einem Moment genervt. Dann schien er zu lauschen. Schließlich nickte er, als würde er seine Zustimmung geben. »Denke ich auch«, murmelte er. Er öffnete die Tür zu einem kurzen Gang, an dessen Ende ein großer, hell erleuchteter Raum war. Norbert winkte sie hinein.

So hatte sich Alina immer das Labor eines verrückten Bombenbastlers vorgestellt. Es war heiß und es stank abstoßend nach einer chemischen Lösung. Allerorts blubberten Kolben über kleinen Flammen, standen Reagenzgläser herum oder lagerten Flüssigkeiten. Dazwischen waren Geräte aufgebaut, deren Zweck Alina nicht mal erahnen konnte, meist große Kästen mit einem Display an der Oberseite. Einzig ein Mikroskop erkannte sie. Passend zu der Einrichtung trug Norbert einen weißen Kittel, weiße Socken und ausgelatschte Badeschlappen.

»Was braust du denn gerade?«, fragte Lennart interessiert.

»Das da rechts ist Tomatensuppe.« Er deutete auf einen großen Kolben mit einer roten Flüssigkeit. »Das da hinten ist Lysergsäurediethylamid.« In einer Glasschale blubberte eine weiße Flüssigkeit.

»Sie stellen LSD her?«, fragte Alina konsterniert.

»Beste Qualität.« Norbert tauchte seinen Finger in die Flüssigkeit und leckte ihn ab. »Wollen Sie auch etwas?«

»Vielleicht ein anderes Mal«, lehnte sie lächelnd ab.

Norbert zuckte die Achseln und stellte etwas an der Flamme ein. Diese kurze Ablenkung nutzte sie, um Lennart den Ellenbogen in die Seite zu rammen.

»Was ist denn?«, fragte er und rieb sich die Stelle.

Sie wollte gerade etwas erwidern, als Norbert sich ihnen wieder zuwandte. »Um was geht es?«

»Wir beabsichtigen, einem Drogendealer und Mörder das Handwerk zu legen«, begann Lennart. »Dazu müssen wir in sein Versteck eindringen, einen ehemaligen Weltkriegsbunker.«

»Mit welchen Drogen dealt er denn?«

»Kokain«, sagte Alina.

»Große Mengen?«

»Wir denken, ja.«

»Kann ich mir davon was abzweigen, wenn wir ihn hochgenommen haben?«, fragte er beiläufig, als erkundigte er sich über das Wetter.

»Äh, nein«, antwortete Alina.

»Irgendwie muss ich meine Ausgaben decken«, rechtfertigte sich Norbert.

»Wir würden Sie für Ihre Mühe ausreichend entlohnen«, sagte Elias.

Norbert wandte sich wieder dem LSD zu und inspizierte die Flüssigkeit. Dabei murmelte er etwas, was Alina nicht verstehen konnte. Schließlich öffnete er empört die Augen, als hätte jemand etwas Obszönes gesagt.

»Ich bin dabei«, sagte er.

»Möchtest du keine Details wissen?«, fragte Lennart.

»Mir geht die Lysergsäure aus, daher brauche ich Geld«, antwortete Norbert. »Und einen Bunker zu knacken ist kein Problem. Ich habe schon lange nichts mehr bis zum Äquator gebombt.« Er kicherte und rieb sich die Hände.

»Eigentlich wollen wir in den Bunker hinein, nicht ihn sprengen«, sagte Elias.

»Geht auch, ist aber langweiliger«, erwiderte Norbert. »Sprengen macht mehr Spaß.« Er formte ein *Bumm* mit seinem Mund und beschrieb mit den Händen eine Explosion.

»Vorerst begnügen wir uns mit der langweiligen Methode«, bemerkte Alina mit einem gequälten Lächeln und einem Seitenblick zu Lennart.

»Dann erläutern wir dir unseren Plan«, sagte dieser, während er den Abstand zu ihr vergrößerte. »Die Zeit drängt.«

* * *

Alina kam mit einer großen Tasche voller Kleidung aus ihrer Wohnung und lief die Treppe hinunter, als sie das Blaulicht bemerkte. Im ersten Augenblick dachte sie, eine Streife würde am Haus vorbeifahren, aber das Licht flackerte weiter durch die schmalen Fenster im Treppenhaus, als wäre das Fahrzeug direkt vor dem Hauseingang geparkt. Einen Moment fürchtete sie, dass Wedde ihren Plan durchschaut und ihr eine weitere Falle gestellt haben könnte. Wenn er veranlasst haben sollte, dass die Polizei sie zu Hause abfing, war auch ein Beamter am Hinterausgang positioniert. Ein Entkommen war also unmöglich.

Sie atmete tief durch, schulterte die Tasche und ging zur Tür hinaus, als zwei kräftige Hände sie packten und hochhoben.

»Wie geht es dir, alte Zicke?«, hörte sie Bilals Stimme. Er drückte sie kurz an sich und ließ sie dann wieder runter. »Ich wollte gerade bei dir klingeln, aber da bist du ja schon.«

Sie boxte ihm in den Bauch. »Mein Gott, hast du mich erschreckt«, sagte sie erleichtert. »Ich dachte, das SEK ist hier, um mich zu holen.«

Er hob die Hände zur Deckung wie ein Boxer und ging grinsend einen Schritt zurück. »Ich wollte dir nur gratulieren«, sagte Bilal. »Was man im Flurfunk hört, sind alle Vorwürfe gegen dich fallen gelassen worden.«

Alina nickte. Tatsächlich wusste sie nichts davon, aber die Anwältin hatte ihr drei Mails geschrieben und zwei Nachrichten auf ihrem Handy hinterlassen. Vielleicht sollte sie diese endlich einmal abhören.

»Wann kommst du wieder zurück?«, fragte er. »Mein neuer Kollege ist langweilig wie eine verdorrte Dattel und hat außerdem eine Glutamatunverträglichkeit, was es ihm unmöglich macht, etwas in einem Imbiss zu essen. Stattdessen nimmt er immer selbst gekochtes Gemüse in einer alten Tupperdose mit.« Bilal schüttelte sich. »Es sei denn, du willst gleich auf die Akademie, denn ich glaube noch immer, dass du zur Kripo gehörst und nicht in einen Streifenwagen.«

»Ich brauche noch etwas Zeit«, sagte sie. In Wirklichkeit hatte sie sich noch keine Gedanken gemacht, wie es mit ihrer Arbeit weitergehen sollte, zu sehr war sie auf Wedde und den bevorstehenden Drogendeal konzentriert.

»Störe ich dich bei irgendetwas?« Er deutete auf ihre Tasche.

»Ich muss zu meinem Vater ins Pflegeheim«, log sie. »Er braucht neue Kleidung.«

»Dann will ich dich nicht weiter aufhalten.« Er umschloss sie noch mal mit seinen starken Armen und drückte sie fest an sich. »Mach keinen Blödsinn und pass auf dich auf.«

Alina hatte Mühe, ihre Tränen zurückzuhalten, als er sie wieder absetzte. Sie vermisste ihn, und es fiel ihr schwer, Bilal nicht die Wahrheit zu sagen, aber Wedde war ein gefährlicher Mann und er hätte auch vor Bilal nicht haltgemacht.

»Wir sehen uns, Alina«, sagte er mit einem Zwinkern, als er wieder in sein Dienstfahrzeug stieg.

»Das wäre schön, alter Freund«, sagte sie leise und winkte ihm, als er losfuhr. »Hoffentlich sehen wir uns wieder.«

* * *

Sein Elternhaus war der perfekte Rückzugsort für Marius Wedde. Der lange, dicht bewachsene Garten ermöglichte es seinen Helfern, über die Rückseite des Hauses ein und aus zu gehen, ohne dass jemand von den neugierigen Nachbarn etwas mitbekam. Einzig für den Idioten Ronny Gehrke war das zu kompliziert gewesen, aber er hatte den ehemaligen Ringer nicht wegen seiner Intelligenz engagiert. Seine Männer waren erfahrene Soldaten und, da er sie bar bezahlte, auch preiswert. So musste er nicht selbst den ganzen Tag in der stinkigen Lüneburger Heide herumsitzen, bis es endlich Freitag wurde und Pérez sein Koks abnehmen kam.

Er saß auf einer dunkelbraunen Couch, deren Leder im Schein der Korblampen glänzte. Sein Laptop stand auf einer glatt polierten Reisetruhe, daneben ein Glas südafrikanischer Rotwein und eine Kapulakerze, die einen herben Duft verströmte. Statt eines Teppichs lag das Fell eines Zebras auf dem Boden, und die Wand hinter ihm zierten zwei große Antilopengeweihe, die auf die andere Seite des Raums starrten, wo ein großes Bild des Bloubergstrands mit dem Tafelberg hing.

Er hob kurz den Kopf und betrachtete die Aufnahme, den feinen Sand, die Brandung und die Möwen kurz vor

Sonnenuntergang. Er hatte immer davon geträumt, in sein Geburtsland zurückzukehren, eine Jacht zu besitzen und sich nie mehr Sorgen um Geld machen zu müssen.

Das Klingeln an der Tür riss ihn aus den Gedanken. Er erwartete keinen Besuch und es war zu spät für die Post. Er nahm seine Pistole aus dem Holster, ging zur Tür und stellte sich davor. »Wer ist da?«, fragte er.

»Herr Wedde, hier ist Lennart«, hörte er die Stimme eines Mannes.

Marius hatte den Namen noch nie gehört. »Ich bin hier wegen Ihres Wohnsitzes in der Lüneburger Heide«, fuhr der Mann fort. »Und des bevorstehenden Geschäfts.«

Marius riss die Tür auf, ging einen Schritt auf den Mann zu und hielt ihm die Pistole an den Bauch. »Hör zu, Arschloch«, begann er. »Du kommst jetzt unauffällig rein, ohne eine schnelle Bewegung zu machen, oder ich ballere dir die Eier weg.«

Der Mann hatte lockige blonde Haare, ein glatt rasiertes Gesicht und fast weibische Augen, die zu einem Schlagersänger gepasst hätten, welcher der Traum aller Schwiegermütter war. Marius packte Lennart am Kragen, stieß die Tür mit dem Fuß zu und drückte ihn an die Wand.

»Woher weißt du von meinem Versteck und meinen Geschäften?« Er hielt ihm die Pistole an die Stirn.

»Von Alina Grimm«, antwortete er.

»Sagtest du Grimm?«, fragte Marius überrascht. »Die suspendierte Polizistin?«

Lennart nickte.

»Woher weiß die Nutte von meinen Geschäften?«

»Keine Ahnung. Sie hat mich nur dafür engagiert, Sie auszuspionieren.« Er deutete in Richtung Tür. »Vor ein paar Tagen habe ich deswegen zwei Überwachungskameras in dem Antiquitätenladen angebracht.«

»Und warum bist du hier?«

»Weil ich mich immer auf die Seite der Gewinner stelle«, sagte Lennart. »Und das sind Sie.«

»Bin ich das?« Marius ließ den Kragen los.

»Alina und ihre Helfer wollen freitags vor Ihrem Treffen mit Pérez Ihren Bunker stürmen«, fuhr Lennart fort. »Wenn Sie abgelenkt sind, knackt ein Helfer die Tür und räumt das Kokain aus.«

»Woher weiß die Nutte davon?«, wiederholte Marius wütend.

»Ich weiß es wirklich nicht«, sagte Lennart.

»Wo ist sie?«

»Im Haus von Gerwald Arentz«, sagte Lennart.

»Da bin ich schon mal ohne Probleme reingekommen«, sagte Marius. »Eine Kripomarke und ein Ausweis bewirken Wunder.«

»Dieses Mal sind Alina und Gerwalds Leibwächter aber darauf vorbereitet«, sagte Lennart. »Warum machen Sie sich den Stress, wenn Sie jetzt wissen, dass sie am Freitag in der Lüneburger Heide auftauchen? Dort können Sie die zwei gebührend empfangen.«

»Verlass dich drauf.« Marius tippte Lennart mit der Pistole auf die Brust. »Was willst du dafür?«

»Nur einen kleinen Anteil am Gewinn und die Aussicht auf weitere Aufträge.«

»Woher weiß ich, dass du mich nicht verarschst?«

»Ich komme am Freitag in aller Frühe zu Ihnen und dann können Sie mich mitnehmen, in den Keller sperren oder wo auch immer einschließen. Wenn ich die Wahrheit gesagt habe, zahlen Sie mich aus. Wenn nicht, können Sie mir eine Kugel in den Kopf jagen.«

Marius grinste. Dieser Lennart war wirklich dumm, wenn er glaubte, dass er nur einen Cent von ihm erhalten würde.

»Und Grimm wird dich nicht vermissen, wenn du bei der Aktion nicht dabei bist?«

»Ich habe ihr gesagt, dass ich zu viel Angst habe und mich raushalte«, sagte Lennart. »Sie hat mich zum Spionieren engagiert, nicht zum Rumballern.«

Marius betrachtete den Blondschopf noch einmal. Er wirkte erstaunlich ruhig und war selbst beim Anblick der Pistole nicht nervös geworden.

»Was haben Sie zu verlieren?«, fragte Lennart, der sein Zögern bemerkt zu haben schien. »Bewacht wird Ihr Versteck sowieso. Sie müssen nur etwas aufrüsten.«

Marius lächelte und steckte die Pistole wieder ein. »Freitag, sieben Uhr. Dann wartest du im Keller, bis ich wieder zurück bin.« Er deutete zum Garten. »Aber nimm den Hintereingang.«

Lennart nickte und tippte sich an die Stirn. »Schönen Abend noch.« Dann verließ er das Haus.

Marius sah ihm nach, bis er verschwunden war. Dann nahm er sein Handy und wählte Gehrkes Nummer.

»Ich bin's, Ronny«, begann er. »Wir bekommen am Freitag ungebetenen Besuch im Versteck. Was hast du an schweren Waffen?«

Kapitel 17

»Das ist kein Auto, sondern ein fahrender Bunker«, sagte Alina. Auf dem Beifahrersitz des Jeeps hätten zwei Personen Platz gehabt. Das Fensterglas war so dick wie ein Finger und die Tür musste mindestens eine Tonne wiegen.

»Den werde ich auch brauchen«, erwiderte Elias, als er das Auto über den Waldweg lenkte. »Gott sei Dank ist der Boden gefroren, sonst würde ich hier nicht mehr herauskommen.«

Es ruckelte, als sie durch ein tiefes Loch fuhren. Alina drehte sich nach hinten. Der Vorderreifen der Enduro ragte bis zum Rücksitz, auf dem es sich Norbert gemütlich gemacht hatte. Er hatte die Augen geschlossen, und auf dem Schoß hatte er einen großen Rucksack, aus dem mehrere Metallstangen herausragten. Daneben lag Alinas schwere Tasche, die sie brauchen würde, wenn sie im Bunker waren.

»Wie viel wiegt das Auto?«, fragte sie.

»Fünf Tonnen.«

Alina stieß einen leisen Pfiff aus.

»Panzerglas ist schwer«, sagte Elias. »Das ganze Fahrzeug schützt gegen Beschuss von Sturmgewehren und Splitter von Handgranaten. Außerdem hat es Carbonsitze mit Fünfpunktgurt und Sicherheitsreifen, die auch nach Beschädigung funktionieren. Schließlich noch das gegen Minen gesicherte Bodenblech.« Er schlug auf das Lenkrad. »Beziehungen zur Sicherheitsbranche sind von Vorteil, denn eine solche Karre kostet ein paar Hunderttausend.« Er lenkte das Auto auf einen kleinen Schotterweg, schaltete den Motor aus und verließ das Fahrzeug. Alina und Norbert stiegen ebenfalls aus.

»Es sind noch vierhundert Meter bis zum Bunker«, sagte Elias. »Wir müssen sichergehen, dass der Weg bis zur Lichtung davor frei ist, sonst wird es nichts mit unserer Überraschung.«

Er zeigte zum Wald und lief geduckt vor. Als er hinter einer Eiche angekommen war, winkte er Alina.

»Wie wir es befürchtet haben«, sagte Elias, als die beiden anderen bei ihm waren. Er deutete auf einen Mann, der in einem Dickicht nicht weit vom Bunker Wache stand. »Kurz vor dem Geschäft mit Pérez hat Wedde aufgerüstet. Er überlässt nichts dem Zufall.«

»Er darf auf keinen Fall Alarm schlagen«, sagte Alina. »Wir sollten uns von hinten anschleichen, ihm eine Pistole an den Kopf halten und ihn fesseln.«

»Das geht einfacher.« Norbert griff in die Tasche seiner Jacke und zog ein handlanges Metallröhrchen heraus. Dann erhob er sich aus der Deckung und ging in Richtung des Wächters. Alina und Elias wollten nach seinem Arm greifen, waren aber von der eigenmächtigen Aktion zu überrascht, um rechtzeitig reagieren zu können.

»Verdammt«, fluchte Alina, als Norbert direkt auf den Mann zuspazierte.

»Entschuldigung«, sagte Norbert laut. »Ich habe mich verlaufen. Können Sie mir die Richtung nach Lüneburg zeigen?«

»Das ist Sperrgebiet«, antwortete der Mann und schob seine rechte Hand unter die Jacke.

»Das weiß ich, deshalb will ich hier ja auch wieder raus.« Norbert zog sein Handy aus der Tasche und hob es nach oben, als hoffte er, dort besseren Empfang zu haben.

Der Mann trat zu ihm, packte ihn am Arm und deutete nach Norden. »Da lang. Und zwar schnell.«

Mit einer geschickten Bewegung wand Norbert sich aus dem Griff, hielt das Rohr an seinen Mund und pustete dem Wächter ein weißes Pulver ins Gesicht. Der Mann wich zwei Schritte zurück und rieb sich die Augen. Norbert stellte sich neben ihn, schob seinen Jackenärmel zurück und sah auf die Uhr.

Der Mann torkelte. »Was ist das?«, fragte er keuchend und tastete um sich, als könnte er nichts sehen. Nach drei weiteren Schritten sank er auf die Knie und griff nach seiner Pistole. Norbert stellte sich hinter ihn, während der Mann ziellos mit der Waffe herumfuchtelte.

»Was ist mit meinen Augen?« Seine heisere Stimme war kaum noch zu hören. Er ließ die Pistole fallen und sein Kopf sank auf seine Brust. Ein leises Stöhnen entwich seinem Mund, dann rutschte er zu Boden.

»Siebenundzwanzig Sekunden.« Norbert schüttelte unzufrieden den Kopf. »Das hätte schneller gehen müssen.«

Alina kam zu ihm gerannt. »Ist er tot?« Sie legte den Finger auf die Halsschlagader.

»Nur betäubt.« Norbert winkte ab.

»Was war das für ein Pulver?«, fragte Elias.

»Meine eigene kleine Mischung.« Er grinste. »Haut selbst einen Neandertaler um.«

»Das war eine dumme Aktion«, sagte Alina.

»Hat doch geklappt«, erwiderte Norbert achselzuckend.

»Wir sollten uns später darüber unterhalten.« Elias packte den Mann unter den Armen und schleifte ihn in eine Mulde hinter einem Busch. »Wir haben nicht mehr viel Zeit, bis Pérez kommt.«

»Fesseln kann man sich sparen.« Norbert deutete auf den Wächter. »Der schläft ein paar Stunden.«

Alina sah mit dem Fernrohr in Richtung Bunker. »Bis zur Lichtung sehe ich niemanden mehr. Der Weg scheint frei zu sein.«

»Dann zurück zum Auto.« Sie liefen zurück zum Jeep, der schon eine Handbreit in die Erde eingesunken war. Alina öffnete den Kofferraum und beförderte das Motorrad ins Freie, während

Norbert seinen großen Rucksack herausnahm. Elias zog eine kugelsichere Weste über und schloss die Klettverschlüsse.

»Wir fahren los, sobald wir das Feuerwerk hören«, sagte Alina. »Sei vorsichtig«, bat sie besorgt.

»Ich bin nur die Ablenkung«, erwiderte Elias. »Ihr wollt in die Höhle des Löwen.« Er kam zu ihr und umarmte sie fest. »Pass auf dich auf«, sagte er gerade so laut, dass sie es hören konnte.

Es fühlte sich gut an, dass sich jemand um sie Sorgen machte. Sie erwiderte die Umarmung. »Heute Abend ist alles vorbei.« Sie versuchte, zuversichtlich zu klingen, damit er ihre Angst nicht spüren konnte. »Dann feiern wir.«

»Das werden wir«, erwiderte Elias. Er holte ihre Tasche aus dem Auto, stellte sie auf den Boden und lächelte, als er wieder einstieg, aber das Lächeln war längst nicht mehr so selbstbewusst wie in früheren Tagen. Denn sie machten sich zu einem Himmelfahrtskommando auf, das sie vielleicht nicht überleben würden.

* * *

Marius hatte sich eine Deckung aus Ästen, Steinen und Sand gebaut, die jedem Beschuss standhalten würde. Dahinter lagen zwei Pistolen und hundert Schuss Munition. In seiner Jacke hatte er noch einen zusammenklappbaren Schlagstock und ein scharfes Jagdmesser. In der Tasche neben ihm befanden sich ein Maschinengewehr und vier Ersatzmagazine. Außerdem hatte Ronny ihm zwei weitere Angestellte zur Seite gestellt, sodass sie den Eingang zu fünft bewachten. Einer der Männer hatte einen großen Koffer dabei.

»Für den Notfall«, hatte dieser angemerkt.

Es war zehn Uhr durch. Pérez würde in fünf Stunden in Hamburg ankommen und von Banowski hierhergeführt werden. Hoffentlich wäre der Angriff bis dahin erledigt, wenn dieser Lennart überhaupt die Wahrheit gesagt hatte. Sollte er gelogen haben, würde er ihn im Meer versenken. Lebendig.

Es war ruhig in der Lüneburger Heide, doch auf einmal vernahm Marius ein Geräusch, das nicht in diese Idylle passte. Anfänglich dachte er, es handle sich um eine Kettensäge, aber dann wurde es lauter und kam näher.

»Ein Jeep hält auf uns zu«, sagte einer von Ronnys Wächtern. Er setzte das Fernglas ab und deutete nach vorne.

Marius sprang hinter seine Deckung. Zwei Männer bezogen Stellung neben einem kleinen Erdhügel, die anderen beiden vor dem Bunkereingang, wo sie einen Baumstamm hingezogen hatten. Der Jeep war riesig, mit einer schwarzmatten Lackierung, großen Reifen und abgedunkelten Scheiben. Der Motor dröhnte wie der eines Traktors, als sich das Auto durch die gefrorene Erde pflügte.

»Noch warten!«, rief Marius über den Lärm hinweg. Er wollte erst sehen, wie nah sich das Fahrzeug an den Bunker herantraute.

Etwa dreißig Meter vor Marius' improvisierter Barrikade blieb der Wagen stehen. Die Tür wurde aufgerissen und eine Gestalt mit einer Skimaske über dem Gesicht eröffnete mit einer großen Pistole das Feuer. Dabei nutzte er die Tür des Jeeps als Deckung.

Marius fluchte im Schutz seiner Befestigung, während die ersten Kugeln in die Baumstämme knallten. Ronnys Männer erwiderten das Feuer. Der Lärm war ohrenbetäubend. Erde spritzte auf, als das Dröhnen des Maschinengewehrs alles übertönte.

Marius presste sich an seine Deckung und lachte. Er hatte nur einen Mann im Auto gesehen und der Beschuss würde ihn in Fetzen reißen. Als das Magazin der Maschinenpistole leer war, sah er vorsichtig um seine Barrikade herum und erwartete einen durchlöcherten Jeep, aber außer der gesprungenen

Frontscheibe war das Fahrzeug intakt. Der Angreifer feuerte unvermindert zurück.

»Das ist ein verdammter Panzer!«, schrie einer von Ronnys Männern.

»Dann konzentriert euch auf den Schützen, ihr Idioten!«, brüllte er. Er zog den Kopf wieder zurück, zielte in die Richtung des Autos und schoss sein Magazin leer.

* * *

Obwohl Alina damit gerechnet hatte, ließ sie der erste Schuss zusammenzucken. Er hallte laut durch die Stille der Lüneburger Heide und scheuchte eine Herde verschreckter Rehe auf. Die Schüsse nahmen zu und steigerten sich zu einem wilden Lärm. Sie hatte keine Ahnung, wie viele Leute Wedde zur Bewachung abgestellt hatte, aber es schienen mindestens vier zu sein.

»Ihm passiert nichts«, murmelte sie vor sich hin, um ihr schnell schlagendes Herz zu beruhigen. Elias war ein erfahrener Kämpfer, der wusste, was er tat. Für sie und Norbert galt es nun, ihren Teil des Plans zu erledigen.

Alina platzierte ihre schwere Tasche auf dem Lenker des Motorrads, sprang auf die Sitzbank und startete den Motor. Norbert setzte sich hinter sie und die Enduro sank wegen des Gewichts ein Stück in den gefrorenen Boden. Alina fuhr langsam an, hatte sie doch schon seit Jahren nicht mehr auf einer Geländemaschine gesessen, aber nach wenigen Metern auf dem Feldweg fühlte sich alles wieder vertraut an, fast wie bei der Harley auf den Straßen von Hamburg. Der Motorlärm ging im Getöse der Schießerei unter. Der Weg endete an einem kleinen Hügel. Alina lenkte nach rechts und fuhr zwischen zwei Fichten hindurch, weiter in Richtung Bunker.

* * *

Der Mann am Eingang schrie, als ihn eine Kugel in den Hals traf. Dann fiel er mit dem Gesicht voraus zu Boden und eine Pfütze aus Blut breitete sich unter ihm aus. Marius fluchte.

Die Schießerei ging schon eine gefühlte Ewigkeit, und noch immer schoss der Angreifer ohne Unterlass, als wäre sein Wagen voller Patronen und Pistolen.

Als Ronnys Männer hinter dem Erdhügel eine kurze Feuerpause einlegten und nachluden, winkte er ihnen zu. »Macht irgendwas.« Er deutete auf seine Uhr. Pérez würde bald in Hamburg landen und Marius wollte ihn nicht auf einem Schlachtfeld begrüßen.

»Die Kugeln prallen an der verfluchten Karre einfach ab!«, rief der Mann zurück.

»Was ist mit der Überraschung?« Marius deutete auf den Koffer.

Der Angesprochene verzog das Gesicht, als würde ihm der Gedanke, diesen zu öffnen, nicht gefallen, was auch immer darin lag. Dann nickte er Wedde zu, hantierte am Koffer herum und nahm eine kleine Panzerfaust heraus. Es war ein grünes Rohr, kaum länger als sein Arm, mit einem Abzug an der Vorderseite und einer Klappe am Ende. Der Mann hob vorsichtig eine spitz zulaufende Granate heraus und setzte sie hinein. Er legte sich das Rohr auf die linke Schulter und klappte die Zieleinrichtung hoch.

Marius ging zum Rand seiner Deckung und feuerte auf den Jeep, damit Ronnys Mann Zeit zum Schießen hatte. Dieser erhob sich hinter dem Erdhügel und drehte sich zum Angreifer. Er brauchte einen Moment, bis er das Ziel erfasst hatte. Dann betätigte er den Abzug.

Die Explosion ließ den Boden erbeben. Marius zog vor Schreck den Kopf ein. Die Tür des Wagens flog zehn Meter weit nach hinten. Teile der Frontscheibe wurden zerfetzt und die vordere Achse brach, sodass das Auto Schlagseite nach links

276

bekam. Eigentlich hätte das niemand überleben dürfen, aber die Beifahrertür öffnete sich und ihr Angreifer rannte geduckt in Richtung Wald. Er hielt sich die Schulter und humpelte.

Einen Augenblick überlegte Marius, ob er ihm hinterherrennen und ihn fertigmachen sollte, aber der Deal mit Pérez war zu wichtig. Er deutete auf den Mann mit der Panzerfaust. »Nimm deinen Kumpel und holt euch den Drecksack!«, rief er ihnen zu. »Ich mache hier die Sauerei weg!«

Der Mann ließ die Panzerfaust fallen und hob seine Pistole auf. Dann sprang er aus der Deckung und rannte dem Unbekannten hinterher.

* * *

Eigentlich hatte der Plan gut funktioniert. Elias hatte die Wachen vor dem Tor binden können und sogar eine von ihnen ausgeschaltet. Irgendwann hätte er auch den zweiten Mann am Eingang erwischt und über die linke Flanke angreifen können, aber er hatte nicht mit einem Granatwerfer gerechnet. Hätte der Mann nur eine Sekunde schneller geschossen, wäre er jetzt tot gewesen. Der Moment der Verzögerung hatte ihm die Zeit gegeben, sich in den Fußraum des Jeeps zu werfen, der groß genug war, dass er sich dort hineinkauern konnte. Die meisten Splitter hatte seine kugelsichere Weste abhalten können, aber einer hatte seine Schulter durchschlagen, ein zweiter seinen Oberschenkel. Glücklicherweise konnte er sein linkes Bein noch belasten, aber die Schmerzen hemmten ihn beim Laufen. Elias griff unter seine kugelsichere Weste, zog ein dünnes Plastikröhrchen hervor und schluckte den Inhalt. Das Morphin würde ihn schnell schmerzfrei machen, aber ihn nicht vor dem Verbluten bewahren. Seine Schulter wurde feucht. Er musste die Wunde schließen, bevor er zu viel Blut verlor.

Im Laufen zog er sein Messer, nahm das Sturmfeuerzeug heraus und begann die Klinge zu erhitzen. Ein Schuss ertönte, aber die Kugel kam nicht zu ihm durch. Die Bäume standen zu dicht, als dass seine Verfolger ihn treffen konnten, aber solange sie ihn sahen, würde er sich nicht um seine Wunde kümmern können. Er steckte Messer und Feuerzeug wieder ein und beschleunigte seine Schritte. Das Morphium begann zu wirken und er konnte besser laufen. Doch wenn sich die Wunden beim Rennen vergrößerten, würde er in zwei Minuten wegen des Blutverlusts ohnmächtig werden. Dann war es egal, ob ihn die Verfolger einholten.

Er wäre tot, bis sie bei ihm waren.

* * *

Sie hatten einen Wagenheber, zwei Autos, drei Schaufeln und ebenso viele Abschleppseile benötigt, um den zerschossenen Jeep aus dem Weg in den Wald zu ziehen. Nach drei Stunden Arbeit war Marius' Hose mit Schlamm verschmiert und seine Schuhe würde er in den Mülleimer werfen können, aber zum Glück hatte er heute Morgen noch einen Maßanzug samt Slippers ins Auto gelegt, damit ihn Pérez nicht für einen schmierigen Straßendealer halten würde.

Banowski hatte ihm vor fünfundzwanzig Minuten eine SMS geschrieben, dass Pérez am Treffpunkt angekommen war und sie sich auf dem Weg zur Lüneburger Heide befanden. Während er sich das Jackett überzog, schoben Ronnys Männer noch den Baumstamm vom Eingang weg und legten die Leiche ihres Freundes in den Kofferraum des Wagens.

Marius kontrollierte noch einmal die Zufahrt und hob die restlichen Patronenhülsen auf. Er versuchte, seine Aufregung zu verbergen und wischte sich die schweißigen Hände an der Hose ab, als er ein lautes Motorengeräusch vernahm. Statt eines gepanzerten Jeeps kamen diesmal zwei schwarze Mercedes mit verdunkelten Scheiben gefahren. Der Schlamm spritzte, als sie die kleine Kuhle umfuhren, in der vor Kurzem noch das Auto des Angreifers gestanden hatte. Sie hielten zehn Meter vor dem Bunker. Vier Männer stiegen aus dem hinteren Fahrzeug, zogen ihre Pistolen und sicherten die Umgebung in alle Richtungen ab. Nach einem Moment kam auch Banowski aus dem Fahrzeug. Er hatte nur ein dünnes Hemd, Jeans und Turnschuhe an. Wahrscheinlich wollten Pérez' Männer so sichergehen, dass er unbewaffnet war. Er schnäuzte sich die Nase in ein großes Taschentuch und nickte seinem Partner zitternd zu, wobei Marius nicht wusste, ob aus Angst oder wegen der Kälte.

Dann öffnete sich die Beifahrertür des vorderen Autos, und ein großer, hagerer Mann stieg aus. Er hatte helle Haut mit Sommersprossen und rote Haare. Ohne auf Marius zu achten, ging er nach hinten und öffnete die Tür des Wagens.

Ein braun gebrannter, südländisch aussehender Mann verließ das Auto. Er trug einen maßgeschneiderten dunklen Anzug und einen dicken Kamelhaarmantel. Seine langen schwarzen Haare waren im Nacken zu einem Zopf geflochten und eine silberne Halskette mit einem Diamanten hing bis auf seine Brust. Er hatte einen fein geschnittenen Kinnbart und eine schmale, flache Nase. Es war Tomas Pérez. Marius kannte ihn von einem Foto. Pérez sah sich abschätzig um, als wäre der Ort unter seiner Würde. Dann sagte er etwas auf Spanisch zu dem großen Mann.

Dieser nickte und ging zu Marius. »Guten Tag, Herr Wedde«, grüßte er mit holländischem Akzent.

»Guten Tag und danke …«, begann Marius.

»Mein Boss mag diese Gegend nicht und das Wetter auch nicht«, unterbrach der Holländer. »Kommen wir zum Geschäft.«

Marius nickte und deutete auf den Bunker, was Pérez nur ein Kopfschütteln entlockte. Marius gab Banowski ein Zeichen, hier zu warten. Am Eingang schaltete er einen Generator ein, der die Räume im Bunker mit Licht versorgte. Es roch unverändert modrig, als sie den Gang zum Lager entlangliefen, aber in diesen Geruch mischte sich etwas anderes, etwas Verkohltes, das Marius nicht richtig zuordnen konnte. Als hätte etwas gebrannt, obgleich der Bunker nur aus Beton und Stahl bestand. Kein Holz oder etwas anderes, das Feuer fangen konnte. Darum würde er sich später kümmern, zuerst musste er den Deal abschließen. Der Holländer ging neben ihm. Die vier Leibwächter hatten Pérez in ihre Mitte genommen und die Waffen gezogen, als würden sie hinter jeder Ecke einen Hinterhalt vermuten, aber schließlich gelangten sie ohne Zwischenfälle in den Lagerraum, der nur dreißig Meter vom Eingang entfernt war.

Zwei helle Halogenscheinwerfer beleuchteten den kleinen Raum. Auf einer Palette in der Ecke lagen zweihundert schwarze Plastiktüten mit je einem Kilo Kokain. Für einen Mann wie Pérez eine fast lächerliche Menge, aber nachdem seine letzte Ladung vom Zoll abgefangen worden war, suchte der Südamerikaner nach schnellen Lösungen, um seine Abnehmer zu beliefern, daher hatte er in den Deal eingewilligt.

Der Rothaarige schritt zur Palette, nahm eine Tüte und schob ein Messer hinein. Er roch an dem weißen Pulver und schüttete etwas auf seine Zunge. Schließlich verzog er verwundert das Gesicht, ging zu Pérez und reichte ihm mit der Klinge etwas Pulver. Der Drogendealer tippte mit dem Finger darauf und leckte diesen vorsichtig ab.

»*Harina*«, sagte er.

Seine Leibwächter hoben die Pistolen und richteten sie auf Marius.

»Was ist los?«, fragte dieser.

Der Holländer schleuderte Marius die Tüte ins Gesicht. Das weiße Pulver blendete ihn und er stolperte zurück. »Ich weiß nicht, für wie dumm du uns hältst«, sagte der Hagere. »Aber für diese Beleidigung wirst du bezahlen.«

Dann ertönte ein Schuss und Marius schrie.

EPILOG

Alina saß mit einem Glas Champagner auf der Couch. Auf dem Teller in ihrer Hand stapelten sich vegetarische Sushiröllchen und Bruce Springsteen dröhnte aus den Lautsprechern. Lennart lehnte an der Wand, eine Flasche Champagner in der Linken und den Schenkel einer gebratenen Ente in der Rechten. Norbert saß neben ihm auf dem Boden und erörterte mit sich, welche der drei Ginsorten in den Flaschen, die er vor sich hingestellt hatte, wohl am besten schmeckte. Elias hatte bei ihr auf der Couch Platz genommen, ein Bier in der Hand und den Kopf weit zurückgelehnt, als wollte er an der Decke etwas lesen. Er nickte im Takt der Musik und sang leise den Refrain von »Born in the USA« mit. Er hatte einen Verband um die Schulter und das rechte Bein, das mit einer Schiene stabilisiert worden war, auf den Tisch gelegt.

Alina sah besorgt auf das Bein, fühlte sie sich doch schuldig an den Verletzungen.

»Mir geht es gut«, versicherte ihr Elias. »Ich bin voller Schmerzmittel und die Wunden werden verheilen.« Er trank einen Schluck Bier. »Ich habe schon Schlimmeres überlebt.«

»Von dem Splitter in der Schulter wird aber eine Narbe bleiben«, erwiderte sie. Sie dachte immer noch mit Ekel an den Geruch des verbrannten Fleisches, als sie Elias auf dem Motorrad zu einem Arzt gefahren hatte.

»Wenn ich die Wunde nicht mit dem heißen Messer geschlossen hätte, wäre ich verblutet«, sagte er fast beiläufig. »Glücklicherweise waren die Wächter keine guten Spurenleser, so konnte ich mich leicht verbergen und meine Wunden versorgen.«

»Es war eigentlich nicht der Plan, dass du dir so lange eine Schießerei mit Wedde und seinen Leuten lieferst«, erinnerte ihn Alina. »Du solltest nur aus dem Auto feuern, damit sie dich verfolgen.«

»Meine Aufgabe war es, euch Zeit zu verschaffen, damit ihr auf der Rückseite des Bunkers die Wand durchbrennen könnt«, sagte Elias. »Das hätte auch ohne Probleme geklappt, wenn einer der Männer nicht mit einer Panzerfaust auf mich geschossen hätte.«

»Vielleicht hätten wir Wedde doch nicht warnen sollen«, überlegte Alina.

»Das war deine Idee«, rechtfertigte sich Lennart und biss in den Entenschenkel. »Ich musste zwei Stunden in seinem stinkigen Keller ausharren, bis er das Haus verlassen hatte und ich mich aus den Handschellen befreien konnte.«

»Lennarts angeblicher Verrat hat unsere Absicht erfüllt, dass sich Wedde nur auf den Eingangsbereich des Bunkers konzentriert und keine Wache um das Gelände patrouillieren lässt«, sagte Elias. »Sonst wärt ihr niemals hineingekommen.«

»Unglaublich, was eine Sauerstofflanze anrichten kann.« Sie deutete auf Norbert, der gerade Gin aus allen drei Flaschen in ein Glas füllte. »Die Stangen gingen durch die Wand, als wäre sie aus Papier. Ich habe die Explosion der Granate nicht einmal gehört, weil ich schon im Raum mit den Drogen war und die oberste Schicht der Kokainbeutel durch Mehlbeutel ersetzt habe.«

»Offensichtlich ist der Plan aufgegangen, denn weder von Wedde noch von Banowski gibt es seit gestern irgendeine Spur«, sagte Elias.

»Wahrscheinlich schwimmen ihre Leichen irgendwo in der Elbe.« Lennart hob die Champagnerflasche und trank einen großen Schluck.

Elias wandte sich an Alina. »Was machst du jetzt?«

»Ich weiß es nicht«, sagte sie nachdenklich. »Da die Vorwürfe gegen mich fallen gelassen wurden, kann ich wieder zurück auf Streife, aber Bilal hat mich richtig eingeschätzt. Ich gehöre zur Kripo, doch der Weg dorthin ist weit und bringt mich vom aktiven Dienst weg.« Sie spielte mit dem Glas in ihren Fingern. »Auch wenn es uns fast umgebracht hätte, hat es sich gut angefühlt, das Richtige zu tun, einen Mörder zur Strecke zu bringen und einen großen Drogendeal zu verhindern.« Sie deutete im Zimmer umher. »Nachdem ich all das gehabt habe, beliebig viel Zeit für Ermittlungen, alle benötigten Unterlagen und kompetente Helfer wie euch, wie kann ich dann zurück zu einer Behörde, in der ich viele Jahre lang nur der Anfänger sein werde?«

»Lass uns weitermachen«, sagte Elias.

»Mit was?«, fragte Alina. »Der Fall ist abgeschlossen. Wir wissen, wer mich angegriffen hat, wer Dimitrios erstochen hat, und kennen die Mörder von Gerwald, auch wenn diese von den Behörden nicht mehr belangt werden können, sondern ihre Strafe von anderer Seite bekommen haben.«

»Gerwald hat vor seinem Tod eine Stiftung gegründet, in die der größte Teil seines Vermögens eingeflossen ist«, sagte Elias. »Diese soll sich um Opfer von Verbrechen und Willkür kümmern, jene Leute, die von den Behörden im Stich gelassen wurden und keine Hoffnung mehr auf Gerechtigkeit haben. Er hat mich in seinem Testament zum Leiter der Stiftung ernannt, und nachdem alle Anschuldigungen gegen mich fallen gelassen worden sind, kann ich das Erbe antreten.« Er lächelte Alina an. »Das beinhaltet auch die Villa samt Gästehaus.«

»Was willst du mir damit sagen?«, fragte sie.

»Wir verfügen über alle Mittel, die wir benötigen, um den Alina Grimms dieser Welt zu helfen, wenn ihnen Unrecht angetan wird. Da draußen gibt es noch genug Ratten wie Wedde, die niemand belangen kann.«

»Wir sollen Detektiv spielen?«

»So wie du das sagst, klingt es langweilig«, erwiderte Elias. »Ich würde es eine Organisation nennen, die im Hintergrund agiert.«

Sie zog die Augenbrauen hoch.

»Von mir aus auch als Detektive«, korrigierte er sich dann.

»Und wo sollen wir anfangen?«

Elias zuckte die Achseln. »Such dir etwas aus.«

»Zugegebenermaßen hat die Idee einen gewissen Reiz«, sagte sie nach einem Moment des Überlegens.

»Keine Vorschriften, keine Behörden und keinen Vorgesetzten«, sagte Elias. »Du musst nicht an der Akademie studieren und dich nicht beim LKA anbiedern, um eine Anstellung zu bekommen.«

»Aber allein kann ich das nicht stemmen.«

»Ich bin auch da«, sagte Elias.

Sie wandte sich Lennart zu.

»Schau mich nicht an«, winkte dieser ab. »Ich muss mich ab morgen wieder um meine Einnahmen kümmern.«

»Wie wäre es mit einem geregelten Einkommen, zuzüglich Spesen?«, fragte Elias.

Lennart hörte mit dem Essen auf. »Du meinst mit Steuer, Sozialabgaben, Krankenversicherung und alledem?«

Elias nickte.

»Das passt nicht zu mir«, erwiderte Lennart und schüttelte den Kopf.

»Wenn du willst, kann ich dir dein … Gehalt auch in einem Umschlag geben.«

Lennart biss in den Entenschenkel und kaute nachdenklich. »Probieren kann ich es«, sagte er schließlich. »Bei dem Wetter macht es sowieso keinen Spaß, auf dem Fischmarkt herumzulaufen.«

»Und was ist mit Norbert?«, fragte Alina.

»Bei aller Verrücktheit, ohne ihn hätten wir es nicht geschafft«, sagte Elias.

Norbert trank das Glas mit der Ginmischung leer, steckte es in seine Jackentasche und setzte eine der drei Flaschen an den Mund.

»Wenn du ihm Geld versprichst, ist er bei allem dabei«, erklärte Lennart. »Und etwas Gesellschaft wird ihm guttun.«

Es klirrte, als Norbert die leere Flasche an die Wand hinter sich warf. »Gute Nacht«, sagte er, legte sich auf den Boden und schloss die Augen.

»Offensichtlich«, murmelte Alina.

»Dann ist es beschlossen.« Elias hob feierlich die Bierflasche. »Willkommen in der Zentrale der Detektei ›Grimm & Partner‹.«

»Vielleicht sollten wir uns nochmals über den Namen unterhalten«, sagte sie.

Lennart reckte die Champagnerflasche in die Höhe. »Genau. Wir brauchen etwas Cooleres. Wie wäre es mit ›Die Vollstrecker‹?«, fragte er enthusiastisch, was Alina nur ein verdrießliches Brummen entlockte.

»Die Diskussion verschieben wir auf morgen«, sagte Elias. »Jetzt feiern wir und freuen uns, dass der Fall abgeschlossen ist.«

Alina hob das Glas. »Auf wahre Freunde und den festen Glauben, dass am Ende doch die Guten gewinnen.«

Dann trank sie, und die anderen, die ebenfalls ihr Glas erhoben hatten, taten es ihr gleich. Es würde noch ein langes Fest werden.

DANKSAGUNG

Vielen Dank an Ilona Galli für die Hilfe bei den ersten Kapiteln des Buchs sowie allen Mitarbeiterinnen der Agentur Kolf für die Mühe und Verbesserungsvorschläge.

Hat Ihnen dieses Buch gefallen?

Möchten Sie informiert werden, wenn Alexander Hartung sein nächstes Buch veröffentlicht? Dann folgen Sie dem Autor auf Amazon.de!

1) Suchen Sie auf Amazon.de oder in der Amazon App nach dem eben gelesenen Buch.
2) Klicken Sie auf den Namen des Autors, um auf die Autorenseite zu gelangen.
3) Klicken Sie auf den »Folgen«-Button.

Noch schneller gelangen Sie zur Autorenseite, indem Sie diesen QR-Code mit Ihrem Smartphone oder Tablet scannen:

Wenn Sie dieses Buch auf einem Kindle eReader oder in der Kindle App lesen, wird Ihnen automatisch angeboten, dem Autor zu folgen, sobald Sie die letzte Seite des Buches erreicht haben.

Zeitfracht Medien GmbH
Ferdinand-Jühlke-Straße 7
99095 Erfurt, Deutschland
produktsicherheit@kolibri360.de

Druck:
CPI Druckdienstleistungen GmbH
im Auftrag der
Zeitfracht Medien GmbH
Ein Unternehmen der Zeitfracht - Gruppe
Ferdinand-Jühlke-Str. 7
99095 Erfurt